화첩기행 5

화첩기행 5

김병종 지음

북아프리카 사막 위로 쏟아지는 찬란한 별빛

문학동네

북아프리카 화첩기행을 펴내며

알제리, 튀니지, 모로코의 북아프리카와 지중해 한가운데 솟은 섬 몰타를 다녀왔다. 오래전 지중해 연안의 이란과 시리아, 요르단과 이집트를 지나면서 바람결에 묻어오는 북아프리카의 체취를 살짝 느끼긴 했지만 이번처럼 내륙 깊숙이 들어가 머물다 오기는 처음이다.

북아프리카는 아프리카 문화와 유럽 문화, 특히 프랑스 문화와 많이 겹친다. 쿠바를 비롯한 카리브 연안의 문화가 유럽, 특히 스페인 문화와 겹치는 것과 비교해보면 흥미롭다. 두 지역 다 역사를 뒤집어보면 식민과 굴종의 우울한 밑그림이 드러나지만, 여행자의 피상적인 눈길로만 짚어본다면 도처에 흐드러진 평화투성이의 낙천성으로만 다가올 뿐이다.

강렬하고 독특한 고유의 색채를 지닌 남미처럼 북아프리카 역시 '튀니지언 블루'를 지닌 색채의 벨트다. 내 붓길을 잡아끄는 것은 이처럼 하나의 고유한 문화가 다른 문화와 겹치면서 파장을 일으키는 부분이다. 그 파장이 일어나는 제3의 영역에는 예외 없이 신비하고 독특한 색채가 내뿜는 아름다움과 역동성이 있다. 풍경이 현란하면 붓도 현란해진다. 풍경이 황홀하면 붓도 덩달아 황홀해지는 것이다. 카리브 연안을 돌 때도 그 랬지만 이번에 내가 만난 풍경들 중에는 유난히 '색채 본능'을 자극하는 것이 많았다. 유럽 화가들이 가장 화폭에 담고 싶어한다는 시디부사이드 Sidi-Bou-Said를 비롯해 와르르 쏟아질 듯한 사하라의 별밤, 장려한 낙조 속에 폐허의 아름다움을 드러내는 로마 유적지 엘젬과 하얀 모스크들, 그리고 원색의 나무와 꽃들이 내뿜는 영기靈氣가 사람을 취하게 하는 마조렐 정원, 무엇보다 '히잡' 아래 드러난 이방 여인들의 외롭고 고혹적인 음영 깊은 눈빛……

이제 여행은 끝났다. 그러나 아직도 그 황홀한 풍경들은 잔상으로 남아 눈앞에 간단없이 떠오른다. 떠오르는 풍경들을 화폭에 담아내는 바로 그 순간부터 내 마음의 여행은 다시 시작되는 셈이다. 화폭에 담을뿐더러 글로 다시 엮으면서 내가 겪었던 시간과 장소와 얼굴은 오롯이 다시 살아나 현존으로 펼쳐진다. 나는 이것을 지복至福으로 여긴다.

『화첩기행』 1권을 쓴 지 10년 만에 라틴아메리카 편을 펴냈다. 그리고 다시 10년이 다 되어 북아프리카 편을 펴낸다. 모두 다섯 권이 되는 책들을 펼쳐놓고 보니 아쉬운 점이 많지만 뭐랄까, 기특하다 할 만한 것이 하나 있다. 세월이 갈수록 '미문美文'에 대한 집착과 욕망이 줄어들고 있다는 점이다. 미문에 대한 욕망에 붙들려 있으면 실체를 보는 데 부실할 수 있다. '에고ego'가 늘 머리를 들고 있는 상태이기 때문이다.

내가 좋아하는 기독교 사상가 C. S. 루이스식으로 말하자면 심지어 그 것은 자연과 우주의 법칙에서 볼 때 도덕적 위악에 가까운 일이다. 그런데 부끄럽게도 나 자신은 홍안의 나이에 시작해 귀밑머리 희끗해진 이 나이까지도 사실은 미문을 향한 욕망에서 해탈하지 못했다. 어쩌면 사람들의 공명共鳴이랄까 찬탄 같은 작은 '이득'을 염두에 뒀기 때문이리라.

그래서 이번에는 비행기에 오르면서부터 한사코 밖으로만 향하려 드는 눈빛을 거두어 나의 내면을 향하도록 주의를 기울였다. 그러나 그것은 결코 유쾌하지도 즐겁지도 않은 일이었다. 뉘라서 우울과 온갖 문제와 갈등, 고통과 상실과 슬픔으로 스산한 내면 풍경을 보고 싶겠는가. 다행히 낭랑하게 울리는 저녁 기도의 아잔azān 소리와 여행 내내 지참했던 데이비드 호킨스의 『나의 눈』 같은 책이 이런 마음을 정화하는 데 도움이 됐다.

하지만 섭섭한 것들도 있다. 그중 하나는 비행기에 타자마자 시작해 흔들리는 찻간에서건 호텔의 식탁에서건 무섭게 써갈겼던 그 사자 같은 시간들과 서서히 결별해야 했다는 점이다. 세월과 함께 마모돼가는 무슨 운동능력이나 신체역학 같은 이야기를 하려는 것이 아니다. 무조건 쓰는 대신 흔히들 말하는 내적 성숙이라는 이름의 그 어떤 차원으로 가기 위한 다리 하나를 건너야 했다는 말이다.

다른 한 가지 짚이는 것은 20년 가까이 일관되게 색채를 찍어 그림을 그리듯 나만의 문장을 엮어가려 했다는 점이다. 일종의 회화의 문장화 실험인데 글을 쓰는 행위가 계속되는 한 나만의 이 실험 또한 이어지지 않을까 싶다.

이번 글에서는 여행의 종착지였던 몰타를 빼고 그 대신 먼저 두 번 다녀온 이집트를 넣었다. 이집트 부분에서 시차가 느껴지는 것은 그 때문이다. 어쨌거나 북아프리카는 내게 새로운 앎, 혹은 깨달음의 한 장을 열어 보여줬다. 비로소 풍경 뒤에 있는 사람들이 보이기 시작했고 그 행간의 삶들 또한 응시하게 되었다. 그래서 단순한 여행이 아닌 순례 같은 느낌이 들기도 했다. 내가 부수적으로 얻게 된 이득이다.

유난히 흠과 티가 많고, 잘 넘어지고 잘 흔들리며, 욕망과 두려움에 휩싸이기도 잘하는 나의 연약함을 말없이 붙들어주시는 그분, 나의 좋은 점뿐 아니라 더 많은 나쁜 점들을 또한 견디고 사랑해주시는 그분, 이번에도 변함없이 나의 하나님께 조용히 감사드리고 싶다.

상투적이라고? 누구라도 그 땅을 여행하고 돌아오면 하루에 적어도 몇 번은 눈을 들어 하늘 저편을 바라보지 않을 수 없을 것이다. 사소한 일상의 기쁨과 슬픔, 아니 생존 자체가 사실은 찬란한 기적임을 알기에.

쉽지 않은 여행길 내내 함께해준 아내와 아들, 그리고 쉼 없이 셔터를 눌러댄 권기정씨에게도 감사의 말을 전하고 싶다.

2014년 1월
김병종

1장

알
제
리

카뮈의 고향에 와서 비로소 『이방인』의 뫼르소가 바로 그 자신의 모습이었음을 깨달았다. 돌아보니 북
적대는 시장통 한쪽에 '카뮈의 집'은 손만 대면 무너져내릴 듯한 모습으로 서 있다. 문득 내가 그토록 열
광했던 『이방인』을 이제야 비로소 제대로 읽었다는 느낌이 든다. 그리고 보면 카뮈도 소설 속의 뫼르소
도 그리고 나도 허공에 둥둥 떠다니는 하나의 환각이 아닌가 싶다.

하얀 아프리카 속으로

자기 자신을 가장 잘 감추고 있다고 생각하는 사람도 가끔은 그런 자기 자신으로부터 벗어나고 싶어지는 때가 있다. (…) 그냥 사라지고 싶어지는 것이다. 그렇게 하여 마침내 그는 생각한다. 나는 익명의 인간이 될 것이라고.

『지중해의 영감』에서 장 그르니에가 쓴 말이다. 그는 실로 지중해의 영적 '구루Guru'였다. 알베르 카뮈는 알제의 한 고등학교에서 철학교사로 갓 부임한 장 그르니에를 만나 그때까지의 불량소년 같은 방황과 혼돈을 정리하고 스승의 가르침을 좇아 글을 쓰는 쪽으로 자기 삶의 가닥을 잡는다. 그리하여 카뮈가 스승보다 먼저 세상을 떠나기까지 두 사람은 문학적·영적 지음知音과 도반道伴의 관계를 유지한다. 제자 카뮈가 사십 대에 교통사고로 비명에 갔을 때 장 그르니에는 "그는 남고 나는 떠났어야 했다"고 흐느꼈다 한다.

'지중해의 진주' 알제리로부터 시작해 마그레브(Maghreb, 해가 지는 서쪽이라는 뜻으로 리비아, 튀니지, 알제리, 모로코 등이 있는 아프리카 북서부를 이르는 말이다) 지역을 돌아보려는 계획을 짜기 시작한 것은 삶이 마치 데쳐놓은 식물 같다고 느끼던 나날의 어느 여름이었다. 내 자신을 잘 숨기지도 못하는 형편이었지만, 스스로를 옥죄는 갑갑한 의식에서 벗어나 그저 어디론가 떠나 익명의 나날을 보내고 싶다는 생각이 몸살처럼 퍼지던 무렵이었다.

그런데 내 여행 메모를 등뒤에서 흘낏 보며 지나가던 아내가 "알제리? 거긴 카뮈데" 하는 것이었다. "알제리? 거긴 위험지역인데" 하고 지나갔으면 그냥 가방을 꾸렸을 터인데 카뮈를 들고 나오는 바람에 일이 좀 복잡해지겠구나 싶었다. 그녀나 나나 '알베르 카뮈 키즈'였던 까닭이다. 서로 각각 다른 곳에서 문학소년과 문학소녀로 자라면서 『이방인』 『전락』 『페스트』 같은 작품을 그 시절의 문학적 비타민인 양 먹고 어른이 되어 만난 까닭이다. 알고 보니 조금은 불량 비타민이었지만 말이다. 어쨌거나 그렇게 한 사람은 문학을, 다른 한 사람은 문학 비슷한 곳의 언저리를 맴돌며 평생의 룸메이트가 된 형편에 '익명' 어떻고 하면서 나 몰라라 홀로 떠날 수는 없었다. 그런 면에서 알베르 카뮈는 갑자기 떠오른 하나의 장벽 혹은 난감한 리얼리티였다.

두 사람이 한때 연모에 가깝게 그에게 매달리던 시절이 있었고, 그런 시절의 공유가 나 혼자만 떠날 수 없도록 만들어버린 것이다. 나의 메모는 알베르 카뮈를 놓고 과거에 대한 보상과 미래에 대한 기대 사이에서 요동치고 있는데 이때 다시 끼어든 제3의 인물은 큰아이였다. 커다란 사진기를 들고 막 들어오는 도중에 펼쳐져 있던 지중해 연안 지도를 본 것이다. 당시 미대에 다니고 있던 아이는 그림보다는 거의 사진에 빠져 살다시피 했다. "지중해 쪽으로 가실 계획이라면 사진은 제가 찍어드릴게요. 지금에야 말씀드리지만 지난번 남미에서 아빠가 멍텅구리 사진기로 찍어 온 사진들은 남미에 대한 모독이었어요." 그러면서 휙 제 방으로 들어가는데 둘째 아이가 군대에 가 있는 것이 다행스러울 지경이었다.

사실 케냐에서 몇 년씩 살면서 '우갈리'라는 필명으로(우갈리는 옥수수 가루로 만든 그 지역 빵이다) 아프리카 사진을 찍어온 권기정씨에게 사진과 길안내를 부탁해놓은 처지였는데 뒤늦게 '모독' 어쩌고 하며 큰아이까지 끼어든 것이다. 자신을 잘 숨기기는커녕 여행 계획마저 흘리고 다니는 나. 어쨌거나 홀로 자유롭게, 그물에 걸리지 않는 바람처럼 그렇게 떠나리라는 음모 같은 여행 계획은 그 출발부터 두 사람이 내 양어깨를 한쪽씩 붙잡는 바람에 무겁고 심지어 울적하기까지 했다.

왜 굳이 그토록 혼자 떠나고 싶었을까. 우선 자전거 위에서 공기의 저항을 느끼며 키 큰 플라타너스 늘어선 하얀 신작로를 달리던 그런 자유를 즐기고 싶어서였을 것이다. 한순간도 멈춤이 없었던 내면적 다툼과 갈등을 생명의 원천으로 빛나는 지중해의 물빛으로 가뿐하게 처리하고 돌아오고 싶은 욕망 때문이었을 것이다. 그리하여 그곳의 순결한 에너지로 내 안의 온갖 불순한 욕망들을 정화하고 보상받고 싶다는 생각도 있었으리라. 장 그르니에식으로 말하자면 '나로부터의 탈출'인 셈이다.

두번째 이유는 다분히 현실적인 욕심 때문이다. 오래전 중단한 『화첩기행』의 연작으로 북아프리카 편을 쓰고 싶었던 것이다. 제3의 에너지가 부글부글 끓어오르고 있을 것만 같은 그 신비한 곳을 저인망처럼 글과 그림으로 끌어올려보고 싶었다. 미루어두었던 『화첩기행』이라는 과제를 위해 홀로 마음껏 글 쓰고 그림 그리며 돌아다니고 싶다는 것이 바로 그 이유였다. 비행기를 타자마자 쓰기 시작하리라. 식당에서도 쓰고 사원에서도 쓰고 잠자리에서도 쓰고 새벽에 일어나 낮이 되기까지 내리 쓰리라는 생각이었다. 시장에서 퍼덕이는 생선처럼 살아 숨쉬는 지중해풍의 언어

북아프리카의 봄 1
북아프리카, 튀니지언 블루의 바다와 사원 그리고 올리브의 땅이다.

와 그림을 채집해 오리라는 욕심과 함께 그곳 풍경과 사람들의 모습 또한 되도록 많이 스케치해 오리라는 생각이었던 것이다. 내가 눕고 일어서는 자리마다 예술 혹은 그와 비슷한 분비물로 가득차게 하리라. 고도의 집중력을 발휘해 원 없이 쓰고 그리리라. 보고 또 보며 걷고 또 걷고 읽고 또 읽으리라. 지치면 혼자서 하얀 길을 걸어 그 길 끝에 있을 작은 카페에 들어가리라. 그러려면 두말할 나위 없이 혼자 있어야 한다. 혼자서 식당에 가고 혼자서 차 마시며 혼자서 저녁노을을 보아야 한다. 더불어 있어서 될 일이 아니다. 더구나 그 머나먼 여행지에 가서까지 주렁주렁 가장 역할이라니, 끔찍한 노릇이었다.

그럼에도 불구하고 일은 커져버렸다. 우선 여행 경비가 껑충 뛰었다. 패키지 상품 같은 것이 있을 리 없는 여행자제지역이었으니 비행기도 호텔도 개인적으로 예약해야 했으며, 현지인 가이드를 써야 했으니(모로코의 몇 구간은 예외였지만) 경비는 예상치를 몇 배나 뛰어넘어버렸다.

그리고 여행의 주도적 흐름이랄까가 아내 쪽으로 기울어질 듯한 불길한 예감이 들었다. 나는 여행지에 갈 때마다, 특히 제3의 문화권이나 오지에 갈 때마다 그곳의 물건을 사는 쏠쏠한 재미를 누려왔고 필이 꽂히면 무지막지하게 사들이는 충동구매 기질이 다분하다. 한두 해 곁에 두고 있다가 결국 하나둘씩 내 곁을 떠나게 되는 것들이지만 말이다. 시리아에 갔을 때는 오래된 쇠의 느낌이 좋아 앤티크 장신구를 거의 한 가마니 가깝게 끌어안고 오는 바람에 항공 수하물 초과요금도 만만찮게 물었다. 그렇게 사들인 것을 나중에는 지인들에게 하나둘씩 나눠주면 최종적으로 한두 개만 남게 된다. 페르시아 접시, 이란의 은잔들, 그리고 '무라다'의 유리제품 같은 것들이 모두 그렇다. 왜 그렇게 사들이는 것일까. 떠나온 곳의 옷소매를 붙잡고 싶은 마음 비슷한 것이리라. 그 냄새와 체취를 한동안 내 언저리에 머무르게 하고 싶은 까닭이다. 하지만 이번만은 나의 그러한 습벽에 조용히 브레이크가 걸릴 것이리라. 이 또한 김새는 일이다.

그러나 그럼에도 불구하고 알제의 벨쿠르Belcourt 달동네에 가서, 그리고 티파사Tipasa 바닷가에 가서 카뮈의 아우라만 만나고 와도 과히 밑지는 장사는 아닐 것이라는 생각이 들었다. 알베르 카뮈는 내게 이 모든 열악한 조건들을 뛰어넘을 수 있게 하는 어떤 보상이었다. 그만큼 그는 오랫동안 잊고 있던, 그러나 다시 사무치게 그리워지는 옛 연인 같은 그 무엇이었다.

이상한 일이다.

비행기에 몸을 싣고 나면 내 안에서 발버둥치던 자아가 비행기의 상승과 함께 상승하고, 비상과 함께 비상하는 느낌이 든다. 인류사의 허다한 영적 스승들이 '길과 깨달음'의 연관성을 말하고 있지만 사실 고정된 자리를 털고 일어나는 것만으로도 이미 그 행로에 들어선 것이 아닌가 싶다. 비행기를 타는 일은 우선 그 앉은 자리를 털고 일어나는 일이고말고다. 나와 다른 피부색을 하고 다른 옷을 입고 다른 머리 모양을 하고 다른 언어를 쓰는 사람들 속으로 섞여드는 순간, 나의 자잘한 자의식의 서푼짜리 고뇌의 뿌리를 이루는 무지며 의식의 한계 같은 것이 서서히 보이고 또한 허물어지기 시작한다. 나만의 경험일까. 삶은 아름답고 고귀한 것, 그럼에도 불구하고 현존하는 고민과 가난, 질병과 고통은 피해갈 수 없는 것이라는 아주 공평한 느낌 같은 것이 나를 위로하고 혹은 되돌아보게 한다.

어쨌거나 나는 식솔들을 달고 마그레브, 해가 지는 서쪽을 향해 떠난다. 하긴 그들은 속으로 자기들이 나를 보호해야 한다고 생각할지도 모르겠다. 어쨌건 나는 간다. 한 번도 가본 적 없는 그 하얀 아프리카 땅으로. 오직 붓 한 자루를 돛대 삼고 삿대 삼아.

장 그르니에   장 그르니에(Jean Grenier, 1898~1971)는 프랑스의 철학자
이자 작가다. 파리에서 태어나 프랑스 북부 브르타뉴 지방에서 성장했다. 소르본
대학에서 공부하고, 출판사에서 몇 달간 일하며 파리 문단 사람들과 교유했고 여
러 잡지에 글과 논문을 발표했다.

철학교수 자격을 얻기 전 아비뇽에서 첫 교사생활을 시작했고 1923년부터 1년
간 알제에서 학생들을 가르쳤다. 그후 나폴리의 프랑스 문화원에서 2년간 교사로
일했다. 프로방스, 알제, 나폴리로 대표되는 지중해의 풍경은 파리에서 태어나 유
년기와 청소년기를 줄곧 브르타뉴 지방에서 보낸 그의 삶과 세계관에 큰 영향을
미치게 된다. 그는 "나는 이 풍경들이 세상의 그 무엇보다 좋았다. 이 풍경들 속
에서 사람들은 자신이 몇 배로 불어난 삶을 살고 있음을 느낀다. 여기서는 모든
것이 인간을 열광시킨다. 이 풍경들 속에서는 열기, 빛, 가없이 펼쳐진 파노라마
로 인해 그저 숨을 쉬는 간단한 행위조차도 감미로워지는 것이다"라고 회고했다.
그의 이러한 세계관은 알베르 카뮈에게도 많은 영향을 미쳤다.

알베르 카뮈와는 알제의 그랑 리세(고등학교)에서 처음 만나게 된다. 1930년,
철학교사로 부임해 맡은 반 학생들 가운데 알베르 카뮈가 있었다. 당시 장 그르니

에는 서른두 살, 알베르 카뮈는 열일곱 살이었다. 이후 두 사람은 카뮈가 1960년 교통사고로 사망하기 전까지 200통이 넘는 편지를 주고받으며 교류했다. 당시의 서한들은 후에 책으로 출간되기도 했다.

1968년 국가에서 수여하는 문학대상을 받았으며, 주요 작품으로 『섬』 『카뮈를 추억하며』 『일상적인 삶』 등이 있다.

세상의 문, 공항 이야기

　샤를 드골 공항 2E번 터미널의 '스시 웨어하우스'에는 노르웨이산 생수가 종류별로 진열돼 있었다. 제드는 노르웨이의 중앙지대산 물보다는 탄산의 톡 쏘는 느낌이 덜한 허스크바르나를 골랐다. 매우 청정한 물이었지만, 사실 다른 생수에 비해 특출날 것도 없었다. 모든 생수는 기포의 정도와 입안에서 약간 다르게 느껴지는 질감 외에는 큰 차이가 없었고, 염분이나 철분이 함유된 것도 없었다. 노르웨이 생수들의 공통점은 과하지 않다는 것이었다. 제드는 허스크바르나의 값을 치르면서 노르웨이인들이 섬세한 쾌락주의자들이라고 생각했다. 아울러 순수함에도 그토록 다양한 종류가 있다는 것이 유쾌했다.

　순식간에 구름층에 이르렀다. 이 구름층 위를 나는 것이야말로 항공여행을 특징짓는 것이었다. 비행 도중 제드는 임종을 코앞에 둔 늙은이의 살갗처럼 주름진 바다의 거대한 표면을 언뜻 보았다.

　섀넌 공항은 제드의 마음에 쏙 들었다. 반듯한 직사각형 구조, 높은 천장, 놀랍도록 드넓은 복도. (…) 철근 기둥과 펠트 카펫으로 보아 1960년대 초,

빨라야 1950년대 말에 건축된 것으로 짐작되었다. 오를리 공항과 비교해서, 고도의 기술개발에 열광하고 그중에서도 항공 교통수단을 가장 혁신적이고 위풍당당한 기술개발의 실현으로 여기던 시기를 더 많이 환기시키는 곳이었다. 팔레스타인의 테러—훗날 보다 스펙터클하고 전문적인 알카에다의 테러로 대체되는—가 처음 일어났던 1970년대 초부터 비행기를 타는 것은 어린 애처럼 겁이 나고 집단수용소에 갇힌 듯 불안해져서 어서 빨리 끝나기만을 바라는 체험이 되고 말았다. 하지만 그 시절, 그러니까 '영광의 30년'에 해당하는 그 놀라운 시절 현대 기술 체험의 상징인 항공여행은 지금과 사뭇 다른 것이었으리라.

『지도와 영토』에서 미셸 우엘벡은 세상의 공항에 대해 섬세한 시적 스케치를 하고 있다. 그는 주인공을 통해 때로는 신랄하고 때로는 유머러스하게 공항들을 품평한다. 하늘의 영토로 가는 그 관문들 중에 아쉽게도 인천공항에 대해서는 언급하지 않았다.

집 나가면 고생이라고 인천공항을 빠져나가는 순간, 세상의 모든 다른 공항은 불편하게 느껴진다. 북아프리카의 공항들은 더욱 그렇고말고다. 한때 인천공항의 문화예술 자문위원을 맡은 적이 있다. 요컨대 어떻게 하면 공항을 보다 세련되고 아름답게 할 것인가를 자문해주는 일을 한 것이다. 세련되고 아름다울 뿐만 아니라 푸근하고 따뜻한 느낌, 친절하고 청결한 느낌을 어떻게 만들어낼 것인가를 놓고 여러 위원들이 많은 의견을 내놓았다. 반갑고 귀한 손님을 맞듯이 하자는 누군가의 말에 박수가 쏟아졌다. 그러던 중에 인천공항이 친절과 서비스 그리고 시설 면에서 세계 1위 공항으로 꼽혔다는 소식이 날아들었다. 정말로 가슴 뿌듯한 일이었다. 그러면서 하나둘 옛 기억들이 떠올랐다.

내가 처음 해외여행을 시작했던 80년대 중반만 하더라도 인천공항 아니 김포공항의 분위기는 경직되고 썰렁하기 그지없었다. 시설은 둘째 치고, 세관원들이나 공항경찰들의 무표정하게 굳은 얼굴과 무뚝뚝한 말씨는 귀국길의 마음을 짓누르곤 했다. 요즘 공항직원들의 사근사근하고 밝은 얼굴이며 말씨를 보면 그야말로 상전벽해인 것이다. 여행을 하다보면 공항은 한 나라의 얼굴이며 인상이라는 말이 절실해진다. 1989년 구소련 시절에 갔던 모스크바와 레닌그라드(상트페테르부르크라는 이름으로 불리기 전이었다)의 공항은 모자를 눌러쓴 날카로운 눈매의 공항경찰들과 밀랍인형처럼 무표정한 얼굴로 누런 제복에 가죽혁대를 한 군인인지 민간인인지 모를 남녀 직원들의 모습으로 남아 있다. 그로부터 몇 년 후 소위 페레스트로이카와 민주화 바람이 불던 시절의 러시아 공항은 훨씬 부드러워졌는데도 서먹했다.

　90년대 중반의 루마니아나 불가리아 같은 동구권 공항 역시 구소련의 분위기와 다르지 않았다. 루마니아의 부쿠레슈티 공항으로 기억한다. 짐을 기다리다가 아장아장 내 앞으로 걸어오는 사내아이가 귀여워 무심코 사진을 찍었는데 누군가가 카메라를 획 낚아챘다. 돌아보니 얼굴이 시뻘게진 제복의 사내가 뭐라고 지껄이고 있었다. 벽에 붙어 있는 'photo' 어쩌고 하는 글귀를 가리키며 촬영금지 구역이라는 것이었다. 몇 번씩 사과를 하고, 카메라를 돌려받기까지 치밀어오르는 모욕감을 몇 번이나 달래고 눌러야 했다.

　이란의 테헤란 공항, 시리아나 요르단 공항 역시 짐검사가 장난이 아니었다. 특히 이란에서는 러닝셔츠와 팬티까지 한 장 한 장 들쳐가며 확인할 정도였으니 짐검사에 걸리는 시간도 엄청났다. 자정 무렵 비행기에서 내렸는데 짐검사를 마치고 버스에 오르자 동이 트고 있었으니 더 말해 무엇하겠는가.

쿠바의 아바나 공항에서는 떠나던 날 검색원이 내 벨트 색sack에서 불과 5센티미터도 안 되는 손가위를 발견하고 어떤 서류를 가져와 내 인적사항을 적고 가위를 압수해 서랍 속에 넣어버렸다. 들어갈 땐 괜찮았던 그것이 왜 나올 때 문제가 되었는지 아직도 아리송하다. 쿠바에서 좋았던 나날의 추억마저 구겨져버릴 정도였다.

9·11 이후 미국 공항은 그 불친절과 신경질적 태도가 도를 넘을 지경이었다. 샌프란시스코 아시아박물관 초청 강사로 미국에 갔을 때였다. 입국 신고서에 묵을 호텔 주소를 부실하게 썼다는 이유로 입국장 직원은 숫제 나를 다시 돌려보낼 태세였다. 홱 집어던지듯 내 여권을 날려버리는 바람에 그 사이에 끼워뒀던 사진 몇 장이 빠져 바닥에 떨어졌고 엎드려 그것을 줍는 모습을 줄 선 사람들이 바라보고 있었다. 여권을 집어들면서 이런 일로 반미주의자가 될 수도 있겠구나 하는 생각이 들었다. 허리를 펴고 일어서서 그를 노려보니 머리를 짧게 깎은 히스패닉계 미국인은 '왜, 뭐어?' 하는 눈으로 나를 쳐다보았다. 그날 이후 샌프란시스코의 안개도 금문교도 나파밸리의 포도농장도 더이상 낭만의 풍경으로 떠올려지지 않았다.

어느 해 새벽에 내린 헬싱키 공항에서는 또 어땠던가. 프랑크푸르트에서 러시아 항공 아에로플로트로 갈아탄 것이 전날 저녁이었는데, 프랑크푸르트 공항에서 탑승 시간을 기다리면서 책을 읽고 있자니 한국 여학생 하나가 다가와 김 아무개 선생님 아니냐고 물어왔다. "자네가 어떻게 내 이름을 아나?" 했더니 엄마가 선생님의 글과 그림을 좋아한다고 했다. 서울대 생활과학대 2학년생이라고 했는데 마침 헬싱키로 가는 중이라고 했다. 알고 보니 같은 비행기였다. "헬싱키는 왜?" 했더니 펜팔로 사귀어온 여자친구의 초청을 받았다고 했다. 서로 얼굴을 본 적은 없지만 메일은 여러 번 주고받았다고 하기에, 나는 한국대사관으로부터 초청을 받아 가는 길이라고 하고서 어려운 일 있으면 연락하라고 내 명함에 대사관저의 전화번호를 적어서 주었다.

그리고서 헤어져 각자 비행기에 올랐고 나는 깊이 곯아떨어졌다. 희미하게 "레이디스 앤 젠틀맨 위 아 나우 어라이빙……" 하는 소리와 함께 덜컹, 착륙하는 기세에 눈을 떠 비행기에서 내리니 멍한 상태였고, 그렇게 출국장에 서서 여권을 내밀었더니 게슈타포같이 날카로운 눈매의 사내가 왜 왔느냐고 물었다. 갑자기 왜 왔는지 생각이 나질 않았다. 그냥 관광이라고 했으면 간단했을 것을 대사관 초청 어쩌고 하며 문장을 만들려니 복잡해져버렸다. 그놈의 대사나 대사관이라는 단어가 도무지 떠오르지 않는 것이었다. 녀석은 언성을 높여 다시 다그쳤다. 왜 왔느냐고. 내가 더듬거리며 몇 마디 하려는데 재차 숨쉴 새 없이 물었다. 왜 왔느냐고 묻지 않느냐며. 그때 뒤에서 뭔가 툭 내 곁으로 튀어나와서 보니 프랑크푸르트 공항에서 만난 그 여학생이었다. 초행길에 펜팔 친구만 믿고 그 먼 곳까지 혼자 간다 하여 걱정이 돼 도움이 필요할 때 연락하라며 명함을 주었던, 바로 그 여학생이었다. 그녀는 유창하고 빠른 영어로 세관원을 향해 속사포처럼 쏘아댔다. 이분은 내가 아는 교수님이고 이곳 한국대사관의 초청을 받아 오셨다. 너의 질문하는 태도는 몹시 공격적이고 불손하며 따라서 듣는 이도 화가 날 정도다. 사과해라. 대충 그런 내용이었다. 나는 얘야 됐다 했지만 아니에요 하며 당찬 여학생은 물러날 기세가 아니었다. 사내는 얼굴이 시뻘게지며 사과를 했고 곧장 여권에 도장을 찍었다. 알고 보니 새벽 러시아 항공편에는 노키아에 취업하려는 불법 입국자가 많다고 했다. 어찌됐거나 핀란드의 인상 또한 구겨졌음은 물론이다.

이번 북아프리카 여행에서는 알제리와 튀니지의 공항에서 문제가 발생했다. 알제리 인민공화국의 입출국 수속이 까다롭다는 것은 널리 알려진 바였지만, 입국 수속은 의외로 그리 복잡하지 않았다. 세관원의 미소 같은 것은 기대하지도 않았지만 이리 뒤적 저리 뒤적 하며 왜 왔고 얼마나 있을 것이냐 어디에 묵느냐 묻다가 돌연 '곤니찌와'나 '니하오'에 해당하는 한국말은 무엇이냐고 농담까지 해 '안녕'이라고 가르쳐주었을 만큼 화기애애했다. 입국장 직원은 여권에 도장을 쾅 찍으며 "안뇽, 안뇽" 하고 내 등뒤에서 중얼거렸다. 덩치 큰 사내가 귀엽기까지 했다.

문제는 알제리 공항에서 출국할 때였다. 짐검사를 무려 세 번인가 네 번을 했다. 두번째 검색대를 막 통과했을 때였다. 저만치 서 있던 기분 나쁜 인상의 사내가 손을 까딱하며 나를 불렀다. 허리에 두른 벨트 색을 다시 풀어보라는 것이었다. 풀어서 보여주었더니 따라오라고 했다. 한 사무실로 들어가더니 문을 쾅 닫았다. 지갑을 열라는 것이었다. 거기에는 한국돈 만 원권과 1달러짜리 50여 장, 10달러짜리 30여 장, 100달러짜리 몇 장 그리고 5유로와 10유로가 뒤섞여 또 몇 장이 있었다. 평소 여행에선 카드를 잘 쓰지 않는데다가 1달러짜리가 절실히 필요한 때가 많아 아예 환전을 해 가서 지갑이 두툼했던 것이 화근이었다. 게다가 만 원권 한 뭉치는 내가 보기에도 동그라미가 한참이었다. 녀석은 지갑을 거꾸로 들고 모두 털어 세 가지 돈을 각각 나누어놓더니 위폐 검사라도 하는 양 한 장 한 장 들어올려 불빛에 앞뒤로 비춰보는 것이었다. 그런 다음 다시 돈을 한 장 한 장 세며 계산을 하기 시작했다. 어지간히도 머리가 안 좋은 친구였던 듯 세다가 다시 세기를 몇 번씩 거듭하더니 급기야 종이에 적기 시작했다. 역시 문제는 우리나라의 만 원권. 엄청난 단위의 고액권으로 인식한 듯했다. 다 합해도 채 칠팔십만 원이 못 되는 금액이었건만 그는 왜 이렇게 돈을 많이 가지고 다니냐며 트집이었다. 여러 나라를 다녀야 하며, 소액권이라고 설명을 했지만 막무가내였다.

그야말로 화가 치밀었지만 나는 억지웃음을 지어 보였다. 녀석은 여전히 돈을 만지작거리기를 한없이 계속하고 있었다. 그러자니 적어도 십 분은 지난 듯했다. 순간 이 친구가 돈에 욕심이 나서 좀 뜯어내려는 수작 아닌가 하는 생각이 스쳤지만 아무려니 국제공항인데 그런 날강도 짓이야 하겠는가 하고 생각을 고쳐먹기로 했다. 탑승 시간도 넉넉하겠다 하는 대로 두어보기로 했다. 돈 세기가 끝나고 합계도 어느 정도 된 듯해서 다시 집어넣으려니 손짓으로 돈에 손대지 말란다. 나는 치미는 화를 달랠 겸 욕설로 가사를 붙여 흥얼흥얼 노래를 부르기 시작했다. 구두로 짝짝 바닥에 장단까지 붙이면서. "이놈아 이 바보 같은 자식아 벌건 대낮에 이건 무슨 수작이란 말이더냐. 이 개똥 같은 놈아 짝짝." 〈목포의 눈물〉과 〈돌아와요 부산항에〉의 곡조에 욕설 가사를 붙여 노래를 계속 부르자니 녀석은 적잖이 신경이 거슬리는 듯 노려보기를 반복했다. 그때 그의 늙은 동료 하나가 들어왔다. 깜짝 놀라며 왜 아직 나를 안 보내고 있느냐고 묻는 듯했다. 내게는 짤막하게 사과를 했다. 나는 괜찮다는 표정으로 웃어 보이며 욕설 노래를 계속했다. "사아공의 뱃노래 가아물거리며 이 바보 같은 놈아 이 형편없는 거지발싸개 같은 자식아." 녀석은 돈을 지갑에 모두 담더니 갑자기 다시 지갑을 거꾸로 쏟았다. 사람 참 환장할 일이었다. 돈이 와르르 쏟아지며 바닥에 몇 장 떨어졌다.

그는 허리를 굽혀 팔랑거리는 돈을 주웠다. 바로 그때였다. 그가 허리를 굽혔을 때 낡은 벨트와 맨살이 보였다. 그리고 고개를 들었을 때 보니 제복의 목깃에는 땟자국이 찌들어 있었고 올이 닳아 해져 있었다. 그 순간 내 적개심은 스르르 사라지고 연민 같은 것이 지나갔다. 나는 욕설 노래를 그치고 표정도 부드럽게 해 가만히 기다렸다. 그래 그는 가난한 세관원이다. 돌아가면 집에는 가장인 그를 기다리는 아내와 아이들이 있을 것이다. 이 많은 돈이 얼마나 부러웠겠는가. 사내는 돈을 다시 다 넣더니 앞으로는 이렇게 많이 가지고 다니지 말란다. 알았다고 미소까지 지어 보이고 나는 사무실을 떠나왔다. 착잡했다. 알제와 알제 사람들에게 느꼈던 호감이 일그러지면서 뒤죽박죽이 되어버린 것이다.

비슷한 일은 튀니지 출국장에서도 일어났다. 이번에는 내가 아닌 동행한 사진작가 권기정이었다. 막 탑승하려는데 몸집 큰 무장경관 둘을 대동하고 나타난 공항직원이 다가와 권이냐고 했다. 권이 그렇다고 하니 따라오란다. 내가 무슨 일이냐고 물었지만 별일 아니니 따라오지 말란다. 말은 그렇게 하면서도 절그럭거리는 군화를 신은, 무장군인인지 경찰인지 구별이 안 가는 이들이 위협적으로 양옆에 붙어서서 그를 어디론가 데리고 가는 것이었다. 그러다 복도 끝 철문 앞에서 나는 제지를 당하고 그들은 권만을 데리고 들어갔다. 그러고는 무려 20여 분이 지나도록 감감소식이었다. 공항 안에는 몰타행 비행기 승객은 탑승하라는 방송이 연신 흘러나오고 있었다. 삼십여 분이 지났을까. 권이 나왔다. 무엇 때문이었냐고 물었더니 여자친구 선물로 메디나 시장에서 산 낙타뼈 보석함과 친지의 부탁으로 산 짐승뼈 물담뱃대가 짐에서 나왔다는 것이다. 어이가 없어서 그것이 왜 문제냐고 했더니 카메라에 정체불명의 물체로 찍힌 것 같다고 했다.

테러가 유난히 많은 지역이다보니 이해 못 할 바는 아니지만 이 역시 지나치다는 생각이 들었다. 더구나 무장한 경관을 두 명이나 대동하고 와서는 다짜고짜 데리고 가 철커덕 자물쇠까지 채우고 취조하듯 물었다고 하니 말이다.

공항은 한 나라의 얼굴이다. 이런 일을 당하면서 다시 오고 싶은 사람이 어디 있겠는가. 마약이며 무기가 밀반출되고, 테러와 항공기 납치에 무방비로 노출되어 있는 곳이 바로 공항이어서 마냥 부드러울 수는 없을 것이다. 그러나 가급적 분별력을 가지고 검색에 임해서 여행자에게 불필요한 긴장과 위협감을 주지는 말아야 할 것이다. 따지고 보면 우리 모두가 인생길의 여행자일 수 있기 때문이다. 국가의 체제가 경직되어 있을수록 공항의 분위기 역시 편치 못한 것이 일반이다. 불편하고 위협적인 공항은 그만큼 한 나라의 온갖 아름다운 풍광과 추억을 일그러지게 한다.

세상은 불안하고 세계는 혼란스럽다. 그러다가 갈등과 증오의 불길이 때로는 활화산처럼 터져 오르기도 한다. 손님이 오는 것을 신의 축복으로 여겨 손님이 들어서는 문에 온갖 정성을 기울이는 이슬람 문화처럼 세상의 모든 공항들이 귀한 손님을 맞듯 여행객을 따뜻하게 맞아들이는 날은 언제쯤이나 올까.

■북아프리카로 가는 밤 비행기를 기다리며 사진사로 동행한 아들과.

공항의 역사　　공항은 항공기의 발달과 함께 발전해왔다. 과거 비행선으로 여객을 운송하거나 목제 비행기로 우편물을 나르던 시대에는 공항이 별로 중요하지 않았다. 이착륙을 할 수 있는 평평한 바닥이 필요했을 뿐, 상업화시대 이전까지는 최소한의 안전시설을 갖춘 비행장만이 존재했다. 하지만 상업비행이 발달하기 시작하면서 여러 시설을 갖춘 공항도 함께 변화하기 시작했다.

　1925년 로스앤젤레스와 샌디에이고를 연결하는 여객 노선이 생기면서 본격적인 상업비행이 시작되었다. 이 시기 공항은 활주로와 격납고, 사무실이 전부일 정도로 기본적인 시설만을 갖추고 있었다. 여객청사 역시 점심식사를 할 수 있는 식당과 사무실이 함께 있는 단출한 건물뿐이었다. 또한 당시에는 여객 수요도 많지 않았다. 오늘날 세계에서 가장 친절하고 시설이 좋기로 손꼽히는 암스테르담 스히폴 공항도 1920년대에는 목가적인 전원식 공항이었고 목조로 된 식당과 호텔 등의 건물과 격납고가 있었을 뿐이다. 하지만 점점 새로운 비행기 기종이 등장하면서 이용객들이 늘어남에 따라 공항의 시설은 지속적으로 확장되었으며 여행자들의 편의시설도 마련하게 되었다.

　1970년대에 들어서면서 본격적인 제트 여객기 시대가 열린다. 뿐만 아니라 해외여행의 자유화 조치에 따라 항공여행이 대중화되면서 전 세계 공항들은 이용객 유치를 위한 서비스 경쟁에 나서게 된다. 보다 안전하고 쾌적한 서비스를 제공하기 위해 고객 편의시설을 고급화하고 안전운항에도 노력을 기울여 공항 운영의 전문화 · 과학화에 앞장서고 있는 것이다.

국제민간항공기구IACO의 1987년도 연차보고서에 따르면 전 세계에는 약 3만 5천여 개의 비행장이 있다고 한다. 세계 문화의 관문이며 첨단시설의 집합장이라 할 수 있는 현대 공항은 종전의 여객 운송 기능에서 더 나아가 도시 기능을 갖춘 거대한 공항도시Aeropolis로 그 기능과 역할을 확장시켜나갈 것으로 보인다.

북아프리카의 공항들　　　알제리의 대표적인 국제공항은 수도 알제에 위치한 우아리 부메디엔 공항으로 1924년에 개항해 2009년 기준 718만명의 승객이 오갔다. 공항 이름은 알제리 2대 대통령인 우아리 부메디엔(Houari Boumediene, 1932~1978)에서 따온 것으로 알제 공항으로 부르기도 한다.

이집트 최대 국제공항인 카이로 공항은 2차세계대전 당시 연합국 항공기지로 이용하기 위해 미국이 건설했고, 전후 1945년에 국제 민간공항으로 탈바꿈했다. 연간 이용 승객이 천만 명 이상으로 남아프리카공화국 요하네스버그에 위치한 OR 탐보 국제공항에 이어 아프리카에서 두번째로 큰 공항이다.

튀니지의 튀니스 카르타고 국제공항은 국내 최대의 공항으로 수많은 외국 관광객을 받고 있으며 국내 교통의 주요 거점이기도 하다.

모로코는 주요 도시에 30여 개의 공항이 있으며, 국제공항은 서아프리카 최대 공항인 카사블랑카 모하메드 5세 공항을 비롯해 마라케시, 라바트 살레, 우즈다 등에 10여 개가 있다. 모로코는 해외 관광객을 유치하고 항공산업을 육성하기 위해 공항 증축과 시스템 현대화를 꾸준히 진행하고 있다.

호텔 사피르, 여행자의 수도원

알제리로 가는 가방을 꾸리는 중에 수도 알제의 호텔 하나가 폭탄 테러를 당해 통째로 날아가버렸다는 텔레비전 뉴스가 나왔다. 그리고 아수라장이 되어버린 풍경들. 9·11 이후 자주 접하는 그쪽 뉴스이긴 하지만 심란하기 그지없었다. 함께 짐을 꾸리던 아내는 하얗게 질려 내 눈치를 살핀다. 원래 묵으려던 호텔에서 더 낡고 오래된, 그래서 눈에 잘 띄지 않을 만한 호텔로 바꾼 것은 순전히 그 뉴스 때문이었다. 대체로 비싸고 번쩍거리는 것일수록 표적이 되기 쉽다는 생각이었다.

그런데 막상 와보니 바닷가 호텔 사피르는 부드럽고 감미로운 이름과는 달리 가쁜 숨을 몰아쉬는 한 마리 늙은 짐승처럼 수명이 다해가는 곳이었다. 사진 속에서는 한 채의 하얀 성채 같았는데 들어가서 보니 며칠이나마 묵을 일이 아득했다. 호텔 안에는 흔히 있는 커피숍 하나 없을뿐더러 이슬람 국가이다보니 와인바 같은 것도 물론 없다. 심지어 단 한 사람의 여종업원도 없다. 못해도 백 년은 넘었음직한 이 건물의 기둥 페인트는 낡아서 손만 대도 그대로 파삭 주저앉아버릴 것 같은데다가 사면이 뚫린 무릎 높이의 무쇠 창살 엘리베이터는 흡사 아침저녁 사형수를 운반하는 도구 같아서 검은 수염의 사내들과 동승하기 꺼려질 정도였다. 낡은 침대는 용수철이 녹슬어 누울 때마다 삐걱거렸고 현관문의 잠금장치는 아예 고장나 있었다. 에어컨? 꿈도 야무지다. 천장 한가운데 커다란 날개의 고물 선풍기가 멋쩍어하며 돌아가는 시늉은 하고 있었지만 거기서 바람이 나오는 기색이라고는 없다. 가장 아연실색한 것은 호텔 식당이다. 아침을 먹도록 되어 있는 호텔 식당의 메뉴는 빵 몇 개와 주스 한 컵 그리고 커피 한 잔이 전부다. 결단코 삶은 계란이나 과일 한 쪽, 치즈 한 조각도 구경할 수 없다. 국수 종류? 집에 가서야 알아볼 일이다.

한마디로 호텔 사피르는 호텔이라는 이름으로 프로그래밍된 모든 사고를 전복시켜버린다. 그런데 재미있는 것은 내가 두 밤을 지내기도 전에 호텔 사피르의 그 끝없는 불편에 길들어버렸다는 사실이다. 심지어 좋아지기까지 했다. 우선 좋기는, 지나치게 푹신하고 과도하게 물렁한 베개 대신 딱딱한 매트리스와 딱딱한 베개였다. 그 덕에 흥건하고 깊은 잠을 잘 수 있었다. 그리고 지나치게 사근사근한 친절함에 뒤따르는 봉사료 같은 것이 일체 없는 것도 좋았다. 무엇보다 먹을 것이 부족하다보니 자연적으로 식사량이 제한되는 것 또한 이 호텔 덕이다. 일반 호텔에서 나오는 푸짐한 식사를 즐기다보면 먹는 것의 블랙홀에 빠지기 쉽고 몇 킬로그램 찌는 것은 눈 깜박할 사이다.

C. S. 루이스가 말한 일곱 가지 죄 중에 두세 가지, 즉 탐식과 탐욕, 호색의 시험에 들 일이 원천적으로 봉쇄되어 있는 것도 좋은 점이었다. 꿈에라도 여종업원의 종아리를 힐끔거릴 일 같은 것이 없었으며, 아예 투숙객 중에 여자는 한 명도 없는 듯했다. 배가 비고 눈이 경건해지니 탐욕은 절로 사라지는 형편이었다. 더구나 커튼을 열면 바다가 보인다. 물론 하

■『이방인』의 현장 알레 해변. 멀리 보이는 산동네가 카뮈가 살던 곳이다.

얀 백사장에 미끈한 미녀들이 선탠을 하고 있고 그 너머로 일망무제의 옥색 바다가 펼쳐져 보이는 카리브해의 칸쿤 같은 그런 바다가 아닌, 검푸르게 빛나는 바다이기는 하지만 바다는 바다다.

백사장 대신 낡은 화물열차가 다니는 철로가 있고 깊은 밤이나 새벽에 덜컹거리며 화물열차 지나는 소리가 들려오는 것마저 묘하게 정겹다. 그리고 그 너머로 비로소 해변을 달리는 아이들이 보인다. 일출과 일몰 시간의 바다는 「무진기행」식으로 말하자면 해풍에 섞인 햇빛의 알갱이가 짭쪼름한 냄새와 함께 들어와 커피 속에 내려앉아 독특한 향을 내는 것도 같다. 그런데 어느 날 낮, 그 태양의 해변으로 나가보니 창으로 보던 풍경과는 사뭇 달랐다. 햇빛이 어찌나 강한지, 그 열기에 바닷물이 증기처럼 끓어오르는 듯이 보일 정도였다.

뭐랄까. 잠시 걷는 동안 망아忘我 비슷하고, 좋게 보면 초월적이랄까, 의식이 가물가물해지는 느낌이었다. 이렇게 가다가는 누구라도 신경이상이 될 것 같았다. 비로소 『이방인』의 뫼르소가 왜 해변을 걷다가 만난 생면부지의 남자를 향해 방아쇠를 당겼으며, 법정에서 "햇볕이 너무 강해 우발적으로 저지른 살인"이라고 했는지 이해가 되고도 남았다. 이곳에 와서 보니 그 문장만은 적어도 수사적 표현이 아닌 '팩트'에 기초한 그 무엇이었던 것이다. 왜 그토록 많은 남녀들이 검은 선글라스를 쓰는지도 고개가 끄덕여지고말고였다. 선글라스를 잊고 나와 한나절만 다니다가는 당장 망막에 손상이 올 정도로 햇빛은 독하고도 강했다. 한마디로 해변의 태양은 모든 사고를 정지시켜 그 강렬한 빛 속에 함몰시켜버릴 정도였다.

기찻길 옆 대로는 그 이름이 '체 게바라 거리'란다. 알제리 독립전쟁 때 아르헨티나 출신의 열혈 혁명가가 멀리 이곳 북아프리카까지 와서 게릴라 부대를 지휘했다니 그의 혁명가적 동선은 실로 넓고도 크다 싶다. 로

■ 호텔 사피르에서 본 알레 바다의 석양.

마와 이슬람 시대의 유적지가 있는 카스바Kasbah 지구나 아랍·투르크가 건설한 구시가지와 달리 호텔 사피르가 있는 동네는 말하자면 프랑스에 점령된 이후 신설된 근대적 신시가지인 셈인데, 그래서 그런지 해변 쪽으로는 정유소며 암모니아 공장 같은 것의 굴뚝들이 즐비하다. 안타깝게도 먼바다를 건너온 바다제비들이 쉴 곳을 찾지 못한 채 굴뚝들의 천공을 헤매 돌다가 밤이면 호텔 유리창에 머리를 박고 죽어가곤 했다.

저녁 무렵이면 어김없이 온갖 한과 슬픔을 녹여내는 듯 낭랑한 아잔 소리가 멀고 가깝게 들려온다. 가져간 책을 읽다가 문득 그 소리에 고개를 들면서 저 무심한 듯한 소리가 사실은 사람들의 삶을 사로잡거나 옥죄는 것은 아닌가 하는 생각이 들었다. 그리고 세상을 온통 수도원처럼 만드는 것은 아닌가 하는 생각도. 수도원, 그리고 보니 호텔 사피르야말로 하나의 수도원인 셈이었다. 굳이 세속과 분리하지 않아도 되는 수도원. 수도원이 갖춰야 할 만한 것은 그곳에 다 있었다. 고요와 소식素食, 비닐봉투 하나 볼 수 없기에 바짝 긴장하여 버릴 것을 만들지 않아야 하는 근검, 그리고 저 아잔 소리가 주는 중정中情.

예컨대 사랑의 이름으로 감정을 헤프게 퍼내지 않아도 되는 구조에 절제와 금욕으로 채워진 공기며, 텔레비전은커녕 창가 쪽에 놓여 있는 낡은 탁자가 가구의 전부인 실내에서는 경전은 못 되어도 책을 읽을 수밖에 없는 형편이니 이보다 더한 수도원이 어디 있겠는가. 게다가 빛을 발하며 덧없이 흘러가는 석양을 바라보다보면 삶이란 그저 명멸明滅하다 저처럼 흘러가는 크고 작은 혼불 같은 존재임을 깨닫게 되는 것이다.

빈자의 호텔 사피르의 아름다움은 그래서 역설적 아름다움이다. 이 금욕적 호텔에 머무는 동안 진진하게 남아도는 시간을 처리하지 못해 쩔쩔매다 가져간 책을 다 읽고도 글을 몇 꼭지씩이나 썼을뿐더러 한 뼘 정도의 내적 성숙을 체험했으니 말이다. 삶이 외롭고 곤고해서 밖의 풍경보다도 먼저 자기 안의 스산한 풍경을 어루만지고 싶은 이들에게 지금 가방을 싸서 알제의 오래된 호텔 사피르로 떠나보라고 권유하고 싶다.

■ 일용할 양식 바게트. 프랑스 지배를 받았던 알제리는 바게트 빵이 주식이 되다시피 했다. 호텔 앞 식료품 가게의 바게트와 음료수.

알 제 리   독 립 전 쟁   1830년 프랑스의 알제 점령을 시작으로 식민지배가
시작되어 알제리는 프랑스의 속국이 된다. 이후 1954년 11월 민족해방전선FLN의
지도 아래 알제리 전역에서 동시다발적인 무력봉기가 일어나면서 알제리 독립전
쟁이 시작되어 1962년 프랑스로부터 132년 만에 독립한다. 그러나 8년에 걸친 이
전쟁으로 무려 150여만 명이 희생된다. 이후 1963년 FNL의 중심 인물이었던 아
메드 벤 벨라가 초대 대통령이 되면서 아시아, 아프리카, 라틴아메리카의 반식민
주의 지도자로 영향력을 발휘하다 1965년 심복이었던 우아리 부메디엔에 의해
실각된다. 벤 벨라를 축출하고 쿠데타로 정권을 잡은 부메디엔은 국회를 해산하
고 알제리 민족해방전선을 주축으로 하여 사회주의 인민공화국의 기초를 세운다.
    그러나 1992년 2월 알제리 전역에서 유혈사태가 발생하는 등 테러와 소요가
잇따르고 있어 우리나라에 알제리는 아직까지도 여행제한국가 혹은 자제국가로
분류될 만큼 위험한 곳으로 알려져 있다.
    알제 출신의 작가 알베르 카뮈는 한때 알제리 독립에 반대했다 해서 프랑스와
알제리 양쪽 모두의 지식인들로부터 배신자라는 비난을 받기도 했다. 반면에 쿠
바 독립전쟁의 영웅인 아르헨티나 출신 혁명가 체 게바라는 알제리 독립전쟁에도

가담해 알제에는 그의 이름을 기린 '체 게바라 거리'가 있다. 체 게바라는 북아프리카 나라들의 독립을 남아메리카 독립 못지않게 염원했고 그 점에서는 북아프리카 역시 공동체라는 인식을 가지고 있다.

황홀, 모리타니 왕릉의 두 여인

　푸른 옥수수밭과 붉은 황토와 옥색 바다가 번갈아 나타났다 사라진다. 차의 속력을 따라 원색들은 달려들 듯한 기세로 왔다가 물러나기를 계속한다. 그 수채화 같은 풍경 속에 간혹 무뚝뚝한 얼굴로 서 있거나 집총을 한 채 다가와 6인승 차 안을 매서운 눈으로 훑어보고서야 다시 차를 보내는 군인들만 아니었다면 평화투성이의 풍경들이다.

　그렇게 바다를 끼고 한참이나 달리던 차가 방향을 틀어 산악 쪽으로 향한다. 그 완만한 산길에는 조금 전까지의 푸르고 붉은 색이 아닌 '키리산티'라는 이름의 노란 꽃을 단 가로수들이 연이어진다. 한밤에 환한 등불을 켠 듯 유채꽃을 닮은 키리산티 천지였다. 그 노란 꽃들 사이로 산 저만치 조금은 유머러스해 보이기까지 하는 봉긋한 무덤이 나타나자 가이드 나자레는 나를 돌아보며 "모리타니아!"라고 외친다. 알제리 가까이에 있었던 모리타니 왕국 여왕의 무덤이란다. 알제리 여행책자에서 '꼭 가봐야 할 곳'은 아니지만 '놓치면 섭섭한 곳' 정도로 나온다는 그 봉우리는 여왕의 능이다. 먼발치에서 보니 아닌 게 아니라 모로 누운 여인의 가슴과 같

■ 거대한 규모의 모리타니 왕국 여왕의 무덤.

다. 하나뿐인 외로운 가슴.

점점 가까이 다가가니 신기하게도 무덤은 우리네 옛 왕릉과 비슷한데 벨트처럼 석벽과 석축을 두르고 그 위로 둥글게 흙을 쌓아올려 잔디를 입힌 형태만 달랐다. 무엇보다 압도적인 것은 그 거대한 규모. 마치 요르단 광야에서 갑자기 나타난 페트라 유적 앞에 섰을 때와 같은 느낌을 준다. 원근이 없는 거대성은 늘 사람을 압도한다.

나자레는 아름다운 클레오파트라 셀레네 여왕의 무덤이라 말하며 그녀의 아름다움에 대해 장황하게 설명하려 애를 쓴다. 알제리 여인들은 다 아름답지 않느냐고 했더니 노, 노 그녀는 알제리 사람이 아니란다. 안토니우스와 클레오파트라의 사랑 정도 되는 사연이 얽혀 있는 듯싶은데 나자레는 빠른 말로 사랑, 질투, 정복 같은 단어를 나열하고 거기에 슬픔이라는 말도 보탠다. 슬픔이고말고지. 모든 아름다움의 한가운데에는 슬픔이 있지 않던가. 소멸에 대한 슬픔이.

나자레의 아랍식 영어를 조합해보면 아마도 비련의 사랑과 관련된 역사의 핍진한 이야기가 있는 성싶었다. 특별한 것은 무덤 전면과 후면의 거대한 십자가 형상. 그러고 보면 무슬림과 기독교도 간의 갈등과 전쟁과 사랑의 사연이 함께 얽혀 있는 현장인 것도 같다. 하지만 그의 새끼처럼 꼬아드는 아랍 영어를 제대로 알아듣긴 어렵다.

작은 안내판에는 '모리타니 왕족의 묘'라는 글자 아래 무덤의 유래와 역사, 규모 같은 것이 불어로 쓰여 있다. 사연이야 알 길이 없는데 여왕의 무덤은 곱게 지는 석양빛을 받아 고즈넉한 아름다움을 보여주고 있다. 어쨌거나 지독하게 아름다운 여왕이었단다. 나자레는 조금 전 헤어진 이웃집 여인에 대해 말하듯 여왕의 아름다움에 대해 말하고 또 말한다. 하지만 오르막 둔덕의 평퍼짐한 땅 위에 들꽃과 잡풀 속에 인공산처럼 만들어진 무덤은 한산하고 쓸쓸했다. 관광객은 채 열 명도 안 돼 보인다. 천천히 무덤을 돌고 있는데 아래쪽 커다란 소나무 숲 쪽에서 한 무더기 웃음소리가 날아온다. 생기 덩어리의 소리다. 사람은 보이지 않고 햇빛 속에서 투명한 솜뭉치처럼 소리는 연신 위로 떠오른다.

잠시 후 히잡을 차려입은 두 여인이 올라온다. 그녀들의 뒤쪽으로 무릎을 꿇고 앉은 낙타 때문이었을까. 홀연히 나타난 두 여인은 마치 사막의 환영처럼 보인다. 눈이 마주치자 스스럼없이 환하게 웃으며 다가와 인사를 한다. 먼 곳으로부터 온 친정 오라버니라도 맞듯 진정으로 반갑고 기쁜 표정이어서 좀 얼떨떨하고 당혹스러워진다. 굳어 있는 내 표정 앞으로 희고 가는 손이 나타난다. 악수를 청하는 것. 무슬림 여인으로서는 참으로 스스럼없다. 한쪽은 언니인 듯싶다. 살짝 눈을 흘기며 제지하려는 듯 그 여인을 제치고 앞으로 나선 동생 쪽은 "웨아 유 프롬?" 하고 다시 까르르 웃는다. 코리아라고 말하며 엉거주춤 악수를 하는데 작고 가녀린 생물 같은 그녀 손의 온기가 손으로부터 온몸으로 퍼져온다. 까르르 웃고 함께 웃으며 찰칵, 언니 쪽에서 사진을 찍는다. 함께 찍자고 하는데 마침 무덤을 돌아나오던 우리집 아이가 나타나 큰 카메라를 들어올린다. 동생 쪽이 손짓을 하며 함께 찍자고 하는데 이번에는 우리집 아이가 수줍어하며 한사코 사양한다(오렴. 어느 외로운 행성에서 우리는 함께 만난 거잖니. 지구별 가족으로. 아름답지만 작고 위태로운 지구라는 별에서 함께 사는 가족이잖니). 하지만 아들은 찰칵찰칵 연속촬영을 하고 이번에는 짐짓 허리를 낮추어 반대쪽 들꽃들을 향해 렌즈를 겨눈다.

나는 수줍어하며 돌아서는 아들의 뒷모습에 속으로 빙그레 웃는다. 천상 옛 내 모습 그대로다. 문득 대학 때 첫 미팅 생각이 났다. 자꾸 떨려오는 마음을 주체할 수 없어 신경안정제를 두 알씩이나 먹고 나갔던 미팅. 그 옛날 동숭동의 2층 목조 다방 풍경이 어제 일인 듯 떠오른다. 가족이 몇이냐고 동사무소 직원처럼 빤히 쳐다보며 묻는 여학생의 당찬 눈길을 감당하지 못해 쩔쩔매며 "시집간 누나도 포함되나요?" 하고 묻던 내게 '이런 바보' 하듯 어이없어하며 깔깔거리고 웃던 그녀도, 하마 저만치 튼실한 아들을 둔 아낙이 되었을까. 세월은 늘 나를 속이며 간다는 어느 시인의 시구처럼 세월은 가고 그 대신 카메라를 든 청년 하나가 그 시절의 내 모습으로 저기에 서 있다.

여왕의 능을 함께 천천히 감아 돌며, 나이를 물으니 각각 스물일곱과 스물둘이란다. 그런데 세상에 날 보고 결혼을 했느냐고 묻는다. 짐짓 정색하고 '언매리드unmarried'라고 하자 "우우" 하며 까르르 웃는다. 그 웃음소리는 햇빛에 반짝이며 구슬처럼 사방으로 튕기고 부딪치며 떠올라 퍼져나간다. 오, 이 아름다운 시간이여. 삶의 기쁨과 황홀함이여.

조금 전 우리의 사진을 찍어주었던 젊은이가 아들이라고 하자 "정말?" 하며 두 사람은 나를 빤히 쳐다본다. 눈을 보니 지중해처럼 검푸르고 깊다. 상투적 표현이지만 그 깊은 아름다움 속으로 한없이 빨려들어갈 것만 같다. 다시 까르르 웃더니 나이 어린 쪽이 내가 가지고 있는 작은 스케치북을 좀 볼 수 없겠느냐고 살짝 건드린다. 좋다고 했더니 빼앗듯 가져가 한 장 한 장 넘기며 연신 탄성을 질러댄다. 그러더니 두 사람은 자기들끼리 불어로 뭐라고 이야기를 주고받는다. 사진을 보내줄 수 있도록 거기에 두 사람의 이름과 주소를 써달라고 했더니 예쁜 선물을 받아든 소녀처럼 팔짝 뛰며 좋아한다. 키 크고 나이 많은 아가씨가 '소피아 베티카', 작은 아가씨가 '켈와르 파트미조라'란다. 이름을 적으면서도 서로 연신 까르르 까르르 웃어댄다. 세상에. 이 왕릉에 와서 이처럼이나 눈부신 아름다움과 환한 웃음을 만날 수 있다니 싶었다. 하지만 이처럼 숨막히게 아름다운 얼굴들이 장차는 소멸되어 저 무덤 속의 여인처럼 한줌 흙이 되고 말리라는 방정맞은 생각이 스치자 맑은 슬픔 같은 것이 저리듯 지나간다.

두 아가씨는 한국에 대해 묻고, 서울에 대해서도 궁금한 것이 많다. 이것저것 묻고 답하는 사이에 저만치 하얗게 갈림길이 나타난다. 헤어져야 할 시간이다. 언제 서울에 한번 놀러오라고 하며 무심코 두 사람을 보았더니 눈을 내리깔며 쓸쓸한 얼굴이 된다. "인샬라"란다. 그것은 '불가능합니다'의 다른 표현이기도 했다.

나는 아차 싶었다. 그녀들은 나처럼 세상을 마음대로 휘젓고 다닐 형편이 못 되었다. 아직 알제리 밖으로 나가본 적이 없단다. 그래서 그토록 바깥세상에 대한 궁금증이 많았을까. 문득 내가 서 있는 나라가 알제리 인민공화국이라는 데에도 생각이 미친다. '인샬라'라는 말, 즉 '신의 뜻이 계신다면'이라는 말은 고맙지만 도저히 이루어질 수 없는 일이라는 말이

북아프리카의 봄 2
아라비아의 여인 중에는 왕실 여인처럼 호사와 열락 가운데 사는 이들도 있다.

었던 것이다.

그처럼 들뜨고 반갑게 웃으며 친밀함을 보였던 것도 어쩌면 내가 묻혀 온 바람의 냄새 같은 것 때문이 아니었을까 싶다. 그렇다. 멀리서부터 온 바람의 냄새, 내 옷깃에 묻어온 바깥세상의 냄새 같은 것이 그녀들을 설레게 한 것이 아니었을까. 서울에 놀러오라고 했을 때 그녀들의 얼굴에 스친 우수의 그늘 같은 것, 그 속에 밴 푸른 슬픔의 정체에 대해 비로소 알 것 같았다. 나자레가 다가와 말한다. 초청장을 보내면 가능하긴 한데 미혼은 어렵고 사유가 분명해야 하며 당국의 허가를 받기가 복잡하고 까다롭다는, 대충 그런 내용인 것 같았다. 마지막 말은 안 들었으면 좋았을 걸 싶었다.

"게다가 이 나라는 가난하고 저 아가씨들 또한 가난합니다. 외국에 나가는 일은 아마 평생 일하며 모아도 가능하지 않을 겁니다." 돌아보니 여인들은 우리와 멀어질 때까지 그대로 서 있다.

차는 내리막길을 따라 다시 티파사 바다 쪽을 향해 달린다. 문득 태어나서 반경 50킬로미터 밖으로 나가보지 못하고 죽는 사람이 세계 인구의 60퍼센트 이상이라는 글이 떠올랐다. 차는 다시 파스텔톤 풍경 속으로 들어가는데, 이제는 그 풍경이 눈에 잘 잡히지 않는다. 조금 전 그녀들이 내 스케치북에 길고 외우기 힘든 자신들의 이름을 적을 때, 집주소 대신 메일 주소를 적어 내가 난감한 표정을 지으며 나는 컴퓨터를 쓰지 않는다고 했더니 그래도 기다리겠다고 하던 그녀들. 내가 사진을 보내주기를 언제까지라도 기다리겠다며 누구에게 먼저 보내겠느냐고 한사코 묻던 눈망울들이 아프게 풍경 속에 섞여든다.

"글쎄……"라고 했더니 어차피 누구에게 보내든 다 알게 되어 있다고, 우리는 한 대의 컴퓨터를 같이 쓰고 있다고, 그러니 공평하게 보내야 된다고 환하게 웃으며 슬몃, 둘 중 누군가가 내 팔을 잡았다가 놓았던 것 같다. 나는 바로 코앞에 있던 두 눈, 그 크고 아름다운, 장인의 세공품으로 다듬은 보석을 박은 듯한 그 눈에서 애써 고개를 돌렸다. 유적지의 돌계단을 내려와 사진을 찍어주겠다며 둘이 서보라고 했을 때, 그녀들의 등뒤로 신비한 빛깔의 하늘색이 내리며 지중해의 푸른빛과 섞여들고 있었음을 기억한다. 그래 그 빛이야. 내가 망막의 잔상에 담았다가 풀어놓아야 할 빛. 아름답지만 한이 녹아 있던 그 빛.

어느 날 신의 뜻이 계신다면 우리도 당신의 나라에 갈 수 있을까요. 우리도 당신처럼 바람의 구두를 신고 세상의 신기한 모습들을 마음껏 보고 싶답니다, 라고 말하던 그 빛, 인샬라.

내 손에는 조금 전 그녀들 중 하나가 건네준 길가의 노란 꽃 한 송이가 들려 있다. 가만히 꽃을 내려다본다. 풍경이 흔들린다. 풍경 속의 그녀들도.

■ 모리타니 유적지에서 만난 두 알제리 여인과.

티 파 사　　고대 로마 유적지 중 가장 아름다운 해변 유적지로 꼽히는 티파사는 알제리의 수도 알제에서 해안도로를 따라 70킬로미터쯤 가면 나타난다.

기원전 7세기에 건설된 역사 깊은 항구도시로, 1세기 중반부터 로마의 식민도시가 되었다. 바닷길을 통해 건축자재를 실어나르기 용이했을 뿐 아니라 생필품 조달도 용이해 부유층과 지배층의 휴양도시로도 유명했다. 2킬로미터에 이르는 성벽을 쌓고 방어탑과 문을 만들어 외부와 차단되도록 했으며, 네크로폴리스와 극장, 바실리카 대성당과 카피톨리움 대신전의 터가 생생하게 남아 있다. 원형경기장이 있었을 만큼 번성한 도시였지만 1982년에야 유네스코 세계문화유산으로 지정되었다. 알제리의 문인 알베르 카뮈가 이곳에 대한 미문을 씀으로써 사람들에게 알려지기 시작한 곳이기도 하다. 모리타니 왕국 여왕의 유적지는 티파사 초입에 있다.

사람이 살고 있었네, 부이스마엘의 장터

알제리의 수도 알제에서 바닷가 유적지 티파사까지 가는 길에는 모리타니 왕국 여왕의 무덤 말고도 차를 멈춰 세워야 할 다른 한 곳이 있다. 나자레는 지도를 펼쳐 한 지점을 가리키며 '부이스마엘'이라는 한적한 어촌 마을이라고 알려준다.

'부'는 아버지라는 뜻이고 '이스마엘'은 성경에 나오는 이삭의 배다른 동생인 그 이스마엘이란다. '마르셰'라는 이름의 시장이 가까워올수록 올리브나무 그늘 아래에서 웃통을 벗은 소년들이 푸른 잎에 싼 물고기나 누런 빵덩어리들을 팔고 있는 모습이 부쩍 빈번하게 나타난다.

물고기가 상하지 않느냐고 했더니 나자레는 "햇빛이 워낙 세서"라고 답한다. 아리송하다. 밑동 부분이 하얀 나무들의 색이 특이해 이름을 물으니 조금은 귀찮은 듯 스케치북을 달랜다. 거기 'Phytolala D'ouca'라는 어려운 이름을 적으며 색깔에 웬 관심이 그리 많냐며 이렇게 색채 질문이 많은 남자는 처음이란다. 내가 화가라는 것을 나자레는 미처 몰랐던 듯하다. 나는 '색을 쓰는 남자'라고 했더니 눈을 동그랗게 뜨고 끄덕인다. 아내가 차창을 보며 픽 웃으며 맞받는다. "주로 종이 위에만." 아내의 한국말에 나자레는 정말 색을 잘 쓰느냐고 아내 쪽을 향해 묻는다. 아내가 "글쎄, 성실하긴 하다"라고 한국말로 내답하자 나자레는 대단하다며 다시 크게 고개를 끄덕이는데, 우리 아들은 이 '19금' 농담을 못 들은 체 연신 창밖으로 셔터만 눌러댄다. 보니 별 유별난 풍경도 없다. 차에서 내려 장터로 들어서는데 아들이 함께 걷는다.

"어휴, 엄마 아빠 여행에 못 끼겠어요, 앞으로. 교육적인 면이 별로 없네요" 한다. "그래? 난 교육적으로 하고 있는데" 했더니 주먹을 살짝 내 어깨에 댔다가 뗀다. 그러고 보니 아들하고 이토록 오랜 시간 함께 있어본 적이 처음인 것 같다. 그는 크고 기괴한 생선들을 향해 셔터를 눌러대고 나는 올리브며 향신료를 파는 가게 쪽으로 가는데 나자레가 다시 끼어든다. "당신은 끝까지 색이로군요."

아니 색 말고 다른 풍경도 있다. 아이들과 노인들의 모습, 아낙들과 사내들의 얼굴이다. 여왕의 무덤이 거대하지만 적막하고 쓸쓸한 것이었다면, 부이스마엘의 마르셰 장터는 이 세상 어느 장터나 그러하듯 생기와 사람들로 북적인다. 아니 북적인다고는 했지만 우리네 대도시의 시장 같은 것을 연상하면 안 된다. 남쪽 바닷가 작은 읍의 70년대풍 어시장 모습 그대로다. 아이들은 넓고 푸른 나뭇잎 위에 퍼덕대는 물고기를 한두 마리씩 올려놓고 사람들이 지나갈 때마다 뭐라고 애절한 눈빛과 목소리로 속삭이듯 말한다. '이걸 사세요. 금방 내가 물에서 건져올린 거예요'라는 뜻일 터이다. 아이들의 어깨 너머 저쪽으로는 해변 백사장과 바닥이 훤히 보일 정도의 옥빛 바다가 펼쳐져 있고 해변에서 놀고 있는 아이들이 보인다. 노인은 그늘 아래서 우리네 영감님들의 장죽 같은 긴 물담배를 입에 물고 상자 위에 가죽신 몇 켤레를 올려놓고 있는데 웃을 때 주름이 자글

하얀 메디나
붉은 꽃과 푸른 나무, 하얀 집은 태양 아래서 발광체처럼 그 빛을 발산한다.

▪올리브 가게. 갖가지 맛의 올리브들을 팔
고 있다. 북아프리카에서 올리브는 우리네
김치 같아서 맛과 색깔이 다양하다.

▪부이스마엘의 어물전. 건너편 물가에서 갓 잡아올린 듯 싱싱하다. 하지만 뜨거운 여름인데
도 얼음이 보이지 않는다.

자글하다. 그 가죽 꽃신을 만지작거리는 내 모습을 보고 그것은 여자를 위한 것이라고 설명한다. 나이를 물으니 세월이 많이 흘러갔단다.

그곳이 유명한 유적지 티파사 가는 길목이어서 그런지 놀랍게도 노인은 영어를 썼다. 세월이 어떻게 갔느냐고 했더니 오른손을 들어 눈앞으로 선을 긋는다. 이렇게, 아주 빠르게. 우리가 이야기 나누는 모습을 보고 아들이 다가와 사진을 찍자 누구냐고 묻는다. 아들이라고 했더니 고개를 끄덕이며 그를 존중하란다. 왜냐고 했더니 지상에 남기고 갈 너의 다른 모습이기 때문이라고 했다. 철학자가 따로 없다. 노인은 어느덧 맑은 지혜의 선사 같은 존재가 된다. 아내는 어디 있느냐고 했더니 하늘을 가리키며 15년이 되었단다. 외롭지 않느냐고 했더니 "인샬라" 한다. 자기도 곧 가리라고 했다. 저곳으로. 그렇게 세월을 낚듯 노인은 내가 물건을 사지 않아도 괘념치 않아하며 시종 온화한 얼굴을 하고 있다.

정말 볼 만한 것은 수북하게 담긴 갖가지 올리브들이었다. 같은 색인 것 같은데 미묘하게 조금씩 달랐다. 오래 보고 있자니 앞치마를 한 사내가 걸어나와 각각의 맛이나 염도 등에 대해 불어로 설명해준다. 말하자면 우리네 재래식 김장김치처럼 손맛이 다 다르다는 뜻일 터였다. 내 눈엔 다 한 가지로 보인다고 했더니 비로소 영어로 말한다. 너는 색에 대해서 너무 모른다. 이것이 다 한 가지라고? 천만에, 다 다른 색이며 다른 맛을 갖고 있다. 사내의 말이 맞을지도 모른다. 나야말로 인생과 삶의 근본의 색을 모르는 색맹일지도. 어물전 옆 작은 골목으로 들어서니 공깃돌 같은 것을 하며 노는 아이들이 있고, 툇마루 같은 데서 식사를 하던 일가가 환하게 웃어준다. 살짝 보니 참으로 소박한 식탁이었다. 나도 웃어주며 골목길을 나오니 차는 벌써 시동이 걸려 있다. 그 일대는 예쁜 꽃들의 밭이었다. 내가 그 꽃의 이름을 물으니 나자레는 어깨를 으쓱하며 대꾸 없이 기사인 칼리드에게 뭐라고 중얼대고 둘이 키득 웃는다. "왜 이 남자는 하루종일 꽃 이름이며 색깔 이름을 묻고 지랄이니?" 하지 않았을까. 그곳을 떠나며 뒷차창으로 보니 시장은 사막의 오아시스처럼 동그맣게 떠 있고 그 속에 조가비처럼 천막이며 집들이 보인다. 그리고 그 속에서 한 생애를 살아가고 있는 사람들이 보인다. 거기 사람이 살고 있었고, 삶의 한 풍경은 또 그렇게 흘러갔다.

북아프리카의 올리브　　올리브 재배의 원류는 지중해 동부 인근에서 찾을 수 있다. 지금도 올리브는 이 지역을 대표하는 특산물이다. 올리브나무는 무역로를 따라 점차 북아프리카로 전해졌다. 고대 이집트에서는 람세스 2세가 통치하던 기원전 13세기부터 올리브를 재배했다고 한다. 오늘날에도 올리브나무는 티베트, 카슈미르, 모로코를 중심으로 한 아프리카 지방에 널리 퍼져 있으며 그중 튀니지와 모로코는 최대 올리브 생산국 중 하나다. 세계문화유산 중 하나인 튀니지의 엘젬 원형경기장을 그토록 웅장하게 지을 수 있었던 것도 당시 엘젬이 북아프리카 최대 올리브 생산지로서 엄청난 경제적인 부를 누리고 있었기에 가능한 일이었다고 한다. 또한 알제리에서는 해마다 올리브 풍년을 기원하는 '카빌' '샤우이' '알제르와즈' 등의 알제리 전통춤을 추기도 한다.

　북아프리카에서는 올리브가 막 익기 시작할 때 따기 때문에 시장에 가면 녹색, 분홍색, 빨간색, 갈색, 검은색의 다양한 올리브들을 볼 수 있다. 모로코인들이 좋아하는 주된 음식 중 하나가 모로코 특유의 방식으로 절인 올리브다. 모로코식 올리브 절임은, 올리브 기름과 향신료를 향긋한 냄새가 날 때까지 살짝 데운 다음 마늘이나 절인 레몬과 함께 올리브에 섞어 재워 만든다. 모든 재료를 그냥 한데 섞어 오래 절여두어도 맛이 좋다.

올리브 하면 빼놓을 수 없는 것이 또한 올리브 기름인데 모로코산 올리브 기름은 매우 진하고 향이 좋아 빵에 적셔 바로 먹을 수 있다. 올리브유 외에도 모로코 남서부 지역에서만 자라는 아르간나무의 열매에서 얻은 아르간 기름 또한 유명하다. 아르간 기름은 헤이즐넛 향과 비슷한 독특한 향을 갖고 있는데 올리브 기름이나 호두 기름과 비슷하며 샐러드 드레싱으로 사용하기 좋다.

바람이 전하는 말, 티파사에서

신분증을 보여주기 위해,
돈을 지불하려고,
혹은 열차 시간표를 확인하느라고
지갑을 열 때마다,
나는 당신 얼굴을 본다

꽃가루 한 점은
산맥보다 더 오래되었고,
그 산맥들 속의
아라비 산맥은 아직 젊다

아라비 산이 나이를 먹어
언덕으로 변할 때에도
꽃의 씨앗은

뿌려질 것이니

가슴속 지갑 안에
들어 있는 꽃 한 송이
우리로 하여금 산맥보다
더 오래 살게 하는 힘

그리고 사진처럼 덧없는 우리들의 얼굴, 내 가슴
— 존 버거, 『그리고 사진처럼 덧없는 우리들의 얼굴, 내 가슴』에서

파스텔톤의 글을 쓰는 존 버거는 영국의 권위 있는 문학상인 '맨부커상'을 수상한 소설가다. 하지만 내게는 미술비평가로 더 익숙하게 다가온다. 그의 비평은 시적이다. 볼품없어 보이는 그림도 광채가 나게 한다. 이렇게 시적인 글을 쓸 수 있었던 것은 스스로 시인이기 때문이기도 할 것이다. 내가 좋아하는 그의 짧은 시 중에 「떠남」이라는 시가 있다.

(…)
눈은 내리고
떠남의 하얀 포옹은 철길 속으로
사라진다
(…)
기차는 다리를 지나고,
빙판은
내 강江의 이름,

사바^{SAVA}라는

글씨를 덮는다

— 존 버거, 「떠남」, 『그리고 사진처럼 덧없는 우리들의 얼굴, 내 가슴』에서

그에 의하면 '떠남'은 "예언의 시간"이며 "영원한 새벽"을 맞으러 가는 일이고 "내가 태어난 마을을 들이마시며" "그 강의 굴곡을 어루만지는" 일이다. 무엇보다 "아주 오래된 산맥보다도 더 오래된 가슴속의 꽃 한 송이" 피어나게 하는 힘이다. 그리고 그에 의하면 사람들이 고향 혹은 그와 비슷한 시간 속의 옛 장소를 찾아가려 하는 것도 단순히 추억이나 과거를 그리워해서만은 아닌 "사라진 것을 기려 말을 걸게 하기 위함"이고, 그렇게 말을 걸어서 산맥보다 오래된 가슴속의 꽃 한 송이가 계속 피어 있게 하기 위함이다.

티파사로 가는 길에 생각해본다. 내게도 그런 가슴속의 꽃 한 송이가 있는가. 부드럽게 어루만질 나만의 강, '사바'가 있는가. 알베르 카뮈에게는 어쩌면 티파사야말로 마음속의 꽃 한 송이이자 그만의 강인 사바가 아니었을까? 알제의 극빈자 산동네인 벨쿠르에서 자라면서 그 감성적인 소년은 어쩌면 70여 킬로미터 밖에 펼쳐진 바닷가 유적지 티파사에서 구원의 빛 같은 것을 보지 않았을까 싶다. 그래서였을 것이다. 그의 산문 중에서도 유독 티파사에 관한 것들은 글이 아닌 수채화로 다가온다. 그는 그렇게 숨겨둔 여인을 그려내듯 그만의 티파사를 그려냈다.

도처에 장밋빛 부겐빌레아 꽃이 빌라들의 담 너머로 피어오른다. 뜰 안에는 아직 희미한 붉은빛의 부용화가 꽃잎을 열고 크림처럼 두툼한 차향^{茶香} 장미와 길고 푸른 붓꽃의 섬세한 꽃잎이 흐드러진다. 돌은 모두 뜨겁게 단

다. 미나리아재비꽃빛 버스에서 우리가 내릴 즈음 푸줏간 고기장수들은 빨간 자동차를 타고 와서 아침 행상을 돌고 요란한 나팔을 불며 사람들을 부른다.

—알베르 카뮈, 「티파사에서의 결혼」, 『결혼·여름』에서

소설가적 상상력이 끼어들 여지도 없이 핏빛 부겐빌레아의 찻길과, 하늘과 맞닿은 바다, 그리고 폐허가 된 유적지의 돌들과 그 틈으로 피어난 노란 꽃들이야말로 그대로 그의 가슴속에 숨겨진 그만의 사바, 비밀한 풍경이었을 것이다.

그는 그곳의 여름을 온통 '자욱한 향기와 매콤한 숨결'로 기억한다. 하지만 카뮈는 한 장의 흑백사진처럼 그렇게 사라지고 그의 가슴속에 피어올랐던 한 송이 꽃으로 그곳은 이제 이렇게 남아 있다. 알제에서 시원하게 뚫린 바닷가 도로를 따라 달려 티파사에 닿는 내내 나는 카뮈, 그리고 나의 지나간 날들을 두서없이 떠올리고 있었다.

그러니까 그 무렵이었을 것이다. 「티파사에서의 결혼」과 「티파사에서 돌아오다」라는 글을 읽었던 것이. 『결혼·여름』이라는 산문집에 있던 글이었다. 그 글 속에서 선명한 색채들을 발견한 후로 티파사는 내게도 어느 먼 곳에 있는 연인 같은 느낌으로 다가왔다. 1975년 1월에 입영열차를 타고 떠났다가 서른네 달하고도 17일 만에 다시 돌아온 서울은 춥고 낯설었다. 입대하기 전에 머물렀던 무쇠난로가 타오르는 통의동의 2층 목조 화실과는 달리 모래내로 불리던 남가좌동의 콘크리트 건물은 추운데다가 늘 눅눅한 습기마저 배어 있었다. 학교에 복학하지 않은 채 석고상을 들여놓고 미대에 진학할 학생 몇을 가르치고 있었는데 맹세코 그 일을 즐겁게 해본 기억이 없다.

어느 날 배우던 여학생 하나가 책을 한 권 놓고 갔는데 첫 장을 열었더

■ 티파사 정경. ■ 안내원이 로마 시대 티파사의 위용과 규모에 대해 설명하고 있다.

니 '선생님께'라고 쓰여 있었다. 바로 카뮈의 그 산문집 『결혼·여름』이었다. 춥고 음산하던 그 겨울 내내 햇빛 부서지는 티파사의 여름을 상상하며 보내다시피 했다.

알제리, 그 멀고 낯선 곳까지 나를 끌고 온 것은 어쩌면 『이방인』보다도 먼저 그 겨울, 연인의 이름처럼 감미롭던 티파사의 환상이었을 것이다. 카뮈가 쓴 그 '자욱한 여름의 향기와 매콤한 숨결'은 그곳에 아직 어리어 있는 것일까. '제라늄 같은 향일성向日性 식물들이 일제히 머리를 들고 지중해 쪽을 향해 붉은 피를 쏟아붓는다'고 했던 그 모습 또한 아직 그대로일까.

티파사가 가까워올수록 가슴이 조금씩 두근거렸던 것은 어쩌면 카뮈의 문장을 현실로 만난다는 점 때문이기도 했지만 나의 젊은 날, 그 춥고 눅눅했던 모래내 시절과 대면한다는 사실 때문이기도 했던 것 같다.

그런데 티파사는 막상 도착하고보니 그 옛날 카뮈의 글로 떠올려본 작고 아담한 바닷가 어촌이 아니었다. 비록 지금은 폐허로 남아 있지만 짙푸른 지중해와 면한 거대한 올리브나무 숲 속에 엄청난 규모로 들어서 있는 옛 유적지였다. 하지만 이 고대 유적지는 한산하다 못해 적막강산이었다. 관광객은 채 열 명이 못 될 정도였다.

박사학위를 두 개나 가지고 있다는 쉰한 살의 알제리 사람 나자레는 나를 배려해 불어 아닌 느린 영어로 이 오래된 바닷가 도시의 연혁을 설명해준다. 1세기부터 2세기까지 바닷길을 이용해 군선을 타고 온 로마가 이곳에 거대도시를 건설해 무려 만 명이 넘는 주민이 거주했다는 것. 당시의 목욕탕과 세도가의 집터며 공회당 같은 자리들을 설명해주는데, 강하게 내리쬐는 햇빛 때문에 아찔, 현기를 느낄 정도다. 하지만 고맙게도 구릉과 언덕 할 것 없이 커다란 올리브나무들이 그늘을 만들어서 나무들 사이로 시원한 바람이 한 번씩 지나가곤 한다. 로마인들로서는 상륙하자

마자 도시를 세울 수 있어 건축자재며 생필품들을 실어나르기 참으로 편했을 것 같다. 로마 하면 뭐니뭐니해도 돌의 문화. 당시의 거대한 장대석들이 풀숲에 누워 있고 입석들은 바다 쪽을 향해 군대가 열병을 서듯 세워져 있다.

로마의 최상류층이 휴양지 겸 건설했다는 티파사는 그래서 그 이름만큼이나 화려하고 번성했던 듯한데, 5세기에 사나운 반달족이 이 땅의 새로운 정복자가 되면서 로마 문명과 기독교 문명의 유적지는 모두 파괴되다시피 했다고 한다. 기독교도들을 도시 바깥으로 추방하고 성상과 조각, 성곽과 건물을 모조리 파괴함으로써 소위 문화와 문명의 야만적 파괴를 일컫는 '반달리즘'이라는 말이 나왔을 정도였다는 것. 그들은 왜 그렇게 이곳의 문명을 질시하고 증오했던 것일까. 누구에게는 사랑의 대상이 누구에게는 미움의 대상이었던 것이다.

그 역사의 아픔 속에서도 로마의 위대한 돌 문화는 아직 그 위용을 드러내고 있는데, 미니멀한 형태들은 현대 조각들도 따라오기 힘든 매력을 발산한다. 아닌 게 아니라, 그 뒹구는 돌들 사이에는 엉겅퀴와 할미꽃을 닮은 노랗고 붉은 꽃들이 피어 있다. 젊은 날의 카뮈도 그 모습을 보았으리라. 「티파사에서의 결혼」에서 그는 이렇게 적고 있다.

고대 광장의 포석들 사이로 향일성 식물은 붉고 흰 머리통을 쳐들어 올리고, 붉은 제라늄들은 옛적엔 가옥이요 사원이요 공공 광장이던 자리에 그들의 붉은 피를 쏟아붓는다. 많은 지식을 쌓아 어떤 이들은 신에 이르게 되듯이 기나긴 세월의 풍상으로 이 폐허는 어머니의 집으로 다시 돌아왔다. 오늘에야 마침내 과거가 폐허를 떠나버렸으니 무너지게 마련인 사물의 중심으로 폐허를 다시 인도해주는 저 심원한 힘에 복종하는 것 이외에 다른 마음 쓸

바다의 문
티파사는 바닷가에 자리한 옛 유적지로, 로마 건축의 잔영과 바다의 아름다움 그리고 향일성
식물들의 원색이 잘 어우러진 곳이다.

것이란 아무것도 없다.

그는 이 올리브나무 숲에 나뒹구는 돌멩이들 속에서 일종의 온기를 느꼈던 듯하다. 낡았어도 정겨운 어머니의 집에 돌아온 듯한 아늑함을. 그래서였을까. 그는 티파사로 돌아온 자신의 모습을 '탕자의 귀환'이라고 술회하고 있다. 확실히 티파사는 너르고 아늑한 품 같은 느낌을 준다. 바다와 면해 있는데다가 올리브 숲이 함께 있어 더욱 그러한 것이다.

유적지의 무너진 성터를 돌아나오는데 나무 그늘 아래 무릎을 꿇고 기도하는 남자가 보인다. 사면이 꽉 막힌 성당에서의 기도보다 바다를 향해 드리는 기도는 더 거룩해 보인다. 바다와 면한 바위 쪽에서는 아이들이 웃통을 벗고 수영을 하고 있다. 옥색과 청색이 뒤섞인 바다를 향해 배치기 다이빙을 하며 깔깔거리는데 그 모습을 스케치하자니 금세 물방울을 뚝뚝 떨어뜨리며 나를 빙 둘러싼다. 한 소년이 제 모습을 그려달라 해서 약간 코믹한 얼굴을 그려주었더니 깔깔거리며들 웃는다. 소년들의 웃음소리는 여기저기 부딪치며 파편처럼 튀어오른다. 다시 올리브 숲을 지나 나지막한 돌담 사이로 나오니 이번에는 '샤헤라'라는 이름의 아름다운 젊은 여자 가이드가 나자레와 우리를 맞아준다.

이곳에서 가장 유명하고 맛있는 식당으로 안내하겠단다. 불어와 영어를 유창하게 쓰는 그녀 역시 파리에서 유학을 했다는데, 석사학위 정도를 가지고 알제리에 돌아와도 적당한 일자리가 없는 것이 문제라고 했다. 그래서 교사와 가이드는 이곳 사람들이 가장 선망하는 직업이란다.

티파사의 해변 식당 '탈라사'에 자리를 잡고 앉으니 바다가 강처럼 평화롭게 눈앞에 펼쳐져 있다. 식당과 카페의 나지막한 담 저편으로는 물속으로 '풍덩!' 하고 뛰어드는 동네 아이들이 보인다. 어쩌면 어린 시절의 카뮈도 저렇게 놀았으리라. 극빈한 산동네에 살면서 한사코 나가서 돈을 벌어오라고 등을 떠밀던 할머니를 뒤로하고 이곳에 놀러와 한나절을 수영하고 돌아가지 않았을까 싶다.

이곳에서 잡았다는 정어리로 끓인 생선 수프는 그 맛이 우리네 추어탕과 90퍼센트쯤 같았는데, 추어탕에 통조림 꽁치를 조금 섞어 끓여 내온 듯했다. 뜨거운 태양 아래 뜨거운 추어탕, 아니 생선 수프를 훌훌 불어가며 바게트와 함께 먹는데 그 맛이 묘하게 잘 어울린다.

마당의 가마솥 비슷한 것에서 막 쪄낸 새우와 콩으로 식사를 끝냈는데, 실상 그날 최고의 메뉴는 식사보다도 커피였다. 앙리 블랑^{Henry Blanc}이라 적힌 예쁜 잔에, 김이 푹푹 오르는 기계에서 금방 뽑아낸 에스프레소 맛은 일품이었다. 이슬람 문화에서는 술을 마시지 않는 대신 커피만은 최고의 호사를 부린다는 설명이었다. 미녀 가이드와 커피를 마시며 바다를 보고 있자니 뜬금없이 〈태양은 가득히〉의 알랭 드롱과 해변이 생각난다.

나자레와 칼리드 그리고 샤헤라에게 언젠가 내가 사는 서울에 한번 오라고 했더니 그들도 어김없이 "인샬라!"란다. 역시 '인사로 받겠습니다. 하지만 불가능합니다'라는 뜻이다. "인샬라, 이프 갓 원트"라고 하며 바다 쪽을 바라보는 그들의 눈길이 쓸쓸하다. 이제 이들에게 더이상 서울에 한번 오라는 말은 그만두어야지 싶었다. 그것은 그러고 보니 아주 잔인한 인사였던 것이다.

해 질 무렵 티파사를 떠나온다. 차창으로는 석양 아래 무너진 성터며 돌들이 황금빛으로 빛난다. 빠르게 지나가는 올리브나무 사이로 아이들도 점경으로 멀어진다. 이렇게 해서 40년을 그리워했던 내 티파사 여행은 끝이 난다. 나는 마음으로 작별을 고한다. 안녕, 내 젊은 날의 카뮈여, 티파사여, 그리고 이제는 옛것이 되어버린 나의 청춘이여.

알베르 카뮈의 티파사　　알베르 카뮈의 산문집 『결혼·여름』은 앙드레 지드의 『지상의 양식』, 장 그르니에의 『섬』과 더불어 20세기 프랑스 시적詩的 산문의 걸작으로 꼽힌다. 이 책에 실린 첫번째 글 「티파사에서의 결혼」에서 카뮈는 티파사를 이렇게 표현한다.

"봄철에 티파사에는 신들이 내려와 산다. 태양 속에서, 은빛으로 철갑을 두른 바다며 야생의 푸른 하늘, 꽃들로 뒤덮인 폐허, 돌더미 속에 굵은 거품을 부글거리며 끓는 빛 속에서 신들은 말을 한다."

알제에서 티파사로 가는 길은 해안을 따라 지중해의 풍광이 펼쳐져 있다. 푸른 바다와 햇빛이 가득한 티파사를 카뮈는 "태양과 대지가 결혼하는 곳"이라고 표현하기도 했다. 카뮈가 "잘 구워진 빵 같다"고 했던 황갈색의 우묵한 공간은 옛 로마 시대의 원형경기장이다. 그러나 현재는 각종 풀과 야생화, 소나무로 뒤덮여 있어 그 규모를 한눈에 헤아리기 어렵다. 이 폐허의 돌 틈에 만발한 식물들을 카뮈는 이 산문에서 아름다운 문장으로 그리고 있다.

티파사에는 1961년 건립한 카뮈의 문학비가 세워져 있다. 이 기념비에는 "나는 사람들이 영광이라고 하는 것이 무엇인지를 깨닫는다. 그것은 거리낌없이 사랑할 권리다"라는 글이 새겨져 있는데, 「티파사에서의 결혼」에서 인용한 문장이다. 같은 글에서 카뮈는 또한 이렇게 쓰고 있다.

"이 세상에는 사랑이란 단 한 가지뿐이다. 여자의 몸을 껴안는다는 것, 그것은 또한 하늘에서 바다로 내려오는 신기한 기쁨의 빛을 자신의 몸에 껴안는 것이다."

바닷가 카뮈의 비

광야의 풀밭에 비석 하나가 세워져 있다. 외롭고 쓸쓸한 영혼처럼 드넓게 펼쳐진 하늘과 비췻빛 바다 그리고 텅 빈 들판의 비석 하나가 만들어내는 구도는 적막감을 더한다.

티파사 유적지의 야트막한 산을 건너 하염없이 걷다 만난 비석 하나. 잡초 속에 서 있는 그 비석을 '발견'하고 그것이 누구의 것인지 '알아보기'까지는 시간이 꽤 흐른 듯싶다. 설마 이 초라한 비석이 그의 것일 리가 하는 의심 때문이었다. 우레 같은 그의 명성, 그리하여 머나먼 한반도까지 범람했던 그 이름. 때로는 매혹적이고 때로는 위험한 이름이었던 알베르 카뮈. 비석에는 희미한 벽화 속의 흔적처럼 그의 이름이 새겨져 있다. 가이드 나자레에 의하면 이 비석을 찾아온 사람은 세상에나, 내가 최초라고 했다. 그럴 리가 했지만 사실이란다. 이 비석의 존재를 아는 이 또한 거의 없을 것이라며 연신 그 점이 신기하다고 했다. 머나먼 '꼬레'에서 이 비석을 찾아 이곳까지 오다니, 감동이라고도 했다. 그랬을 것이다. 비석을 바라보니 문득 시인 장석주가 어디엔가 썼던 글 한 토막이 떠오른다.

■ 외롭고 쓸쓸한 카뮈의 비석. 그를 좋아한다는 가이드 나자레와.

카뮈의 『이방인』을 읽던 그 많던 문학소년은 다 어디로 갔을까. "오늘 엄마가 죽었다. 아니 어쩌면 어제. 양로원으로부터 전보를 한 통 받았다"라고 시작하는 그 이상한 소설 대신에 요즘 청소년들은 무라카미 하루키나 요시모토 바나나 같은 젊은 일본 작가들의 소설을 읽는다. 부조리한 인간이란 어떤 사람인지, 왜 뫼르소는 엄마의 장례식에서 울지 않았는지, 어떻게 장례식이 끝난 바로 이튿날 애인과 시시덕거리며 코미디 영화를 보고 동침을 할 수 있는지, 그리고 아랍인을 태양 때문에 쏘았다, 라고 하는 뫼르소의 말을 끌어안고 몇 날 며칠 고민하는 문학소년은 어디에도 없다.

한 세기의 매혹은 풀잎처럼 그렇게 스러지고 이제 이 돌덩이 하나로 그의 조국 알제의 외딴 해변에 남겨져 있다. 망명객처럼 차마 알제 시내까지 들어가지도 못한 채.

한 세기의 불안, 한 세기의 한숨과 열광이 되었던 그 존재는 이제 로마 유적지 곁에 하나의 돌멩이로 남아 있는 것이다. 내 문학소년 시절 낙뢰와 섬광이었던 『이방인』. 지나치게 뜨거운 태양 때문에 해변에서 모르는 한 남자를 권총으로 쏘고 말았다는 뫼르소는 제임스 딘 같은 불량한 모습의 그 짙은 우수의 그림자를 드리운 알베르 카뮈 자신의 얼굴과 겹쳐지곤 했었다.

비석을 쓰다듬는 내게 나자레는 카뮈를 좋아하느냐고 물었다. 그렇다고 했더니 웃으며 손을 내민다. 자기도 그렇다는 것이었다. 비밀결사대원처럼 우리는 그렇게 쓸쓸히 웃으며 악수를 나누었다. 이곳에 카뮈의 묘소가 있느냐고 물었다. 그렇다고 했다가, 다시 아마 그럴 거란다. 원래 묘가 있던 곳인데 지금은 분명치 않다는 것이다. 왜 이 외진 곳에 비문도 없는 비석이 홀로 서 있느냐고 물었지만 역시 잘 모르겠단다. 오히려 나보고 이곳에 카뮈의 문학비가 있는 것을 어떻게 알았느냐고 묻는다. 나는 다소 짜증스럽게 왜 이렇게 모든 게 불확실하고 모든 게 엉망이냐고 다시 물었다. 나자레는 미안한 듯 우리는, 아니 이 나라는 경제적으로 몹시 어렵단다. 그가 노벨상을 받았다는 것은 알지만…… 뭐라고 하려다 입을 닫는다. 그가 그런 유명한 상을 받은 것은 맞지만, 여기는 사회주의 인민공화국이다. 그런 상을 받았대서 특별히 챙겨야 된다고 나라에서 생각하지 않는 것 같다. 아마 이런 말을 하고 싶었으리라. 여기서는 너나없이 사는 것이 어렵다. 우선 일자리가 너무 적다. 나는 이 일을 하고 있어서 신에게 감사하는데, 일자리 구하기가 쉽지 않고 사는 게 어려워서 이런 사람에게 신경쓰지 못하는 형편이다. 그는 미안해하면서 그렇게 설명했다. 그러고선 실제로 미안하다고, 이 먼 곳까지 왔는데 이것밖에는 없다고, 이제 돌아가자고 말한다. 고개를 끄덕이고 우리는 함께 들판을 걸어나온다. 되돌아보니 직사각 사암의 1미터 남짓한 돌비석은 나를 향해 손짓하는 모습으로 서 있다. 카뮈식으로 말하자면 조금은 부조리하고 조금은 실존적이고 조금은 외롭고 조금은 유머러스하게 튀르쿠아즈 블루와 시누아 블루의 해변을 향한 채, 잡초 속에 뒹구는 오래된 석관들과 떨어져 저만치 혼자서 그렇게 서 있다.

태양은 다시 공격적으로 내리쪼인다. 이 상태가 되면 모든 것이 환각적이고 몽롱하기만 하다. 나는 그를 만난 것일까, 내가 그토록 고집스럽게 찾으려 했던 것은 무엇이었을까. 문득, 이제는 펄럭이는 깃발 같은 과거를 향해 손을 내미는 일을 그만두리라는 생각이 든다. 모든 과거에 대한 회상은 달콤한 것마저도 얼마만큼의 쓰라림을 동반한다는 생각에서다. 나는 어떤 종류의 작별을 고한다. 마음 저 밑바닥으로부터. 그러면 안녕, 한동안 나의 것이었던 여름의 조각이여, 불안이여, 고독이여 그리고 그 언어와 함께 시간의 저편으로 떠나간 그 이름 알베르 카뮈여.

■티파사 유적지의 로마 석관. 두 사람이 함께 눕도록 되어 있는 것이란다. 누구와 함께일까.

알베르 카뮈의 『이방인』 　"오늘 엄마가 죽었다"라는 문장으로 시작하는 『이방인』은 알베르 카뮈의 첫 소설로 앙드레 말로의 적극적인 추천으로 출간되었다. 발표와 동시에 프랑스인들은 이 작품에 열렬히 반응했고 카뮈는 일약 문단의 총아로 떠올랐다.

전 세계적으로 많이 읽혔고 지금도 꾸준히 읽히고 있는 이 소설은 주인공 '뫼르소'가 어머니의 죽음을 통보받는 순간부터 벌어지는 1부와, 체포된 이후 약 1년 동안에 걸친 2부로 구성되어 있다.

『이방인』의 주인공 '뫼르소'는 작가인 알베르 카뮈만큼이나 유명한 인물이다. '뫼르소'는 알제에 있는 어느 해양운송회사의 사무원으로 어머니를 부양할 능력조차 없는 가난한 청년이다. 그는 어머니의 장례를 치르고 돌아와 여자와 해수욕을 즐기며 사랑을 나눈다. 해변에 갔다가 아랍인과 마주친 '뫼르소'는 그가 꺼낸 칼이 되쏘는 강렬한 빛에 자극을 받아 품 안에 있던 총으로 그를 쏘아 죽인다. 재판에 회부된 뫼르소는 바닷가의 여름 태양이 너무 눈부셔서 사람을 죽였다고 대답한다. 속죄의 기도도 거부하며, 자기는 과거에도 현재에도 행복하다고 말하며 끝을 맺는다.

'부조리'라는 주제를 표현한 이 소설의 주인공 '뫼르소' 역시 부조리한 인간이다. 1부의 '나'와 2부에서 '뫼르소'를 바라보는 타자들의 세계가 충돌하기 때문이다. 타자들의 시선으로 본 '뫼르소'는 "영혼이라는 게 전혀 없고, 인간적인 면이라고는 눈곱만큼도 없는" "패륜아"다. 그는 자신을 "보통 사람"으로 여기지만 결코 평범한 인간이 아니다. 그러나 다른 한편으로, 자기 자신에게 정직한 인간이기도 하다.

카스바 골목에서 울부짖는 소년

허버트 R. 로트먼이라는 전기작가가 있다. 그는 알베르 카뮈의 생애를 추적하느라 카뮈가 살았던 5백 년 넘은 알제의 달동네 카스바를 수도 없이 뒤지고 다녔다. 집념의 사람이었다. 그렇게 해서 『카뮈, 지상의 인간』이라는 두 권짜리 책으로 알베르 카뮈의 생애가 복원된다. 더할 수 없이 우그러지고 칠이 벗겨진 낡은 버스들이며 택시들이 그나마 뜸해지면서 그 책 속의 완만한 달동네의 동선은 시작된다. 그즈음부터는 로트먼의 책이 지도보다도 훨씬 유용했다.

오스만튀르크 때부터 있었다는 폐허 같은 건물 속에서 고양이들이 서식하고 있는 곳도 보이고, 오래된 하지만 아름다운 세라믹 타일이 남아 있는 문화재급의 푸른 2층 건물도 보이지만, 집들은 다닥다닥 연이어지며 바위 위의 조가비처럼 언덕에 붙어 있다. 남루한 삶은 그렇게 끝도 없이 계속되고 있었다.

낡고 작은 집들이 그렇게도 많고 골목 또한 그렇게도 많건만 생필품이나 식료품 가게, 하다못해 빵집이나 문구점 같은 가게는 눈을 씻고 찾아

■ 가난한 동네의 일용품점. 우리네 60년대 '점방' 같은 알제 달동네의 가게.

보아도 없다. 그러다 겨우 어둑신한 작은 가게 하나가 보일 뿐이었다. 도대체 빵은 어디서 사다 먹는 것일까. 아니, 제대로 먹고 살기나 하는 것일까 싶다. 그런데 놀라운 것은 희고 깨끗한 골목길들이다. 휴지 하나 굴러다니지 않는다. 모든 길들이 씻겨놓은 어린아이의 잔등처럼 뽀얗고 청결하다. 그런 좁은 골목 한쪽에는 간혹 노인네들이 나와 낡고 긴 나무의자에 앉아 있다. 인생, 문득 '이것이 인생이다!'라는 생각이 스친다. 시간을 대면하고 앉아 있는 저 삶이.

우리가 알고 있는 '지중해의 인간' '저항문학의 상징' '이념의 방랑자' '영화배우보다 더 영화배우 같은' 그 우수의 작가 알베르 카뮈가 바로 이 동네 어디선가 살았다. 어머니는 농아인데다 문맹이었으며, 할머니는 어린 소년에게 시내에 나가서 무슨 일이든 해서 돈을 벌어오지 않는다고 한사코 사납게 굴었다. 이런 카스바의 극빈자 마을에서 자란 그의 족적은 첫번째 수필집 『안과 겉』(1937)에 흑백사진처럼 나와 있다. 어둠의 볼록 판화처럼 가난한 시절의 소년이 그려져 있는 것이다.

하지만 그 이듬해 발표한 수필집 『결혼』(1938)은 물질적 가난마저도 자연의 아름다움과 따뜻한 사람 사이의 정으로 충분히 극복할 수 있을 뿐 아니라 또다른 형태의 삶의 부요富饒를 가져올 수 있음을 예시하고 있다. 하지만 현실에서의 그의 결혼은 실패의 연속이었고 자신은 결혼제도 자체를 반대하기도 했다. 『결혼』은 바닷가의 아름다운 로마 유적지 티파사를 오가며 느꼈던 지중해의 풍광과 낭만의 빛이 그대로 드러나 있는 글이다. 결혼은 현실로 이루어졌을 때보다 자연과의 교감 속에서 이루어진 글이었을 때 더 아름다웠던 것이다.

어쨌거나 알제의 이 소문난 빈민가에서 자란 그는 문학적 성공과 함께 프랑스 사교계의 주목받는 인물이 된다. 알제리 사람이면서도 한사코 알제리 사람임을 부정하며 프랑스로부터의 알제리 독립을 반대해 알제리로부터는 비난을 받고 프랑스 일부로부터는 조소를 받았던 사람. 결국 프랑스 국적으로 불과 마흔네 살에 노벨문학상을 받지만 그로부터 채 3년이 못 된 1960년 1월 4일 프랑스 상스Sens의 한 작은 마을을 자동차로 여행하다 사고로 사망한 사람. 마치 문학의 제임스 딘처럼 지고 만 것이다. 시신이 된 그의 코트 주머니에서 사용하지 않은 기차표가 나와 그가 원래 자동차가 아닌 기차 여행을 계획했음이 드러나기도 했다. 젊은 시절 쓴 글과 말에서 유독, 가장 어이없고 잘못된 죽음은 자동차 사고로 죽는 것이라고 했던 것을 보면 카뮈야말로 그가 쓴 글 「부조리한 인간」처럼 부조리와 갈등의 삶 자체였던 것이다. 사르트르와 함께 프랑스 좌파 리더의 한 사람이었지만 미문을 쓰고 고가구를 좋아했으며 생제르맹의 카페 '플로레'의 단골이자 수많은 미인들을 애인으로 두었던 그. 결국 『반항하는 인간』을 출간하고 사르트르 노선과도 결별하면서 공산주의와 사회주의 계열로부터 배신자의 낙인까지 받았던 그 카뮈.

그런 모든 혼란과 불안, 절망과 갈등의 실타래의 출발이 이 동네 카스바에 있다. 죽기 전까지 가난한 이들과 노동자 계층에 대해 애정을 보내며 그들을 응원했던 것도, 그러면서도 그 계층을 발판으로 삼아 견고한 권력이 되어가는 좌파 지식인들과 공산주의자들의 캠프에 들어가는 것은 한사코 반대했던 것도, 가난했지만 맑고 따뜻하게 살았던 이 빈민가 소년 시절의 영향 때문이었을 것이다. 보라. 햇빛은 얼마나 찬란하며 골목에서 만나는 이들의 눈빛은 또 얼마나 맑은가. 로트먼에 의하면 가계와 족보를 아무리 뒤져도 카뮈는 알제리 사람이 분명하다고 했지만 그는 생전에 자신이 프랑스 사람임을 한사코 내세웠다. 특히 이 빈민가 시절을 지워버리려 함과 동시에 그리워하는 이중적 태도를 보인 것은 이 동네에 얽힌 추억들이 슬픈 만큼 아름답기도 했던 까닭이리라.

한 골목으로 들어가니 타일로 만든 수돗가가 보인다. 공동수도인 모양이다. 동네 전체에 1200개의 저런 수도가 있어 사람들이 함께 사용한다고 한다. 수돗가 또한 청결하기 그지없다. 물을 받고 있는 한 여인이 수줍은 듯 미소 지으며 고개를 숙인다. 수돗가를 지나 내리막의 한 골목으로 나오니 비로소 구두 수선하는 집과 목공소가 하나 보인다. 그곳을 막 지나쳐 나오는데 골목 나무 그늘 아래 낡은 의자에 아홉 살쯤 되었을까, 몸을 비비꼬며 고통에 울부짖는 소년이 보인다. 온몸을 바늘로 찌르는 듯 폐부로부터 전해지는 고통에 울부짖고 있는 소년의 등을 그보다 어린, 눈이 예쁜 소녀가 연신 쓰다듬어주고 있다. 천형 같은 질병을 앓으며 신음하고 괴성을 질러대는 소년의 이마에는 땀이 송글송글 맺혀 있는데 어린 소녀는 속수무책 그 등만 쓸어주고 있다. 평생 안고 살아야 할 병인 듯싶었다. 나는 소년의 손에 5유로짜리 지폐를 하나 쥐여주려 했지만 팔과 손이 굳어 흘려버려 받지를 못한다. 그래도 억지로 쥐여주었지만 지폐는 다시 흘러내려버린다. 그 골목을 벗어나는데도 소년의 고통에 겨운 울부짖음은 무슨 연약한 짐승의 신음 소리인 듯 멀고 가깝게 들려온다.

이십 대 후반에서 삼십 대 초반쯤으로 보이는 키 큰 가이드 야지드는 알베르 카뮈가 아니라, 1925년에 노벨상을 받았다는 알제리 작가 빈 쉰느에 대해서만 열심이다. 나로서는 듣도 보도 못한 이름인데 그는 한사코 그가 노벨상을 받았고 카뮈보다 위대하며 바로 이 동네에 살았단다. 그 집을 찾아가는데 깨끗하게 널린 빨래들이 깃발처럼 바닷바람에 나부끼는 풍경이 이어진다. 문득 이토록 푸른 하늘 아래서는 가난도 찬란하고 아름답다는 생각이 스친다. 눈이 너무도 예쁜 소녀 하나가 문 뒤에서 나를 지켜보다가 살짝 몸을 숨기고 들어가는 모습도 보인다. 야지드가 언덕에 서서 저 집이라고 가르쳐준 빈 쉰느의 집만은 그래도 번듯한 형태를 한 채 바다를 내려다보고 있다. 어쩌면 야지드는 빨리 이 달동네를 벗어나 제대로 된 집이나 동네의 거리로 나서고 싶었을지도 모른다. 그리고 어쩌면 학창시절 때부터 알베르 카뮈에 대해 이중적 회색주의자이자 알제리를 식민지로 지배했던 프랑스에 빌붙어 모국을 배신한 자(카뮈가 프랑스로부터의 알제리 독립을 끝까지 반대했던 것은 잘 알려진 사실이기도 하다)라고 배웠을지도 모를 일이다. 그런 문맥에서 보면 카뮈의 옛집에 문패 하나 없고 그의 묘비 역시 폐허의 들판에 방치되다시피 세워져 있던 것도 비로소 이해할 만했다.

골목을 멀리 돌아서는데 다시 꿈결인 듯 아득하게 소년의 비명소리가 들려온다. 문득 그 비명 위에 소년 카뮈의 얼굴이 얹힌다. 「부조리한 인간」을 써내고 퍼즐처럼 어긋난 삶의 온갖 모순들과 부조리들에 대해 응시했던 알베르 카뮈 문학의 대답 없는 외침 또한 소년의 그 비명소리 위에 함께 얹혀 들려온다. 그러고 보면 카스바, 이 오래된 빈민촌에 와서야 나는 카뮈의 얼굴을 제대로 만난 것이라는 생각이 든다. 등성이에서 문득 바라보니 건너편 바다에 붉은 해가 그 붉은빛을 풀어내고 있다. 이 산동네가 아니면 보기 어려운, 저것도 가난이 주는 황홀한 축복의 하나이리라.

문득 C. S. 루이스가 한 말이 생각난다. "결론적으로 말한다면, 인생에서는 가진 것보다는 안 가진 쪽이 더 낫다." 이 동네 사람들이야말로 안 가졌기 때문에 아침 바다에 떠오르는 장엄한 태양빛을 볼 수 있으리라. 저녁이면 저렇게 푸른색을 핏빛으로 물들이며 가라앉는 그 태양을 다시 볼 수 있으리라. 그러므로 행복했으리라. 가랑가랑 아이의 비명은 먼 데서 울리는 풍경 소리처럼 그렇게 바람에 실려온다.

■ 카스바의 공동 수도. 가난하고 오래된 달동네이지만 함께 쓰는 수도는 아름답고 깨끗하다.

알 베 르 카 뮈　　알베르 카뮈(Albert Camus, 1913~1960)는 불과 마흔네 살의 나이에 『단두대에 대한 성찰』로 노벨문학상을 받은 현대문학사상 가장 논쟁적 작가의 한 사람이다. 극빈 가정에서 태어났지만 매력적인 외모에 미문을 쓰는 작가로 프랑스 사교계의 총아가 되어 수많은 여인들과 염문이 끊이지 않았다. 1960년 1월 4일 교통사고로 죽기까지 그의 삶은 극적인 순간의 연속이었다.

　미국 출신 전기작가 허버트 R. 로트먼의 『카뮈, 지상의 인간』은 그의 문학적 지향뿐 아니라 알제리 출신 이방인이면서 자신을 프랑스인이라고 여겼던 정체성의 혼란과 빈자와 부자, 좌와 우 사이에서 겪었던 이념적 갈등에 이르기까지 '인간 카뮈'의 내면 풍경을 그리고 있다. 한때 카뮈는 세계 모든 문학청년들의 우상이었고, 그의 문체는 하나의 유행이 되기도 했다.

　저항문학의 기수로 알려져 있으며, 알제 벨쿠르 빈민가 시절의 경험이 평생 그의 마음속에 가난한 자에 대한 연민으로 남아 한때 공산주의 쪽으로 기울기도 했으나 사르트르 등과 결별하면서 독자적인 노선을 걸어 배신자로 불리기도 했다.

　평생 자신을 프랑스인이라고 주장했지만 그의 전기에서는 보학譜學을 바탕으로 치밀하게 추적해 그가 알제리 사람이었음을 밝혀내고 있다. 폐결핵 등에 시달리다가 자동차 사고로 죽기까지 연극과 연출에 몰두하기도 했다.

작품으로 『이방인』『페스트』『전락』과 평론집 『반항하는 인간』 등이 있다. 저항
문학의 원조로 알려져 있지만 정치이데올로기적 입장보다는 인도주의적 관점에
서 세계와 사물을 바라보려는 시각을 택하고 있다.

알베르 카뮈, 그 환각의 지도를 좇다

프랑스의 논쟁적 작가인 미셸 우엘벡을 읽을 때마다 나는 그가 알베르 카뮈의 현신인 것 같은 느낌을 갖곤 한다. 그의 작품 중에 나를 사로잡은 것은 『소립자』나 『플랫폼』 같은 출세작이 아니라 평론집 『계속 살아 있기』와 『지도와 영토』이다. 특히 『지도와 영토』의 소년 '제드'는 묘한 육친적 일체감 같은 것을 준다.

그는 친한 친구가 없었고, 또 타인의 우정을 구하지도 않았다. 오후에는 내내 도서관에 틀어박혔고, 그 결과 바칼로레아에 단번에 합격한 열여덟 살 때는 또래의 젊은이들과 달리 인류의 문학적 유산에 대한 해박한 지식을 갖추게 되었다. 그는 플라톤과 아이스킬로스와 소포클레스를 읽었고, 라신과 몰리에르와 위고를 탐독했고, 발자크와 디킨스와 플로베르와 독일 낭만주의 작가들과 러시아 소설가들을 사귀었다. 더욱 놀라운 것은 동시대인들이 대개 예수의 삶보다는 스파이더맨의 삶에 더 훤한 데 비해, 그는 서구문명에 엄청난 족적을 남긴 가톨릭 교리에 친숙했다는 점이었다.

예컨대 이런 문장들 속에서 '그는'을 '나는'으로 살짝 바꾸어 읽어보았을 만치 주인공 제드는 유년의 내 한 모습과 겹치는 부분이 많았다. 특히 "그는 학교의 담장들 사이와 어둠침침한 그늘이 짙게 깔린 공원의 소나무 숲길을 오래도록 거닐면서 착실하고도 우울한 청소년기를 보냈다"는 대목이 더 그러했다.

나 역시 그랬고말고. 다만 제드가 어렸을 적 엄마를 여읜 것이 열두살 무렵이었던 데 반해 내가 그 나이에 아버지의 죽음을 경험했던 것 정도가 다른 점이었다. 그가 국립예술학교에 입학한 경로까지도 나와 자로 잰 듯 비슷했는데 가장 놀라운 것은 지리부도 책에 대한 것이었다.

제드는 아버지의 부탁으로 크뢰즈 지역의 미슐랭 지도를 샀다. 비닐 포장된 클럽 샌드위치 진열대에서 두어 발짝 떨어져 지도를 펼쳐들었을 때, 제드는 생애 두번째로 커다란 미학적 발견을 했다. 지도의 아름다움에 전율이 일었다. 충격을 받은 제드는 샌드위치 진열대 앞에서 몸을 떨기 시작했다. 그는 크뢰즈 지역과 오트비엔 지역을 15만분의 1로 축소해놓은 이 미슐랭 지도만큼이나 훌륭하고 감동적이고 의미 있는 물건은 한 번도 본 적이 없었다. 지도 속에는 세계에 대한 과학적·기술적 이해와 모더니티의 본질이 동물적 삶의 본질과 한데 섞여 있었다. 색깔로 구분되는 약호만 사용한 그림은 복잡하고 아름다웠으며, 완전무결한 명료함을 지니고 있었다. 중요도에 따라 달리 표시된 각각의 마을과 촌락들에서 수십, 수백여 생명과 영혼들의 맥박 소리와 함성이 들리는 듯했다. 그중 어떤 영혼들에게는 천형이, 어떤 영혼들에게는 영생이 약속되어 있을 터였다.

나의 화집 『황홀』에도 쓴 바 있지만 『지도와 영토』의 주인공과 비슷한 나이에 나 역시 지도책에 빠져 있었다. 그것이 거의 유일한 내 외로움의 출구였고 친구였던 것이다.

어렸을 적 내게도 '지리' 시간에 '지리부도'라는 책이 있었던 것이다. 세계의 지도가 실려 있는 일종의 부교재 같은 책이었다. 나는 그 지리부도가 너무도 좋았다. 당시로서는 보기 드문 두꺼운 지질에 컬러판이었던 이 책을 나는 거의 끼고 살다시피 했다. 그래서 나중에는 지리부도에 나오는 각국의 도시나 산, 강의 이름을 저절로 여러 개씩 외우게 되었다. 일부러 그러래서가 아니라 자연스레 암기가 되는 것이었다. 특이한 것은 음률로 먼저 기억되어 짧은 노랫말처럼 입으로 나오곤 했다는 것이다. 그것이 어디에 있는 지명인지보다는 그 지명의 운율 때문에 기억돼버리는 것이다. 이를테면 다마스쿠스, 알제리, 부에노스아이레스, 홋카이도, 킬리만자로, 마다가스카르 같은 지명이 무슨 노랫말처럼 흥얼흥얼 입으로 나오곤 했다. "다마스쿠스에 가서 알제리! 부에노스아이레스에 가면 정말 홋카이도야! 킬리 킬리 킬리만자로!" 뜻도 의미도 없이 지명을 연결해 지어 부르는 내 괴상한 노래는 청년기가 되기까지 무료하고 심심해지면 나도 모르게 입술로 달싹여 나오곤 했다. 당시로서는 그 지리부도 속의 지명들이 지명이라기보다는 부호와 같은 것이었고, 실체 없이 음악처럼 노래처럼 흘러나왔던 것이다. 잠시만 걸어도 끝이 나는 작은 시골읍에 살면서 먼 곳을 향한 그리움은 그런 식으로나마 발산되었던 것 같다.

지리부도의 지명 외우기가 시들해지면서부터 나는 조숙하고 침울한 문학 소년이 되어 있었다. 당시 문학은 지리부도보다 더 몽롱하고, 더 실체 없는 그 무엇이었다. 사방이 꽉 막힌 듯한 느낌 속에 틀어박혀 닥치는 대로 읽기 시작했다. 주로 친구인 박군의 집에서 빌려온 것이었다. 사르트르, 카뮈, 레

마르크, 도스토옙스키에서 모파상, 앙드레 지드, 하인리히 뵐까지. 그리고 디자이 오사무, 이노우에 야스시, 모리 오가이, 엔도 슈사쿠에서 『금병매』와 『벽 속의 여자』까지.

방 여기저기 빌려온 책을 쌓아놓고 읽어나가기 시작했다. 중학교 2학년 때 가장 왕성하게 책을 읽었는데, 나중 대학에 들어와보니 내가 중학교 때 읽었던 책들이 대학생 필독서로 소개되기도 했다.

그 침울한 문학소년 시절 만났던 카뮈의 흔적을 기어코 찾아보고야 말 겠다는 집념 같은 것도 그 줄을 따라가보면 최초의 발단이 지도책인 셈이었다. 지도를 들고 그의 옛집과 그가 공부했던 알제 대학과 그가 잠든 묘지를 찾아내서 그 위에 아로새겨진 영혼과 정신의 흔적을 만나보겠다는 생각에서였던 것이다. 그러나 예상했던 바지만 그것은 만만치 않은 일이었다. 막상 펼쳐든 알제의 지도는 무용지물에 가까웠다.

그가 어린 시절 뛰어놀았다는 '서쪽 문'이라는 이름의 바바준 거리의 구베른느망 광장에서부터가 난감했다. 오래된 마을인 카스바와 달동네가 시장 양옆으로 골목골목 이어진데다가 여기가 거기 같고 거기가 여기 같아 도무지 종잡을 수가 없었다. 거미줄 같다는 표현은 이럴 때 쓰는 것이리라.

'카뮈의 집'이나 '알베르 카뮈 문학관'이라 쓰인 작은 팻말 하나는 있으리라 기대했건만 천만의 말씀이었다. 그가 자란 이 동네에서 그는 가장 낯선 이름 중 하나였다. 나는 지도를 버리고 카뮈 문학 전문가인 김화영 선생의 기행집을 펼쳐들었다. 60년대 우리네 시골 읍내의 양장점 모습 같은 옷가게들과 포목점이며 잡화점이 늘어선 시장통은 정겨운데, 머리부터 발끝까지 검고 흰 천으로 둘둘 말고 다니는 여성들과 젤라바 자락을 줄줄 끌다시피 하며 길거리에 나와 앉아 있는 검은 턱수염의 사내들에게 서는 이방인에 대한 긴장과 경계의 눈빛이 읽혀져서(어쩌면 내 쪽에서 먼저 일 것이지만) 쉽사리 말을 걸 엄두를 못 낸다. 가끔은 약간 수줍어하면서 작은 목소리로 "니하오?" 하고 가는 소년도 있고, 낡은 오토바이를 타고 가다 멈추고 웃으며 "알리바!"(도둑놈이라는 뜻) 하고 가는 불량기 있는 아 이들이 그나마 친숙할 정도였다.

하지만 무표정하고 무뚝뚝해 보이는 얼굴들도 막상 다가가 말을 붙이 면 과하다 싶을 정도의 열성으로 친절을 다하고, 금세 여기저기서 몰려와 나를 빙 둘러싸며 모여들기 일쑤다. 알베르 카뮈를 물었더니 하나같이 모 르겠단다. 흡사 호외를 돌리는 배달소년처럼 나는 사내들을 붙잡고 '리용 93A'라는 벨쿠르 거리의 주소를 보이거나 알베르 카뮈를 묻고 다녔다. 그중 한 사내가 손을 까딱하더니 따라오란다. 하지만 눈빛이 좀 께름했 다. 아래층은 낡은 카페인데, 고양이가 웅크리고 있는 더럽고 비좁은 2층 으로 나를 데려가더니 테라스의 탁자와 작은 방을 가리키며 저기에 카뮈 가 살았단다. 그리고 저 테라스에 나와 거리를 보며 글을 썼단다. 너무 아 귀가 척척 맞아 언제까지 글을 썼느냐고 했더니 작년까지란다. 속으로 '에라이 순……' 하고 계단을 내려오는데 뒤에서 계속 불러댄다. "카뮈! 카뮈! 컴온." 들은 풍월은 있어서 카뮈가 작가라는 것과 가끔씩 그의 행 적을 좇는 사람들이 나처럼 묻고 다니는 바람에 그렇게 둘러댄 것 같았 다. 갑자기 무연한 슬픔 같은 것이 밀려왔다. 새삼 나라가 좀 힘이 있고 부가 축적된 다음에라야 예술도, 예술가도 있는 것이로구나 하는 생각 때 문이었다. 거의 두 시간 가까이를 헤맨 끝에 제대로 된 '93A'번지를 찾아 올라갔다.

'슈누프'라 적힌 문패가 붙은 오래된 낡은 2층 건물이었다. '슈누프 무스타파'라는 건장한 장년 남자를 따라 올라가니 조금 전 짝퉁 카뮈의 집에서 보았던 것과 비슷한 둥근 탁자와 장식장이 있고 세 칸짜리 방이 있었다. 이렇게 단조로울 수도 있는 것이구나 싶게 세간이라고는 단출하기 그지없었다. 생전 카뮈가 썼다는 방도 마찬가지였다. 침대 겸 소파로 썼다는 침상과 오래된 나무옷장이 전부였고 가끔은 테라스에 나가 글을 썼다는 그 테라스래야 역시 낡은 둥근 탁자가 있는 좁은 공간이었고 건너편으로는 빨래들이 설치미술처럼 널려 있었다. 이런 공간에서 그토록 절세의 문장들이 터져나왔다는 것이 믿어지지 않을 정도였다.

집주인 무스타파는 그러나 예의바르고 기품이 느껴지는 모습이었다. 커피를 준비해 오겠다고 했는데 상당히 기다려도 나오는 기색이 없다. 아마 어디 배달 같은 것이라도 시키는 것 같았다. 잠시 머물며 몇 마디 묻다가 일어섰다. 불쑥 방문해 미안하다며 내 마음이라고 돈을 좀 건네는데 한사코 사양하다가 내 볼에 자신의 뺨을 살짝 대며 고맙다고 인사를 한다. 그는 아래층까지 따라나와 배웅을 했고 나는 젤라바 차림의 그와 다시 악수를 하고 그곳을 떠나왔다. 허무. 이렇게 해서 수만 킬로미터 상공을 날아와 카뮈와의 조우는 끝난 셈이다. 다시 북적대는 시장통으로 나와 돌아보니 그때까지 그는 가지 않고 나무 아래 상자에 앉아 있었다.

정작 힘들게 찾아간 카뮈의 집에서는 어떤 영혼의 교감 같은 것도 느낄 수가 없었다. 다시 그가 다녔다는 알제 대학교를 찾아갔다. 대학가 근처만은 파리와 분위기가 비슷했다. 벤자민 가로수의 도로에는 활기가 있었다. 오래된 서점이나 카페도 있었지만 정작 대학은 군부대처럼 출입이 자유롭지 못했다. 수위실 같은 곳에 들러 사연을 이야기하고 좀 둘러보겠다고 했지만 대학의 책임자에게 허락을 받아야 된다는 것이었다. 몇 군데 다이얼을 돌려보더니 안 된단다. 어이가 없었지만 사내는 완강했다. 학교

(위에서 아래로) ▪벨쿠르 거리 카뮈의 옛집 앞에서 집주인 무스타파(왼쪽), 안내인 나자레(오른쪽)와. ▪카뮈의 방. 그의 문장과는 달리 지나칠 만큼 단출한 공간이었다. 마치 자취하는 대학생의, 혹은 수도사의 방처럼 좁고 간솔했다. ▪알베르 카뮈의 집. 남루하고 비좁은 이 건물의 한 공간에서 작가는 주옥같은 글을 썼다.

모습이라도 촬영하면 안 되겠느냐고 했지만 그것도 안 된단다.

　문득 생전에 한사코 자신이 프랑스인임을 주장하고 싶어했던 작가에 대한 상념이 떠올랐다. 오랫동안 프랑스의 유명 출판사 갈리마르에서 일하면서 프랑스 지식인들과의 교류를 계속하다가 결국 그 갈리마르 집안 사람이 운전하는 차에 탔다가 사망한 작가. 프랑스 문화예술계와 사교계의 스타였고 알제리 독립을 반대하는 편에 섰지만 다른 한편으로는 늘 가난한 알제리 사람들과 함께하려 했던 카뮈. 그러고 보면 알제리나 프랑스 그 어느 쪽에서도 그 자신이 이방인이었던 셈이다. 다시 벨쿠르 시장통으로 돌아와서 시장 음식으로 대충 허기를 때운다.

　카뮈의 고향에 와서 비로소 『이방인』의 뫼르소가 바로 그 자신의 모습이었음을 깨달을 수 있었던 것이다. 돌아보니 북적대는 시장통 한쪽에 '카뮈의 집'은 손만 대면 무너져내릴 듯한 모습으로 서 있다. 문득 내가 그토록 열광했던 『이방인』을 이제야 비로소 제대로 읽었다는 느낌이 든다. 그러고 보면 카뮈도 소설 속의 뫼르소도 그리고 나도 허공에 둥둥 떠다니는 하나의 환각이 아닌가 싶다. 일단 환각의 혐의는 저 작열하는 태양 쪽에 두도록 하자.

미 셸 우엘벡과 「지 도 와 영 토」　　　미셸 우엘벡(Michel Houellebecq, 1958~)은 프랑스의 해외영토 레위니옹에서 태어났다. 1980년 파리 국립농업학교를 졸업한 후 전산 관련업을 비롯하여 프랑스 국회 행정담당 비서로 일하는 등 다양한 이력을 거쳐 1985년 시인으로 데뷔했다. 미국 작가 H. P. 러브크래프트의 전기 『세계에 맞서, 인생에 맞서』로 세상에 알려졌으며, 1994년 첫 소설 『투쟁 영역의 확장』을 발표했다. 이후 발표한 『소립자』로 노방브르상을 수상했다. 이 소설로 그는 평단의 극찬을 받았지만 대중적으로 널리 알려진 건 현대문명을 냉소적으로 통찰한 문제작 『플랫폼』을 발표하고 난 뒤였다. 이때부터 그는 공쿠르상 수상자로 거론되기 시작했다. 작품 5편 중 4편이 후보에 올랐지만 계속 수상하지 못하다가 2010년, 소비사회와 현대예술에 대한 담론을 이끌어낸 『지도와 영토』로 수상자가 되었다.

　　『지도와 영토』는 옛 지도를 찍는 한 예술가를 주인공으로 하여 프랑스 근대 예술계를 신랄하게 풍자한 작품으로, 예술계와 명사들의 문화 속에 존재하는 자기기만을 통렬하게 비판했다는 평가를 받았다.

묵상, 그 동네의 검은 예수

알제리에 와서, 그것도 수도인 알제에 와서 놀란 것이 몇 가지 있다. 우선 가게나 상점이 잘 보이지 않는다는 것. 주유소는 물론 병원이나 약국, 심지어 제대로 된 레스토랑 만나기도 하늘의 별 따기다. 점심을 먹기 위해 무려 한 시간 가까이를 빙빙 돌아 찾은 것이 도저히 먹을 수조차 없어 보이는 검은 기름에 튀긴 통닭 정도였으니까.

두번째 불가사의는 검은색이나 회색의 차도르로 온몸을 친친 동이다시피 하고도 그 뜨거운 날씨에 땀 한 방울 흘리지 않고 보송보송한 얼굴로 다니는 여인들의 모습이다. '쿠크마운틴'이라는 이름의 달동네에 있다는 알제리 노트르담 사원의 흑인 예수상을 보러 가는 오르막길에서는 그런 여인들을 유난히 자주 보게 된다.

처음 흑인 예수상이 있다는 성당 이야기를 들었을 때 80년대에 집중적으로 그렸던 나의 〈바보 예수〉 〈흑색 예수〉 연작 때문에 귀가 번쩍했다. 아, 나보다 먼저 누군가가 흑인 예수를 그리고 조각을 했구나 하는 생각 때문에 어서 보고 싶었다. 가난한 알제 달동네의 흑인 예수상과 내가 서울 봉천동 마루턱의 산동네를 보면서 그렸던 〈흑색 예수〉가 시공을 넘어 만날 듯했던 것이다. 카스바는 가난한 산동네지만 등고선이 높아질수록 눈앞으로 바다 쪽을 향한 풍경은 더 크게 열린다. 그 눈부신 풍경들은 물질적 풍요를 미천하게 보이게 할 만큼 아름다웠다. 신은 이 동네에 가난을 준 대신 그 음울한 가난의 그림자를 지워내고도 남을 화사한 풍경을 열어놓았다.

성당을 찾아가는 길인데 골목골목 이슬람의 아잔 소리가 퍼져나가고 있다. 아마 오후 기도 시간인 모양이다. 말하자면 두 개의 종교가 섞이는 시간인데도 골목길에서 만나는 사람들의 얼굴은 그저 평화와 자비로 가득하다. 그 때문이었을까. 나는 골목을 걸으며 기이한 완전함 같은 것을 체험한다. 걷는 길이 더없이 평화롭고 고요하다. 모든 종류의 욕구나 결핍감 같은 것도 사라지는 느낌이다. 문득 음료수 하나 파는 가게가 없음을 발견하지만 행위의 발단이 되는 동기가 사라져버림으로 해서 특별한 갈증 같은 것도 느껴지지 않는다. 그러고 보니 나야말로 얼마나 많이 자본의 욕망에 찌들리고 길들여져 살았는지 알 수 있었다. 이 정도 시간을 이 정도 올라왔으면 최소한 콜라 한 캔쯤은 마셨을 터이니 말이다.

영성 신학자이자 철학자인 데이비드 호킨스는 종교적 교리가 확산될수록 욕망도 포화되며 전쟁과 박해의 토대가 함께 만들어진다고 했다. 슬픈 역설이 아닐 수 없다. 온갖 종류의 차별과 죄의 목록들도 더불어 창안된다는 것이다. 예컨대 이슬람의 아잔 소리는 저렇게 평화롭고, 모르긴 해도 서로 자비롭고 서로 용서하며 평화하라는 내용일진대, 동시에 호텔 입구에는 '신의 이름으로 말하노니 여인은 얼굴을 가리고 발목을 가리라'고 쓰여 있다. 호킨스에 의하면 과도하게 종교가 개입하는 순간, 일상적으로 볼 때는 자연스러운 인간사의 한 부분까지도 죄의 목록에 들게 되거나 전

흑색 예수
80년대에 그린 나의 흑색 예수 작품. 골판지 위에 먹으로 그린 것이다.

쟁의 빌미까지 되기도 한다니 끔찍한 일이 아닐 수 없다. 안식일이 토요일이냐 일요일이냐가 하나님의 존재보다도 우선하는 일, 그 하나님에게 경배할 때 모자를 써야 하느냐 마느냐가 엄숙한 논쟁거리가 된다는 사실에 그는 진저리쳤다. 사실 그보다 2천 년 전에 오신 예수께서도 바리새파들의 그러한 에고로 굳어진 의식에 대해 '회칠한 무덤'과 같다고 비난하신 바 있다. 어쩌면 내가 이 오르막을 통과하는 동안 지나쳤던 많은 이들의 선하고 따뜻한 눈빛이야말로 그 모든 이론과 분열을 이기고도 남는 것이었다. 호킨스식으로 말한다면 그것이 바로 종교적 분리와 온갖 종류의 교리를 뛰어넘는, 어둠의 군단들이 가장 무서워하는 실제적인 힘인 것이다. 심지어 미국 중앙정보국이나 컴퓨터나 스파이 위성보다 무서운 것은 다섯 살짜리 아이의 맑은 눈빛이고 팔이라고까지 하지 않았던가. 그것이 우주의 자연법칙과 연결된 가장 막강하며 가장 기본적인 참된 힘이라고.

성당 주위에는 검은 안경을 쓴 경찰과 군인이 집총을 한 채 곳곳에 배치되어 서 있다. 알제리에 와서 하도 자주 보게 되는 것이어서 일상의 풍경이 되다시피 한 모습이었다. 돔형의 노트르담은 마침 보수중이었는데 놀랍게도 한국의 '대우건설'에서 공사를 한다는 설명이었다.

가이드가 경찰관에게 이곳에 온 내력을 설명한 후 허락을 받고서야 안으로 들어갈 수 있었는데 사면의 스테인드글라스 안에서 조용히 타오르는 촛불들이 보인다. 한국 건설사 덕분인지 입구에는 뜻밖에 한국어 설명서도 비치되어 있다. 벽에는 골고다의 예수와 세 여인, 그리고 빌라도의 법정에 선 예수상이 그려져 있다. 규모는 크지 않지만 궁륭형 천장이 우아하고 아름다운 빈티지 성당이었다.

내가 보고 싶었던 청동 흑인 예수상은 검은 십자가 위에 있었다. 가만히 올려다보고 있자니 그 검은 예수상으로부터 흘러나오는 그 어떤 온기에서 모든 종류의 차별과 갈등과 증오를 어루만지고 치유할 것 같은 힘이 느껴졌다. 심지어 이 공간을 넘어 지난 수천 년 동안 이 땅에 있었던 온갖 종류의 잘못된 견해와 갈등이 빚어낸 종교적 · 정치적 박해와 학살마저도 용해시킬 만한 그런 내재적인 힘이었다.

나는 문득 저 나사렛의 목수, 그 자신이 신이자 사람의 아들이었던 예수가 나와 같은 행성에 머물다 가신 사실, 그것도 이처럼 가난과 전쟁의 고통이 끊이지 않는 곳에서 살다 가신 사실에 대해 생각이 미치자 뜨거운 눈물이 솟구칠 것 같았다. 어릴 적 나도 이런 동네에 살았었다. 뎅겅뎅겅 작은 교회의 종소리가 울려퍼지면 어머니는 자애로운 눈빛으로 말씀하시곤 했다. 어서들 먹어라. 교회 늦겠다. 겨울이면 따뜻한 난로가 타오르는 교회당의 햇빛 잘 드는 창가에 앉아 영성의 빛 비슷한 것을 처음으로 느꼈던 것 같다. 그러나 그 시절의 그 고요한 평화와 기쁨 같은 것은 오히려 대도시의 대형 교회로 옮겨와서는 다시 맛보기 어려웠다. 교회의 거대한 건물도, 심지어 웅장한 오케스트라마저도 다른 더 중요한 평화와 기쁨을 가리는 방해물처럼 느껴지기까지 할 정도였다. 수천 명 앞에서 행해지는 유명 목사의 설교는 그것이 유려하고 유창할수록 공허하게 와 닿기 일쑤였으며 때로는 인문학 특강을 듣는 것 같은 느낌을 받은 경우까지도 있었다. 어쩌면 모든 종류의 거대성이야말로 내적 공허에 대한 대체물로 고안된 것은 아닐까.

흑인 예수의 성당에 와서 나는 비로소 어렸을 적 내가 살던 동네의 교회당에서 맛보았던 그 어떤 비물질적 평안과 위로, 안전한 느낌 같은 것을 받았던 것이다. 히잡을 쓴 여인 몇이 듬성듬성, 조용히 촛불이 타오르고 있는 공간 안에서 기도하고 있다. 나도 한쪽에 앉아 고개를 숙인다. 나는 자유주의자인가 보수주의자인가. 80년대에 〈바보 예수〉와 〈흑색 예수〉

■ 검은 예수의 성당 내부.

연작을 그렸을 때 한쪽에선 칭찬했고 한쪽에선 비난했다. 저 흑인 예수상
을 세운 사람들의 생각은 무엇이었을까. 놀라울 정도로 생각들이 정리되
면서 분명해진다. 문득 신앙의 보수니 진보니 하는 구분이 무익할 만큼
귀밑머리 희끗하도록 나는 기본이 안 되어 있다는 것에 생각이 미쳤다.
기독교 영성가이자 저술가로, 그리고 대학교수로 한 세기의 별이었던 C.
S. 루이스. 그와 마지막 몇 년을 함께했던 성공회 사제 월터 후퍼가 "내가
아무리 오래 산다 해도, 그리고 아무리 많은 사람을 만난다 해도 그처럼
뛰어난 인간을 다시 볼 수는 없으리라"고 했던 그 C. S. 루이스에 의하면
보수나 진보로 구분되기 전에 나는 아직 기본이 안 된 상태라는 것이, 왜
하필 이 작고 오래된 교회당 앞에서 낙뢰처럼 뇌리를 치게 된 것이었을
까. 그의 견해에 의하면 신앙생활이라는 것에서 가장 끔찍하게 위험한 것

은, 그리하여 지옥으로 끌고 갈지도 모를 그 위험스러운 요소는 다중의 힘과 견해에 의해 시시각각 전해지는 소위 새로운 사고와 도덕적 기준들이라고 했다. 문제는 이 기준을 재는 척도가 에고와 타자에 대해 각각 달리 적용된다는 점이다. 히틀러의 대량 학살을 비난하지만 그 자로 자신의 내면을 재려 들지 않기 때문에 자긍심과 자만심, 도덕적으로 좋은 느낌 속에 스민 달콤한 악마를 못 본 체한다는 것이다. 그러면서 그는 모든 종류의 신앙에는 상대주의적 관점이 아닌 항구적이고 절대적인 척도가 있다고 말했다. 그리고 그것은 자연의 법칙과 같은 기본이라는 것이다. 모든 종류의 옳고 그름은 종교적 분파나 구별보다는 그 조준경이 자연과 우주의 의미에 대한 실마리로서의 옳고 그름에 대한 사색에서부터 출발함이 옳다고 한 것이다. 죄가 나쁜 것은 하나님을 진노케 하기 때문에보다는 이 자연과 우주의 척도로 볼 때 자신에게 해가 되기 때문이라는 것이고, 바로 이 관점 때문에 기본을 챙겨야 한다는 것이다. 그래 기본, 내가 챙겨야 될 것은 신앙의 노선이나 색깔이 아니라 기본이었던 것이다. 그 영구적인 자연과 우주의 렌즈로 비춰보는 기본 말이다.

그는 말했다. "그러므로 영구적인 기준은 존재한다!"고. "자와 그 자로 재는 사물이 별개의 것이 아니라면 우리는 아무것도 잴 수 없다"고. 우리는 이 점을 삶의 여러 영역에서 확인할 수 있다고도 했다. "우리가 어떤 사람을 형편없는 골프 선수라고 부르는 것은 보기bogey가 무엇인지 알기 때문이다. 우리가 어떤 아이의 산수 답안을 틀렸다고 하는 것은 정답을 알고 있기 때문이다. 우리가 어떤 인간을 무자비하고 게으르다고 하는 것은 우리의 마음에 이미 친절과 근면의 기준이 있기 때문이다. 그리고 우리가 이와 같이 다른 사람들을 비난할 때는 그 비난의 기준을 타당한 것으로 받아들여야 한다. 기준을 의심하기 시작하면 비난의 타당성은 자동적으로 의심된다."

그래 바로 그것이다. 알제의 달동네 성당의 흑인 예수상 앞에서 비로소 나는 그 '자연법'의 메아리가 바로 나의 출발점이 되어야 한다는 깨달음에 도달할 수 있었다.

그렇다. 보수냐 혁신이냐, 이단이냐 정통이냐, 흑색이냐 백색이냐보다 우선하는 것이 바로 기본 위에 서 있느냐 하는 점이다. 그 점에서 나는 기본 위에 서 있지 않다는 생각이 비로소 명료해진 것이다. 아직도 인간의 가장 저열하고 나약한 부분을 만족시켜주는 온갖 종류의 자본의 욕망 속에 붙들려 허우적대며 살고 있을 뿐이다.

나도 돌아가고 싶다. 어릴 적 어머니의 손을 잡고 드나들던 고향의 그 작은 교회. 고요한 기쁨과 안식이 고여 있던 그 공간으로. 눈물이 핑 돈다.

성당 문을 나올 때, 조금 전 자세 그대로 집총하고 있던 경찰관이 나의 미소에 굳은 채로나마 얼굴을 까딱해준다.

어디선가 한줄기 바람이 불어온다. 바다 쪽에서겠지. 하지만 나로서는 오랜만에 불어오는 영성의 바람으로 느껴진다. 살갗을 간지럽히며 기분 좋게 해줄 뿐만 아니라 마음 저편에까지 불어들어오는 상쾌한 바람으로.

C. S. 루이스   저명한 기독교 사상가이자 작가인 C. S. 루이스(Clive
Staples Lewis, 1898~1963)는 아일랜드의 벨파스트 시 교외에서 태어났다. 아일랜
드에서 태어났지만 아버지는 웨일스 사람이었고 어머니는 스코틀랜드 사람이었
다. 아홉 살 때 어머니가 병으로 사망한 후 잉글랜드에 있는 기숙학교에서 생활하
게 된다. 그는 이때의 경험을 이렇게 회상했다. "열악한 기숙학교 생활은 소망을
품고 사는 법을 가르쳐준다는 점에서 그리스도인의 삶을 위한 훌륭한 준비가 된
다. 학기 초에는 집도 멀리 있고 방학도 너무 멀어서 이를 실감하기란 천국만큼이
나 힘들다."

이 시절의 다양한 독서와 경험은 그를 20세기의 중요한 영국 작가이자 사상가
이자 영문학자로 성장시켰다. 그후 옥스퍼드 대학에 입학해 『반지의 제왕』 작가
인 J. R. R. 톨킨을 비롯한 여러 지인들과 함께 문학과 철학을 토론하는 모임인
'잉클링즈inklings'에서 활동했다.

루이스는 종교적 개념들은 순전한 환상일 뿐이라고 여겼던 그의 선생들에게
강한 영향을 받았으나 결국에는 무신론을 버리고 기독교 세계관을 받아들인다.
이후 그는 기독교를 논리적으로 설명하는 기독교 변증론을 펼치며 뛰어난 기독교

사상가이자 기독교 문학가로 자리매김한다.

어린 시절부터 동화와 상상의 세계에 흠뻑 빠져 있었던 루이스는 북유럽의 신화와 전설에도 각별한 관심을 가졌다. 이러한 상상의 세계가 총 7권의 시리즈로 출간된 『나니아 연대기』에 담겨 있다. 이 시리즈는 2차세계대전중 영국 어린이들이 가상세계 '나니아'에 떨어져 벌이는 모험 이야기로, 인류의 최초부터 종말까지 담아내고 있다.

한 이슬람 세밀화가에 대한 경의

  알제를 떠나는 날 아침, 나자레는 나를 데리고 바닷가의 하얀 건물 하나로 들어갔다. 이름하여 미니스테르 드 라 컬처르Ministère de La Culture. 전통 모자이크와 아치형 문의 아름다움을 유감없이 보여주는 건물이었다.

  벽 하나를 사이에 하고 바다를 바라보고 있는 이 건물은 오스만튀르크식 박물관 겸 화랑이었다. 과거에는 한 부호의 가옥이었단다. 벽과 회랑에서 사방으로 불빛이 새어나오게 만든 철제 조명등과 더할 수 없이 아름다운 바닥과 벽의 타일화들, 그리고 고아한 형태의 문들을 단 집이었다. 요컨대 사람의 삶이 담기는 공간이 얼마만큼이나 우아하고 아름다울 수 있는가를 보여주고 있었다. 데이비드 호킨스는 아름답고 우아한 건축물은 영성을 고양시키는 그 무엇이라고 했는데 맞는 말이다 싶었다. 알베르카뮈가 살았던 벨쿠르 가의 남루하고 누추한 연립주택이나 이 집이나 한 생애들이 담겼다 갔을 터인데 한쪽은 근근이 생존을 영위해가는 곳으로, 다른 한쪽은 삶이 무지개처럼 화사하게 펼쳐지는 곳으로 다가온다. 화려함이 오히려 경건함으로 비추어지는 특이한 경우였다.

이 집에서 가장 아름다운 곳은 네모난 중정. 하늘빛을 받도록 되어 있어서 바람과 햇빛, 구름과 비가 그대로 지나가거나 혹은 떨어진다. 흡사 안도 다다오의 지추地中 미술관 같은 느낌이다. 그다음으로는 식당. 벽을 치는 파도 소리가 들리고 바다가 들판처럼 펼쳐진 모습을 보면서 식사하도록 되어 있다. 지는 해의 노을빛과 햇빛 반짝이는 한낮의 바다며 불빛만이 깜박이는 밤바다를 모두 볼 수 있게 되어 있는 것이었다. 익살스러운 차 마시는 공간과 숨어 있는 목욕탕이며, 공간을 우아하게 감아 도는 계단과 아늑한 손님접대실, 작고 정겨운 회랑 등도 아름답기 그지없었다. 갈 데까지, 미美의 극점에까지 가보자며 작심하고 지은 집 같았다. 그런데 유독 내 발길을 멈추게 한 것은 3층 전시실이었다.

몇몇 미술가의 작품을 전시하고 있었는데 회화와 함께 정교한 공예품과 조각들이 있었다. 그중에 파리다 함자Farida Hamza라는 화가의 작품 몇 점이 눈길을 끌었다. 공책 크기보다도 작은 데에 그린 지독한 세밀화였다. 지독하다고밖에 할 수 없는 것은 그 작은 공간에 인물과 꽃, 풍경과 동물을 넣어 어떤 이야기를 담고 있었던 까닭이다. 찬찬히 보니 그림 한 장으로 단편소설 하나를 읽는 느낌이었다. 처음에 나는 그 그림이 인쇄물인 줄 알았다. 그러나 물결을 표현한 부분에서 세미한 손길의 느낌이 전해져왔다. 그림을 그리는 자만이 알 수 있는 실로 미세한 떨림이었다. 놀라운 정교함이었는데 그 외에는 다시 떨림이랄지 호흡의 높낮이 같은 기미를 잡아낼 수 없었다. 작가는 아마 호흡을 가다듬고 고도로 정신을 집중해서 몇 날 며칠에 걸쳐 아니 한 달 혹은 일 년에 걸쳐 가장 영혼이 맑은 상태에서 조금씩 그린 것이 틀림없다. 그녀 역시 건축물과 마찬가지로 아름다움의 끝에서 신과 만나려던 것이 아니었을까.

전에 나는 터키 작가 오르한 파묵의 소설 『내 이름은 빨강』을 호기심

깊게 읽은 적이 있다. 거기에 이슬람 세밀화의 세계가 그려져 있었다. 그 이슬람 세밀화의 신비를 뜻밖에 알제의 한 작은 박물관에서 만나게 된 것이다.

문득 그림을 그렸다는 파리다 함자라는 여인과 영혼으로 만나고 있는 듯한 느낌이 들었다. 한쪽에 의자를 놓고 앉아 있는 관리인에게 이 그림을 파는 것이냐고, 살 수 있느냐고 물었다. 그는 정중하게 팔지는 않고 보여만 주는 것이라고 했다. 그러나 파리다 함자의 세밀화는 사람을 빨려들게 하는 신비한 매력이 있어서 나는 그림 앞에서 쉬이 발길을 떼어놓지 못했다. 그림이 고요히 숨결을 오르내리고 있는 것이 느껴졌다. 세상의 수많은 휘황한 미술관과 박물관의 명화 앞에서도 이토록 옴짝달싹 못하고 묶여 있기는 드문 일이었다(며칠 후 몰타의 성 요한 교회에 갔다가 어둑신한 속 카라바조의 초대형 대작 앞에서 비슷한 경험을 하긴 했지만).

그런데 그 작은 그림이 한사코 내 마음을 잡아끌었던 것은 그림의 내용 때문은 아니었다. 사실 그 그림은 이슬람 민속화 비슷한 내용을 담고 있었고 기법이나 형식 또한 진부하게 느껴질 정도로 평범한 것이었다. 그럼에도 불구하고 이상한 영기 같은 것을 내뿜는 듯한 그 극세미 앞에서 나는 한숨을 절로 쉬지 않을 수 없었던 것이다. 그림 위에 어른거리는 영혼의 빛 같은 것이 있었던 것이다.

만약에 내가 그림 그리는 사람이 아니었던들, 갈 길 바쁜 나그네의 입장으로서 한눈에 휙 보고 지나쳤을지도 모른다. 그러나 나도 이 일을 업으로 하는 관점에서 저 초극세화의 세계가 얼마만큼의 집중력과 견인을 요하는지를 알고 있기 때문에 발길을 돌릴 수 없었던 것이다.

아래층 사무실로 내려와 나는 다시 중견 직원에게 파리다 함자의 작품을 한 점 사고 싶은데 방법이 없겠느냐고 했다. 그는 잠깐 기다리라더니 그녀의 집 전화번호를 적어 와 건네주며 연락을 해보란다. 아마 집과 화실이 함께 있는 모양이었다. 하긴 저 정도 손바닥만한 크기의 작업을 하는 화가라면 넓은 공간이 오히려 시선을 분산시켜 방해가 될지도 모를 일이었다. 그러나 전화번호를 받아든 순간 돌연 의기도 꺾여버렸다. 51세의 그 여성작가를 직접 만나보고 나면, 어쩐지 작품에서 받았던 그 신비감이 손상될지도 모른다는 생각 때문이었다. "다음에……"라고 얼버무리며 차를 타고 박물관을 떠나는 내내 파리다 함자라는 이름의 화가가 머릿속에서 떠나지 않는다. 그녀는 모르긴 해도 뛰어난 이슬람 신앙인이리라. 그림의 어느 한구석에서도 신성神性에 바쳐지는 느낌이 없는 곳이 없었기 때문이다.

그렇다. 내 발길과 눈길을 꼼짝 못하게 옭아매었던 것도 그 작은 그림이 알라에게 바치는 기도와 같은 것, 예배와 같은 것이었기 때문이리라. 그러고 보니 그림의 어느 곳에도 파리다 함자는 없었다. 오직 알라를 향한 그녀의 절절한 고백과 집중으로 가득했던 것이다. 자신의 숨결마저 숨기느라고 그녀는 혼신을 다했던 것이다.

파리다 함자의 그림에서 나는 중세 가톨릭교회의 천장화와 제단화를 그렸던 화가들을 떠올렸다. 목에 디스크가 오고 관절이 구부러질 만큼, 혹은 금식을 하면서 영혼과 육체를 온전히 바쳐 그렸던 그림들. 그림 어디에도 자신을 드러내 사인을 하려 하지 않았던 화가들. 나를 비롯해 자본주의에서 싹이 나고 자란 화가들과는 출발부터가 달랐다.

차는 어느덧 가난과 남루의 거리를 벗어나고 있다. 알제에 다시 올 수 있을까. 다시 오는 날이 있다면, 그때도 파리다 함자의 그림을 만날 수 있을까. 열어놓은 차창으로 가물가물 저멀리 미나렛minaret에서 낮의 기도 소리가 울리고 있다. 그녀의 그림이야말로 언어가 아닌 색채와 형태로 올리는 기도였다는 생각이 든다. 신에게 다가가는 한 길을 그렇게 열었으리라.

이슬람 세밀화와 오르한 파묵   노벨상 작가인 터키의 오르한 파묵 (Ferit Orhan Pamuk, 1952~)은 30여 년간 오로지 펜으로만 작품을 써온 작가로 유명 하다. 상당한 악필에 난필이어서 단 한 사람의 편집자만이 그의 글을 알아보고 타이 핑할 수 있다는 에피소드가 있다. 그의 작품 『내 이름은 빨강』은 한 이슬람 세밀화 가의 이야기를 그린 회화 소설이다. 이슬람 세밀화가 절대 화풍이던 한 도시에 인간 적이고 인문주의적인 베네치아 화풍이 들어와 마침내 대세가 되자 신의 절대미를 추구하던 세밀화의 노老대가는 조선 후기 화가 최북(崔北, 1712~1786?)처럼 어둠 속에서 신이 내린 최후의 절대미를 영접하기 위해 황금바늘로 자신의 눈을 찌른 다. 이 작품을 쓰기 위해 수차례나 메트로폴리탄 뮤지엄을 찾았다는 작가는 관광 객들로 발 디딜 틈 없는 서유럽 화가들의 작품들과는 달리 찾는 이 없어 한산한 이슬람 세밀화들 앞에서 충격을 받았다고 고백한다.

원래 오스만제국 궁정 화원에서는 자아를 완전히 배제시키고 숨죽인 채 이어 지는 이슬람 세밀화miniature가 정통 화풍이었다. 높은 곳, 즉 신의 나라에서 낮은 곳, 즉 지상을 내려다보는 방식으로 그려지며 원근이나 음영의 실재감을 나타내 지 않고 평면화시키는 게 특징인 이슬람 세밀화는 절대미와 절대성 추구를 목표로 한다. 초기에 페르시아 화풍이던 세밀화가 이슬람 전역으로 퍼져나간 이유도 인간의 희로애락이나 변화무쌍한 감각 혹은 감성이 아니라 불변의 그리고 견고한 아름다움을 추구한 데 있었다. 이슬람 세밀화는 경전의 삽화로부터 궁정과 신전의 모자이크 벽화에 이르기까지 그 재료와 내용이 무척 다채롭다.

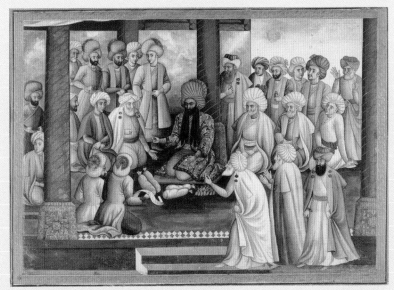

■ 이슬람 세밀화.

2장

이
집트

대지는 스멀거리는 숨결들로 가득하고 푸르스름한 빛은 주춤거리며 하늘로 퍼진다. 그 푸른빛의 뒤편으로부터 엷고 고운 주홍빛이 섞여 나온다. 나일 강의 새벽은 이렇게 열린다. 희부윰하게 피어올라 터지는 강 안개 속에서 밤새 담요를 가지고 나와 강가에서 자던 사람들이 하나둘 자리를 털고 일어서는 모습이 보인다. 얼마 지나지 않아 잘 익은 햇볕이 저 안개를 몰아내며 땅을 달구어내리라.

카이로의 밤 비행기

처음 기자Giza와 룩소르Luxor를 찾아가던 이집트 여행을 잊을 수가 없다. 조각가인 친구 S와의 배낭여행이었는데 원래 행선지는 이집트가 아닌 파리였다. 1986년의 한여름이었는데 우리는 도쿄를 거쳐 파리로 가기 전 홍콩에 머무르고 있었다. 그때 이미 나는 대학 교원이었지만 넥타이를 풀어버린 채 반바지에 스케치북, 카메라만 챙겨 떠나는 여행길은 다시 대학 시절로 나를 데려다주기에 충분했다. 저물녘 홍콩의 카오룽九龍 시내를 배회하다가 둘이서 거의 동시에 눈길이 머문 곳은 여행사 거리에 일몰과 함께 일제히 내놓은 길거리 입간판들이었다. 거기에는 모스크바며 베이징 같은, 당시만 해도 갈 수 없던 금단의 도시들이 즐비하게 광고문과 함께 붙어 있었는데 한결같이 정규 가격의 30% 내외로 그날 갈 수 있다는 덤핑 티켓들이었다. 비자 요금도 물론 아주 싼값이었는데 놀랍게도 거기 카이로가 있었다. "카이로라면 룩소르가 가까운 그 카이로야?" 내가 조각가 친구에게 물었고 그는 비장하게 다문 입술로 고개를 끄덕였다. 그 옛날 우리들의 서양예술사는 늘 나일 강 근처의 테베라고 불리던 그 룩소르에서 시작했고, 카르나크Karnak와 아부심벨Abu Simbel을 거치다보면 잦은 휴교와 휴강 속에서 채 이집트를 떠나기 전에 끝나버리곤 했었다. 두 사람은 누가 먼저랄 것도 없이 여행사의 문을 밀고 들어섰고 간단한 수속 끝에 그날 심야에 떠나는 이집트행 항공표를 손에 쥐게 되었다.

나는 조잡한 슬라이드 영상으로 교실에서만 보던 그 미려한 테크닉과 유니크한 형태의 고대 회화들에 관한 생각으로 머리가 꽉 차서 저녁밥이 코로 들어가는지 눈으로 들어가는지도 챙길 겨를이 없었다. 가슴이 쿵쾅거려 견딜 수가 없었는데 흥분되기는 조각가 친구도 마찬가지인 것 같다. 우리들에게 그토록 이집트 미술을 열강하며 울궈먹던 그 교수는 아마도 실제로는 그곳에 가보지도 못했을지 모른다며, 미술인 중에 그곳에 가게 된 것은 여간 행운이 아니라고 건배를 하기도 했다. 그러고 보면 여행은 다리가 떨리기 전 가슴이 떨릴 때 떠나라는 말은 백번 옳다. 가슴이 떨리면 감성의 촉수들이 일제히 뻗치며 일어선다. 그렇게 되면 남루한 이방의 풍경마저도 화사한 모습으로 그 촉수에 빨려들어온다. 심지어 황량한 벌판으로 날아가는 석양의 새떼들마저도 눈물겹도록 아름다운 정경으로 되돌아온다. 이집트는, 떠나기도 전 그 밤에 이미 온갖 색채로 착색되어 나를 취하게 했던 것이다. 그로부터 10년 후에 다시 찾은 이집트는 처음 홍콩에서 출발하던 때의 반의반도 못 되었음은 물론이다. 그 흥분과 설렘에 있어서 말이다.

문제는 덤핑 표로 올라탄 그 이집트 항공의 밤 비행기였다. 총 승객이 십여 명 남짓이었다고 또렷이 기억한다. 백인이 한 사람도 없었던 것도. 처음에 3등석을 찾아 앉았는데 얼마 안 가 S가 일어나 여승무원에게 다가가 손짓 발짓을 하기 시작했다. 얼핏 '리샤오룽李小龍'이라는 말이 들려왔다. 또 시작이구나 싶었는데 아니나다를까, 이집트인 여승무원들은 깔깔겼렸고, 우리는 커튼 저 너머의 1등석으로 자리를 옮기게 되었다. 그때 홍콩의 쿵푸 배우 리샤오룽은 이미 세계적으로 떠오른 인물이었고 괴성을 지르며 내지르는 그의 무술은 동양의 신비 그 자체였다. 그 액션 배우와 생김새가 약간 닮았던 내 친구는 여행 내내 리샤오룽의 이름을 들먹였다. 때로는 '브라더', 때로는 '스튜던트', 때로는 '티처'라며 몇 가지 조잡한 액션을 선보이면서 자잘한 난관들을 돌파해갔던 것이다.

1등석에 앉으니 스튜어디스가 비닐백을 가져다주었고 치약, 칫솔에 초콜릿 향수와 슬리퍼, 머리빗까지 들어 있었다. 세상에 이런 일이 생기기도 하는구나 싶었다. 더구나 스튜어디스는 이따금씩 와 텅 빈 1등석의 우리 앞에 그 좋은 각선미의 다리를 가지런히 모아쥐고 앉아 더 필요한 것이 없느냐고 빤히 묻곤 했다. 다리며 예쁜 입술이 너무 가까이 와 있어 정신이 아찔할 지경이었다.

그런데 진짜 아찔함은 그리 오래지 않아 다가왔다. 갑자기 비행기가 수직으로 20미터, 30미터씩 떨어지기 시작했고, 선반의 짐들이 와르르 와르르 쏟아져 내렸으며, 순식간에 비명으로 실내는 아수라장이 되어버렸다. 기내 방송으로 얼핏 에어포켓 어쩌고 하는 말이 지나갔는데 그 정신에도 나는 속으로 '이놈의 비행기에는 소매치기까지 있는 모양이구나, 이럴 때 호주머니(포켓)를 조심하라는 뜻인가보다'라고 생각하며 어이없어 했다. 싼 거 좋아하다가 언젠가 한번 되게 당할 줄 알았지만 이제 이집트 가는 비행기에서 죽게 되는구나 생각하니 억울하기 그지없었다. 그 지옥 같은 시간은 수습되는가 싶으면 되풀이되기를 거듭했고 나중에는 하도 당하다보니 사람들의 비명소리도 무슨 아련한 음악 소리처럼 들릴 지경이었다. 먼 훗날 알고 보니 그 비행기는 기름을 절약하기 위해 소위 일류 항공사들이 피해가는 에어포켓 지역을 질러간 것이었고, 비로소 이집트

북아프리카 인상
하얀 건물과 아름다운 물, 열대 식물은 북아프리카의 순결하고 빛나는 자원들이다.

로 가는 밤 비행기가 그토록 형편없이 쌌던 이유를 알 수 있을 것 같았다.

카이로 공항에 내리니 그곳 역시 심야였는데 흡사 무슨 야시장 같은 분위기였다. 가방을 일일이 열어 속옷까지 한 장씩 들쳐보는 짐검사가 장난이 아니었는데 그곳에서 다시 한번 리샤오룽은 조각가의 '스튜던트'였다. 삽시간에 터번을 쓴 사내들이 빙 둘러쌌고 족보도 없는 발차기 몇 번으로 우리들의 짐검사는 대충 생략된 채 공항 밖으로 나오니 이제는 낙타 방울 소리며 호객 소리들로 정신을 차릴 수가 없었다. 어찌어찌하여 60년대 시발택시 같은 택시를 얻어타고 나일 강이 보이는 싸구려 호텔에 짐을 풀게 되었다.

낡은 침대에 누워 곰곰 생각하니 긴 환각의 터널을 빠져나온 느낌이었다. "아까 비행기가 그토록 요동쳤던 것, 혹시 룩소르 계곡의 귀신들이 우리가 오는 것을 방해해서는 아니었을까" 하고 물었지만 조각가 친구는 어느새 코를 골고 있었다. 이집트에서의 첫날밤은 그렇게 지나가고 있었다.

■ 룩소르 신전.

룩소르　　나일 강변을 따라 동서로 길게 자리한 이집트 중앙의 룩소르는 고대 이집트의 중왕국과 신왕국에 걸친 오랜 수도이자 1600여 년 동안 왕국의 중심 도시였다. 절대권력을 가진 파라오들이 이곳을 중심으로 수많은 신전과 탑문, 조형예술품을 세워 힘과 권위를 과시했다. 이집트 최대의 종교문화 도시로서 한때 백 개가 넘는 탑문이 있었다고도 한다. 하나의 탑문을 통과할 때마다 웅장하고 화려한 신전이나 왕궁이 나타났다고 하니 그 위용을 짐작할 수 있다.

　신과 왕과 왕비 들의 계곡으로 나뉘어 있는데 이집트 최초이자 유일의 여성 파라오였던 하트셉수트 여왕의 신전과 북쪽의 카르나크 신전 등 거대한 신전과 열주가 찬란한 과거 문화유산의 한 축으로 남아 있다. 아시리아에 이은 로마 제국의 지배와 이슬람의 침략 속에서도 수천 년 전의 모습을 거의 원형 그대로 보존하고 있어 신정정치 시대 수도의 전형을 볼 수 있다.

나일 강의 사랑

대지는 스멀거리는 숨결들로 가득하고 푸르스름한 빛은 주춤거리며 하늘로 퍼진다. 그 푸른빛의 뒤편으로부터 엷고 고운 주홍빛이 섞여 나온다.

나일 강의 새벽은 이렇게 열린다. 희부윰하게 피어올라 터지는 강 안개 속에서, 밤새 담요를 가지고 나와 강가에서 자던 사람들이 하나둘 자리를 털고 일어서는 모습이 보인다. 얼마 지나지 않아 잘 익은 햇볕이 저 안개를 몰아내며 땅을 달구어내리라.

이집트에 오면 이상하게도 기자의 피라미드나 카르나크 신전, 아부심벨의 거대한 조각상이며 투탕카멘의 무덤보다 내 가슴을 파고드는 것은 뉘엿뉘엿 저물어가는 나일 강이었다. 강을 제외한 그 모든 것들은 그것이 거대하면 거대할수록, 금빛 칠과 휘장을 한 것이면 한 것일수록 욕망의 포화와 그것의 덧없음만을 안겨주었을 뿐이다.

그런데 강은 달랐다. 3천 년 제국의 진정한 부장품 같기도 했고, 시간이 응고된 희고 말랑말랑한 그 액체만이 영혼을 가진 것 같았다. 강을 제외한 그 모든 것이 물성物性을 못 벗어나면서 결국 흘러내리는 사암의 모

116

래 알갱이들처럼 소멸해갈 것임에 반해 강은 비록 그 자리를 뒤척이고 쿨럭이면서라도 끝없이 이어지고 계속 흘러갈 것 같았다. 그런 면에서 이집트의 진정한 주인은 나일 강인 셈이었다.

나일 강이 없었더라면 그 유니크하면서도 장엄한 문명이 어떻게 있었을 것이며 3천 년 제국의 역사인들 어떻게 계속될 수 있었겠는가. 그리고 클레오파트라의 사랑 이야기마저도.

이런 이야기를 나는 1986년 그 여름에 묵었던 호텔의 젊은 지배인과 테라스에 나와 강을 바라보며 나누었던 기억이 난다. 카이로 대학을 나왔다는 삼십 대의 그 남자는 영화배우 뺨치는 외모에 매너도 수준급이었다. 나는 강과 문명에 대해 말했지만, 그는 실업률과 일자리에 대한 걱정이 많았다. 중년의 무바라크는 그 당시 이미 살아 있는 파라오의 조짐을 보이며 제국을 손아귀에 넣고 쥐락펴락하고 있었지만 나라와 백성들은 가난에 신음하고 있었던 것이다. 동년배의 팔자 좋은 관광객이 나일 강의 낭만에 대해 늘어놓는 모양이 딴은 견디기 힘들었으리라.

하지만 맹세코 이집트를 다시 찾게 된 것은 가슴으로 파고들었던 그 강의 기억이 한몫했음을 부인할 수 없다. 여행자들 사이에 '이집트의 거위에 쪼이다'라는 말이 있다. 말하자면 '베를린에 가방을 두고 왔다'와 같은 표현일 터이다.

이집트 고고학의 최고 권위자이자 이집트 마니아로 알려진 오귀스트 마리에트Auguste Mariette의 말로 알려져 있다. "나일 강의 거위에 쪼이면 그 맹독이 순식간에 퍼져 평생 이집트 광으로 살게 된다"는 것인데 독毒치고는 치명적인 매력을 지닌 독임이 분명하다.

그 나일 강변을 두 명의 아름다운 여인과 거닐었던 기억을 잊을 수가 없다. 1986년 그 무더운 여름 어느 날 역시 카이로 대학을 나왔다는 두

나일 강 환상
해질녘 나일 강을 바라보노라면 벽화 속의 여인이 물길을 바라보며 악기를 연주할 것만 같은
느낌이 든다.

미녀는 한사코 우리와 다섯 발자국쯤 떨어져 뒤따라오면서 기쁨으로 번진 얼굴을 하고 있었다. 처음이자 마지막으로 강변에 나란히 앉았을 때도 그녀들은 주로 둘이서만 이야기를 나눌 뿐 수줍어했다. 작고 하얀 꽃을 따서 손바닥에 올려놓고 도란도란 이야기하던 모습, 음료수 한 잔을 마시면서도 온 얼굴에 번지던 기쁨의 빛이 어제런 듯 생생하다. 함께 나누었던 이야기라는 것이 "신의 힘은 끝없이 확장되는 것 같아요. 저 하늘로부터 이 작은 꽃에 이르기까지요" 정도였지만.

대학 시절, 고향에 가면 수줍어 고개를 숙이며 지나치던 동네 처녀처럼 순결하고 순수한 영혼의 소유자들이었다. 이집트 하면 나일 강이 먼저 떠오르고, 그 나일 강을 떠올리면 거기 하얗게 핀 들꽃 같던 그녀들이 함께 떠오른다.

나일 강과 이집트 문명 　국토의 대부분이 사막인 이집트는 한가운데로 나일 강이 흐르고 그 강가를 따라 가늘고 좁은 토지에 사람들이 모여 산다. 나일 강은 국토를 남쪽에서 북쪽으로 종단하며 지중해를 향해 흐르고 마지막에는 삼각주를 형성한다. 나일 강은 1년에 한 번씩 범람했고, 상류로부터 떠내려온 기름진 흙은 곡물이 여무는 데 도움을 주었다. 그리스의 역사가 헤로도토스가 "이집트는 나일 강의 선물"이라고 했을 정도로 홍수로 흘러들어온 물이 토지를 비옥하게 만들었다.

　이집트인들은 일찍부터 이 기름진 땅에서 농사를 지으며 정착했다. 홍수는 규칙적으로 일어나서 미리 예측을 할 수 있었기 때문에 이집트인들은 농사의 시기를 조절할 수가 있었다. 더욱이 이집트 지역은 아열대 기후에 속해 기온이 매우 높았기 때문에 농사를 짓기에는 더없이 좋은 조건이었다. 인류의 문명은 농업에서 시작했다고 할 수 있는데 고대 이집트 문명도 이와 같은 자연조건 위에서 발달한 것이다.

　이집트는 기원전 3200년경에 국가를 형성하고 이집트 문명을 탄생시켰다. 사막과 바다로 둘러싸인 지형적 특성으로 외부의 침입 없이 3천 년 가까이 고

120

■ 룩소르 부근의 나일 강(©Marek Kocjan).

유문화를 간직할 수 있었던 이집트 왕조는 알렉산더 대왕의 점령으로 막을 내리게 된다.

농업, 천문학, 기하학, 십진법, 상형문자가 발달했고, 영혼 불멸의 내세관이 담긴 미라, '태양의 아들'로서 절대권력을 행사하던 파라오의 무덤인 피라미드, 스핑크스 등 뛰어난 건축술로 독특한 문화를 형성했다.

카이로에서 기자까지, 두 여인과의 동행

북유럽 숲속에서 게르만족과 켈트족이 아직 곰 사냥을 하고 있을 무렵에 이집트의 역사는 이미 시들어가고 있을 정도였다. (…) 이집트 26대 왕조가 멸망하고 나서도 유럽의 역사라는 것이 시작되려면 아직 500년을 더 기다려야 했다.

이집트에 정통한 고고학자 세람C. W. Ceram의 표현이다. 지구 역사상 유례없이 긴 3천 년의 제국을 유지했던 이집트는 로마 제국에 바통을 넘기기 전까지 문명의 등불이었다. 하지만 무려 천 년이 넘도록 모래 속에 파묻혀서 오직 신화나 전설로만 떠돌던 그 이집트가 환상이 아닌 실재로 역사 속에 다시 화려하게 모습을 드러낸 것이 불과 19세기 초였으니 그 문명의 잠은 미라만큼이나 신비하고 오래된 것이었다. 비밀의 코드 같은 신성문자가 해독되고 하나둘 땅속으로부터 유물들이 모습을 드러낼 때마다 세상은 경악했다. 그 유니크하고 일사불란하며 정교한 형태의 조각과 회화들은 현대 문명과 예술 자체를 주눅들게 하기에 충분했다. 비교할 수

■ 카이로 박물관에 소장되어 있는 라호테프와 네페르트 부부상.

없는 독창성과 뛰어난 테크닉, 그리고 하루처럼 이어온 3천 년의 전통은 순식간에 사람들을 사로잡았고 합법적·비합법적 경로들을 통해 유물의 반출이 이어졌다.

　파도 파도 끝없이 나오는 그 제국의 유산들은 세계 문화사에 폭죽처럼 이집트풍을 휘몰아치게 했고, 건축과 미술 분야는 물론 디자인과 패션에 이르기까지 그 영향력은 실로 대단했다. 그 장엄과 엄숙, 고아함과 범접하기 어려운 신비, 그리고 단순함 속에 스며든 독특한 영성의 아우라까지, '이집트 학습'에 세상은 열광했다.

　이집트에 홀린 사람들은 박물·역사·고고학·미술사 등 그 범위와 분야가 실로 광대했고, 세기의 제왕들 또한 이집트 문명에 대한 탐식의 야욕을 드러냈는데 알렉산더부터 나폴레옹에 이르기까지 그 수가 부지기수였다. 이집트에 홀리기는 동방의 한 나라에서 미술선생 일을 하고 있던 나 또한 마찬가지였다.

미술사의 한 페이지를 넘길 때마다 그 불가사의한 신비 속에 빠져들어 갔고 그 환상 또한 이스트처럼 부풀어올랐던 것이다. 그중에서도 이집트 미술에 나타난 여인들의 모습은 그 의상이며 장신구들과 함께 휘황하고 요려한 신비 그 자체였다. 신비, 신비, 신비. 매혹, 매혹, 매혹의 연속이었다. 그 무덤 속의 벽화 같은 여인들을 현실로 처음 만나게 된 것이 바로 1986년 그 여름의 카이로에서였다. 벽화 속 여인들이 그대로 거리로 걸어나온 듯했다. 어떻게 이십 대 중반의 그 여인들을 만나게 되었는지는 자세한 기억이 없다. 분명한 것은 동행했던 친구 조각가가 '작업'을 했다는 사실뿐이다. 그녀들이 내 앞으로 걸어왔을 때 홀연히 카이로 창공으로부터 두 천사가 내려온 듯 눈부신 모습이었다.

우리와 동행했던 그 하룻길 동안 여인들은 진실로 행복한 듯했다. 별것도 아닌 농담에 자주 웃었고 한없이 즐거워했다. 다만 함께 거리를 걷거나 식당에 갈 때만은 달랐다. 반드시 몇 발짝 앞서거나 뒤처져 걸으려 했고 식당에서도 한사코 옆 테이블에 따로 자리를 잡으려 했다. 그리고 무엇보다 얼굴에는 누가 먼저랄 것도 없이 긴장과 경계의 빛이 역력했다. 무엇인가 있구나 싶어서 헤어지기 전 마지막 찻잔을 앞에 놓고 물었더니 이곳에서는 외국인과 함께 걷거나 차를 타는 일, 그리고 함께 식당에 가는 일을 고깝게 보고, 심지어 고발하기도 한다는 것이었다. 어이없어했더니 교사 신분이어서 더욱 조심스럽다는 것이었다. 그냥 문화로 보아 넘기기에는 너무도 가슴 아픈 대목이었다.

뜨거운 폭양 아래서도 얼굴과 온몸을 검은 천으로 치렁치렁 휘감고 다녀야 되는 것만도 갑갑한데, 외국 남성과 차 한 잔도 자유롭지 못하다니

여인과 새
순결과 정절의 상징이 된 이슬람 여인.

무자비한 일인 것 같았지만 그녀들은 그저 쓸쓸한 미소를 지으며 "인샬라!"라고 할 뿐이었다. 저물녘 헤어질 때 우리들은 심지어 악수도 하지 못했다. 멀리서 돌아보니 검은 옷의 그녀들은 수녀들처럼 보였는데 오래도록 한자리에 그대로 서 있었다.

10년 후에 다시 카이로에 갔을 때 외국 국적의 이슬람 학자와 그 문제에 대해 다소 긴 이야기를 나눌 수 있었다. 내가 이 무더위에도 왜 그토록 온몸을 검은 천으로 감아 옷의 감옥을 만들어야 하느냐고 물었다. 언젠가 이란에서도 똑같은 질문을 던졌는데 그때의 답변도 자로 잰 듯 똑같았다. 요지인즉슨, 죄를 유인하는 요소를 가급적 차단시키기 위한 것이라는 대답이었다. 그 죄의 요소를 차단한다는 것이, 그 논리라는 것이 도대체 누구의 논리냐, 신의 논리냐 사람의 논리냐 아니면 남성들의 논리냐고 물었지만, 어쨌거나 이슬람 율법은 간음을 살인 못지않은 중죄로 보기 때문에 간음죄를 유발할 수 있는 여인의 아름다움을 한사코 가려야 한다는 것이었다. 죄는 '눈'으로부터 오고 따라서 여인의 아름다움은 누구라도 안전하다 할 수 없을 정도로 치명적이며 위험하다는 것이다. 신께서 여인을 잘못 창조하셨다는 말이냐고 묻자 그건 아니고 남성에 비해 엄청난 정성을 기울이신 것은 틀림없는 것 같다고, 보라고, 당신과 나는 이토록 엉성하지 않느냐고 하여 함께 웃고 말았지만 뒤끝이 쓸쓸했다.

길안내를 핑계로 카이로에서 피라미드와 스핑크스가 있는 기자로 가는 버스 안에서 두 여인은 마치 나들이 가는 소녀들처럼 연신 깔깔거리고 연신 감탄하며 창밖을 보고 그렇게나 좋아했었다. 우리가 피라미드 내부를 들여다보고 스핑크스 쪽에 가서 사진을 찍고 하는 동안 두 여인은 나무 그늘 하나 없는 돌팍에 나란히 앉아 기다려주었다. 그리고 처음이자 마지막으로 사진 한 장을 찍고 헤어졌던 것이다. 비싼 식당에서 저녁식사 한

번 대접하지 못한 채 헤어졌던 그녀들. 이집트의 벽화들처럼 다시 옥죄어
오는 현실의 벽화 속으로 걸어들어갔을 그녀들. 이집트 하면 거대한 왕의
무덤들보다도, 그리고 피라미드와 스핑크스보다도 애잔한 모습으로 서
있던 그 두 여인이 먼저 떠오른다.

이집트 여성과 베일   아직도 이슬람은 극단적으로 여성을 억압하는 종교라는 이미지가 강하다. 낙후된 이슬람 사회의 현실에서 파생된 후진적 여성 차별이 이슬람 종교의 문제로 비쳐지고 있다.

이집트는 아랍 국가 가운데서는 서구와의 접촉을 비교적 먼저 시작함으로써 여성의 지위와 역할 문제에 대해서도 앞서 고민하기 시작한 국가다. 그중에서도 특히 이슬람 여성이 준수해야 하는 복장 관행에 대한 논쟁은 이집트 지식인들과 여권 운동가들 사이에서 여전히 뜨거운 이슈가 되고 있다.

이슬람 여성이 갖추어야 할 복장에는 히잡, 니캅, 부르카, 차도르가 있다. 히잡은 얼굴만 내어놓는 두건으로 코란에도 언급되어 있으며 시리아와 아랍권에서 주로 볼 수 있다. 니캅은 눈을 제외한 전신을 가리는 복장이고, 부르카는 눈을 포함한 전신을 가린다. 눈 부위는 얇은 천으로 가리며 장갑을 사용하기도 한다. 아프가니스탄과 이집트에서 흔히 볼 수 있다. 차도르는 부르카와 비슷한 헐렁한 겉옷의 일종이며 속에는 주로 양장을 입는다.

20세기 초, 베일 착용을 지지한 사람들은 베일이 여성을 보호한다고 강조했고, 베일 착용을 반대한 사람들은 베일이 여성의 격리와 사회적 수동성의 원인이 된다고 보았다. 일부 사람들은 베일을 남성에 의한 여성 지배와 굴욕의 상징으로 간주한 반면, 또다른 사람들은 서구문화에 대한 민족적 정체성의 상징으로 보았다.

개혁파 지식인을 비롯한 많은 여권 운동가들의 베일 벗기 주장에 힘입어 정부 정책으로 베일 벗기를 강제했던 터키나 이란과는 달리 1920년대와 30년대의 이집트 여성들은 베일을 벗을지 말지를 스스로 결정할 수 있었다. 이후 50여 년간 이집트 여성들은 베일을 쓰지 않았다. 그러나 1970년대 들어 보수적인 이슬람교가 이집트에 퍼지기 시작하면서 여성들은 다시 베일을 쓰기 시작했고 현재는 그것이 주류가 되었다.

룩소르에서 아부심벨까지

어느 날 대원군이 술자리에서 함께 어울리던 대신과 사대부들에게 자신의 자작시를 한번 음송해 보이겠다고 했다. 목청을 가다듬고 막 시를 한 수 읊어내려는데 한구석에서 감탄사가 터져나왔다. "카, 정말 좋은 시로구나." 좌중은 어리둥절해서 감탄사를 연발하는 쪽을 바라볼 수밖에…… 그러자 그가 사연을 말했다. "대원위 대감께서 시를 읊으신다면 끝나기 무섭게 여기 모인 모두가 고개를 끄덕이고 무릎을 치며 훌륭하다고 감탄할 터인데 저 같은 말단이야 찬讚인들 할 틈새가 있겠습니까? 그래서 미리 한 것이외다."

이집트 문명에 관한 그 모든 것을 대할 때마다 나는 기시감既視感에 시달리며 실재와 환각 사이에 엉거주춤 서 있게 된다. 눈앞에 대면하기 이미 오래전부터 책이며 영상 자료들을 통해 충분히 감탄하고 경외심 또한 부족함 없이 가졌던 까닭이다. 대학 때의 서양미술사 교수 한 분은 룩소르를 이웃 동네 얘기하듯 했으며 절대군주인 아멘호테프 3세의 이름을 그 동네 이장 이름처럼 불러대며 귀가 닳도록 이집트 미술을 이야기하기도 했다.

그래서 실제 룩소르에 와서는 아부심벨까지 그 머나먼 길을 다시 가야 할 것인가, 말 것인가를 놓고 여간 고민이 아니었다. 그곳 또한 고향 마을 어귀보다도 눈에 선하거늘 굳이 찾아간다 한들 뻔한 한숨과 감탄사밖에는 나올 것이 더 있겠는가 싶은 것이었다. 온 인류사를 관통하며 수많은 사람들로 하여금 혹은 올려다보고 혹은 내려다보며 온갖 감탄과 경외를 자아내게 했던 왕가의 골짜기와 카르나크, 그리고 아부심벨 앞에 서서 나 또한 한숨이나 '아' 혹은 '오' 외에 다른 무슨 말을 할 수 있을 것인가.

그럼에도 불구하고 처음 룩소르를 대면했을 때 형언할 수 없는 감동이 물결쳐왔다. 그곳은 신들과 왕들의 집성촌 같은 곳이었다. 모래사막과 시뻘건 황토의 구릉과 언덕 위에 파라오들이 그들의 절대적인, 그러나 사실은 덧없는 권력과 힘을 연출하기 위해 세운 열주들과 건물들이 설치미술처럼 장엄과 웅장의 연속으로 파노라마치고 있었다. 나일 강을 동서로 나누며 신과 왕가의 동네는 사이좋게 지상에 함께 거하고 있었던 것이다. 그리고 도굴촌들 또한 조개껍데기들처럼 한쪽에 떨어져 다닥다닥 붙어 있었다.

왕들의 계곡에서의 압권은 단연 투탕카멘의 그것이었다. 어린 나이에 절대권력의 자리에 올랐지만 채 꽃을 피우기도 전에 죽은 그를 위해 죽음을 삶의 또다른 한 형태로 연결할 필요가 있었을 것이고, 그것도 가급적 찬란한 광휘로 덧입힐 필요가 있었을 것이다. 그 모든 부장품, 황금 마스크와 미라와 장식물들, 벽화에 이르기까지 할 수 있는 모든 것들이 황금 혹은 황금빛으로 장식되어 있었다. 물론 왕들의 계곡에 있는 람세스 1세나 세티 1세, 람세스 6세의 묘 역시 화려함과 정교함의 연속이기는 했지만 투탕카멘의 그것에는 견줄 수 없었다. 하트셉수트 여왕의 무덤(제를 올리기 위한 장제전이기도 했던)까지 둘러보고 나니, 아닌 게 아니라 죽음은 지상의 일인 듯 삶의 또다른 형태의 계속인 듯한 느낌이 든다. 람세스 2세가 세웠다는 거대한 오벨리스크와 석상들. 태양숭배의 상징으로 세워졌다는 오벨리스크는 그 미니멀한 형태만으로도 현대미술의 교범이 됨직할 만큼 더하거나 뺄 수도 없이 그 자체로 완벽한 절대미다.

오벨리스크는 반드시 서로가 서로를 마주보게 세우도록 되어 있다는데 생뚱맞게도 1800년대에 룩소르 신전 입구에 서 있던 오벨리스크 하나를 무함마드 아무개라는 총독이 프랑스에 선물로 줘버렸다 한다. 파리 콩코르드 광장에 세워져 있는 그 오벨리스크의 원적지가 바로 룩소르라는 것인데, 아닌 게 아니라 영국과 독일, 프랑스, 이탈리아 등등 한때 힘깨나 발휘했던 나라들마다 이집트 박물관이 서 있는 것을 보면 서구 사회는 온통 이집트에 대한 외경과 콤플렉스를 가지고 있었던 것으로 보인다.

그 외경과 콤플렉스는 어쩌면 카르나크 신전에 이르러 극에 달했으리라. 룩소르의 신 '아몬'과 그의 아내인 '무트' 그리고 전사의 신 '몽투'를 함께 모시기 위해 원래 세 개의 신전으로 지어졌다는 카르나크 신전을 둘러보면서 조각가 친구는 갑자기 개종을 선언했다. 지금까지는 가톨릭이었는데 앞으로는 '아몬'교를 믿겠노라는 것이었다. 한때 백여 개를 헤아렸다는 룩소르의 거대한 탑문의 위용은, 카르나크에 남아 있는 10여 개의 탑문과 오벨리스크 그리고 스핑크스들과 열주들만으로도 짐작하고 남았다.

카르나크의 최전성기는 람세스 2세 때라고 하는데, 신왕국시대 19대 왕조의 이 절대군주는 특별히 영구집권과 영생에 집착했던 것 같다. 이러한 그의 의지는 신전의 규모에서도 그대로 드러난다. 크고 웅대하라. 정교하고 화려하라. 영원을 보장하고 약속하는 것은 그것밖에 없으리라고 생각했던 것일까. 모래 더미 속의 이 거대한 신전이 지상에 모습을 드러낸 것은 얼마 되지 않은 1895년, 프랑스의 한 이집트 학자에 의해서라고 한다. 놀라운 일은, 그보다 아주 오래전부터 도굴꾼들에 의해 모래 아래 거대 신전이 있다는 소문이 이어지고 그 소문을 뒷받침할 만한 부장품들이 끝없이 나왔다는 점이다. 학자보다 도굴꾼들이 더 앞섰던 것만은 분명한 것 같다.

어쨌거나 아몬 신전의 대광장은 그 넓이만 9천여 제곱미터에 달하는데다가 제2탑문을 지나면서 시작되는 열주들의 낭하 또한 로마의 성 베드로 성당과 런던의 성 바울 성당을 합친 것보다 더 넓다 하니 기원전 2000년 전부터 시작되었다는 그 위용과 규모를 후세 역사는 종내 따라잡지 못했던 셈이다.

엄청난 폭양 아래서도 지칠 줄 모르게 게걸들린 듯 신전과 무덤들을 둘러보았건만 우리 앞에는 다시 아부심벨이 숙제로 던져졌다. 이 무더위를 뚫고 사암 구릉 절벽의 신전과 거대 조각들을 봐야 된다는 것이 조각가의 의견이었고, 너무 지쳤으니 그것은 다음 기회로 미루자는 것이 내 의견이었다. 의견이 팽팽하게 맞서서 이집트 별미라는 '쿠사리'를 앞에 놓고서도 서로 말이 없었다. 그러다가 결국 우리가 언제 이곳을 다시 오겠느냐는 그의 설득에 넘어가 아부심벨까지 강행하기로 했다(하지만 정확하게 10년 후 다시 그와 이집트에 오게 될 줄은 그때 예기치 못했다).

아스완 남쪽 280킬로미터, 나일 강 서안에 있다는 그곳까지 가기 위해서는 피라미드가 있는 기자 역까지 다시 가서 기차를 타거나 버스를 타야 하는데 거리나 시간상으로도 잘 맞아떨어지지가 않았다. 숙소로 돌아와 옥신각신하다 오후 서너 시쯤 되었을까, 길가로 나오니 먼지를 뒤집어쓴 고물 택시 한 대가 선다. 아부심벨까지 갔다 올 수 있겠느냐고 조각가 친

구가 물으니 오케이란다. 마치 강남에서 광화문 다녀올 수 있느냐고 물으
니 물론이라고 대답하는 식이다. 거리나 시간상으로 도저히 불가능할 것
같은데 너무도 선선히 오케이라고 해버린다. 뭔가 이상하다고, 잘못 들은
것 같다고 소매 끝을 당겼지만 조각가는 이미 한 발을 차에 담근 상태였
다. 택시는 털털거리고 달리는데 처량하기 그지없었다. 정박아들도 아니
고 그 먼 거리를 이 고물 택시로 가서 구경하고 오늘밤 안에 다시 돌아오
겠다는 것은 도무지 앞뒤 안 맞는 일이었던 것이다.

조각가 친구도 약간 켕겼는지 자기가 리샤오룽의 스승이고 거짓말하거
나 까불면 혼난다고 했지만, 낡고 긴 치마 같은 옷에 샌들을 신고 고물 라
디오의 음악 소리에만 귀기울이는 기사는 별로 심각히 생각하는 눈치도

아니다.

결론적으로 밤을 홀라당 새워 달렸다. 중간에 길가에서 파는 수박도 사먹고 밀전병 같은 길거리 음식으로 허기를 달래가며 달리고 달렸건만 당연히 아부심벨은 나타나지 않았다. 그러다 운전기사는 한 시골의 그 비스무레한 돌조각, 그 규모나 위용으로 보아 택도 없는 조각 앞에 차를 세워놓고 여기 아니냔다. 분노가 폭발한 조각가는 고래고래 소리를 지르건만 무슬림답게 기사는 느긋하고 침착하다. 자기는 그것인 줄 알았단다. 떠날 때 보여준 지도와 책자를 다시 펼쳐 보이며 조각가는 거의 광분의 상태였는데 그제야 기사는 거긴 하룻길이며, 너무 멀단다. 차를 돌려 숙소로 돌아오는데 천지가 깜깜하다. 교교한 어둠 속에서 달이 휘영청 떠오른다. 그때 문득 기원전 1300년 경에 살았다는 람세스 2세와 내가 하나의 시간대에 있다는 기이한 느낌이 들었다. 신전의 열주들처럼 왕은 저만치에 있고 나는 이즈음에 있다. 따라서 아부심벨은 같은 시간, 같은 호흡 속에 있다. 군이 빙빙 돌아 그 석상들과 열주들을 찾지 않아도 될 이유의 하나였다. "화내지 마라. 나는 지금 아부심벨을 보고 있어." 이렇게 말했는데 조각가는 기사에게 다시 소리를 지르기 시작했다. "너 때문에 내 친구는 머리까지 돌아버렸다"고.

그러다 심야의 택시에서 나무토막처럼 쓰러져 잠이 들었는데 어디선가 닭 우는 소리가 들린다. 그런 다음 지평선이 희부윰해지더니 장엄한 해가 떠오른다. 화를 내다 우리는 곤히 잠이 들었지만 기사는 한숨도 자지 못한 채 아부심벨을 찾아 헤매며 운전을 하고 다시 아침을 맞은 것이다. 그는 어쩌면 한 여자의 지아비이자 아이들의 아버지일 터였다. 아마도 하루종일 빈 차로 공치다가 우릴 만난 것이었으리라. 그렇게, 자신 없으면서도 우리들의 요구대로 아부심벨을 찾아 떠나게 되었으리라. 멀리 숙소가 보였고 그는 몇 번씩이나 미안하다며 사죄한 후 몇 푼의 돈을 받고 떠났다.

그로부터 10년 후 이제는 편안한 냉방 버스에 실려 아부심벨에 도착했다. 조각가 친구는 신전의 거대한 기둥들과 람세스 2세의 입상들 앞에서 다시 태양신 '라'로 자기의 종교를 개종하겠노라고, 람세스 2세야말로 예술가 군주요 태양의 왕이며 왕 중의 왕이라고, 마치 북한 방송의 한 장면처럼 떠벌렸지만 나는 오히려 쓸쓸했다.

1817년 한 이탈리아인에 의해 흙과 모래와 자갈 속에서 그 모습을 드러냈다는 대신전 앞에서 그냥 무덤덤한 기분이었다. 70여 년 가까이 나라를 통치하며 영생불멸을 꿈꾸었다는 그 절대군주가 이 사암의 절벽을 깎고 뚫어서 만든 신전과 그 앞에 세운 조각상들이야말로 어쩌면 자신의 힘을 주변의 제국과 신민들에게 과시하기 위한 것은 아니었을지. 자기과시와 신격화의 열망이 강할수록, 그 욕망에 비례해 얼마나 많은 목숨들이 죽어갔을까에 비로소 생각이 미쳤던 것이다. 그러고 보면 나의 진정한 아부심벨 체험은 10년 전 그 낡은 고물 택시 안에서 한밤중에 이루어졌던 것이 아닐까 싶다.

아 부 심 벨   람세스 2세는 고대 이집트 제18왕조의 말기인 기원전 1303년 이집트 귀족의 아들로 태어났다. 스물넷의 나이에 파라오에 올라 66년 동안 이집트를 통치하면서 대대적인 건축사업을 벌였다. 북쪽의 나일 강 삼각주로부터 남쪽 누비아 지방의 아부심벨에 이르기까지 이집트 전역에 걸쳐 방대한 도시들과 기념물들을 세워 '건축의 대왕'이라는 이름을 얻기도 했다.

람세스 2세가 조성한 기념물 가운데 가장 유명한 것이 아스완에서 280킬로미터 떨어진 돌산의 벽면을 깎아 만든 아부심벨 신전이다. 이 신전의 정면은 람세스 2세의 모습을 닮은 네 개의 거상이 장식하고 있는데 각 조상은 높이가 20미터에 이르고, 귀에서 귀까지의 거리가 4미터, 입술의 폭이 1미터에 달한다.

신전 맨 안쪽의 가장 성스러운 공간인 지성소에 네 개의 신상이 있다. 이중에는 신격화된 람세스 2세의 상도 있다. 이 신상들은 1년 내내 어둠 속에 갇혀 있는데 매년 두 번, 2월 22일과 10월 22일 아침에만 햇빛이 깊숙한 곳까지 들어와 약 20분간 아몬레, 람세스 2세, 라호라크티 신을 차례로 비춘다고 한다. 다만 맨 왼쪽에 있는 죽음의 신 프타하만은 이때도 어둠 속에 있다. 이날이 되면 세계 여러 나라에서 많은 사람들이 아부심벨 신전으로 몰려와 축제를 벌인다.

아부심벨 신전이 현대인들 앞에 모습을 드러낸 것은 200년이 채 되지 않는다. 1813년 스위스인 탐험가 요한 루트비히 부르크하르트가 모래 속에 파묻혀 있는 신전을 처음 발견한 후 1817년 이탈리아인 조반니 벨초니가 신전을 덮고 있던 모래와 자갈을 제거하여 신전 정면의 거상이 드러나게 된 것이다.

이후 아부심벨은 이집트의 국토개발과 산업발전이라는 미명 아래 위기를 맞기도 했다. 아부심벨이 인공댐 개발로 수몰될 위기에 처하자 국제사회가 협력해 신전을 원래의 위치에서 60여 미터 위쪽으로 옮겼다. 1969년 2월, 총 4200만 달러와 4년이라는 작업기간이 소요된 신전 이전 공사가 마침내 마무리되었다. 이 일은 인류문화재를 국제 공동으로 지킬 수 있다는 선례를 남겼다.

■아부심벨 신전.

죽음의 미술

　이집트의 옛 수도 룩소르를 다니다보면 다가와 속삭이는 소년들이나 사내들을 만나게 된다. 우리집에 보물이 있다. 우리 아버지가 혹은 할아버지가 발굴해서 보관한 것인데 싸게 줄 테니 가져가라. 나를 따라오라. 다른 사람들의 것은 모두 가짜다.

　그중 한 사내를 따라가자니 이 골목 저 골목 돌아 한 어둑신한 집으로 들어간다. 선반 위에 줄줄이 쟁여둔 박스들을 가져와 신문지에 둘둘 만 돌조각품들을 꺼내온다. 그중에는 흙이 묻은 것들도 많다. 이것들이 모두 진짜라면 이렇게 너희 나라의 유적들을 외국에 내다팔아서 되겠느냐고 물어보았다.

　그건 걱정 말란다. 파내도 파내도 끝없이 나오니까. 그리고 도굴꾼 사내는 나름의 철학이 있었다. 이 시골에 가지고 있는 것보다 여러 나라로 나가서 이집트 문화의 우수성을 사람들이 알게 하는 것도 나쁘지 않다는 것이었다. 뒤적뒤적 보여주는 것들이 거의 모두 모조품이라는 것을 알 수 있었지만 그중에 자그마한, 하프 타는 여인과 소년상, 소녀상 몇 개를 골라놓고 얼마냐고 물었더니 나보고 정말 안목이 높단다. 뭘 하는 사람이냐고 짐짓 놀란 체를 한다. 가격이나 말하라니 만 불이란다. 백 불을 부르고 아니면 간다고 돌아서니 옷소매를 잡으며 그렇게 하란다. 이 흥정에 걸린 시간이 대략 1분 남짓 되는 것 같았다. 어쨌거나 이집트의 흔적을, 하다 못해 룩소르의 모래 한줌이라도 가져가려던 참이었다. 나와서 보니 도굴촌은 고만고만하게 왕가의 계곡 쪽을 바라보며 자리잡고 있었다. 연신 서양 사람들이 들락거리는 모습이 보인다.

나중에 내가 산 물건들, 자기 할아버지가 캐냈다는 그 보물들은 공항 검색대에서도 무사통과했다. 하긴 변변한 농토도 없고 유목지대도 아닌 곳에서 살아가기가 여간 막막하지 않았을 것이다. 도굴이 합법화될 수는 없는 것이겠지만 아마도 그런 식으로 오랜 세월 삶을 이어온 것이리라.

나중에 낙조의 룩소르 강을 배로 건너오며 보니 숯제 신문에 싸인 물건들이 이집트 소년들과 이방인들 사이에서 콜라 몇 병값으로 교환되고 있었다. 말하자면 거의 모두가 도굴을 가장한 가짜라는 얘기다. 조금 전 내게 백 불을 받은 사내는 대박을 친 경우였을 것이다.

수천 킬로미터에 달하는 건조하고 황량한 사막지대. 국토의 95퍼센트가 그런 땅에서 오직 나일 강이 적시는 가늘고 긴 녹지대를 따라 생명의 바람이 불어와 오곡을 무르익게 만드는 곳. 그런 땅에서 어쩌면 그토록 엄청난 규모와 놀라운 기술의 예술품들이 세워지고 만들어지게 되었는지는 여전히 수수께끼로 남는다.

강을 건너 건물이며 간판마다 중국의 초서^{草書} 같은 아름답고 회화적인 아랍 글씨들이 흐드러진 올드 카이로로 나온다. 초승달 모양의 첨탑과 궁륭형의 이슬람 사원들, 폐허와 같은 무덤 주거지들, 자동차 사이로 짐을 싣고 가는 나귀…… 비로소 벽화 속의 도시는 살아 움직이는 삶의 한 정경들로 바뀐다. 마치 정지되어 있던 화면이 리모컨의 버튼 하나로 다시 움직이듯이.

먼지를 뒤집어쓴 선풍기가 공중에서 힘없이 돌고 있는 카이로 박물관에 들어서서 맨 처음 느낀 것은 죽음의 냄새였다. 삶을 괄호 속에 넣어버린, 넓고 깊은 죽음의 호흡 속으로 빨려드는 느낌이었다. 저만치 보이는 미라며 부장품들 때문이었을까. 죽음은 현실이 되고 현실은 죽음 저 바깥으로 밀려나버리는 듯한 느낌이었다. 삶과 죽음의 경계선쯤에서 한 사내가 기록을 하고 있다. 무릎에 파피루스 두루마리를 펼치고 기록하는 조각상의 서기관은 그러나 그 눈동자가 파피루스가 아닌 먼 허공을 바라보고 있다. 나는 시간이 하얗게 바스러져가는 돌계단 중간쯤에 서 있는 느낌이 든다. 사자死者들의 사후세계의 문을 열어주기 위한 테베의 '아몬'이나 멤피스의 '프타' 그리고 여신 '누트'도 저 영원을 보며 기록하는 서기관만큼 명료하게 죽은 자의 여로旅路를 열어줄 것 같아 보이지는 않는다. 천으로 감아 놓은 미라는 머리털과 이빨을 제외하면 사암과 흙으로 얼기설기 만들어 놓은 것 같은 모양이다. "너희는 흙이니 흙으로 돌아갈지니라" 했던 창세기의 하나님 말씀이 그때처럼 가슴으로 다가오긴 처음이다. 왈칵 눈물이 쏟아지려 한다. 흙, 한번 그 눈이 감기면 썩어버리고 마는 존재. 온 우주를 꿈꾸고 사랑하고 갈망하며 미워하고 괴로워하는 그 존재들에 대한 연민 때문이었다.

한사코 붙잡고 싶었을 그 생명의 덧없음과 유한성을 이겨내기 위해 가급적 크고 가급적 화려하게 지상에 그토록 많은 것을 세우고 쌓아두었으리라. 훗날 사막 속의 강물을 거슬러 배를 타고 '이시스의 신전'을 찾아갔을 때도 연민은 계속되었다.

옛날 이곳에는 한 형제가 살았단다. 형제는 권력을 두고 암투를 벌였다. 어느 날 동생 세트가 훌륭하게 조각된 관을 만들어 형 앞에 보이며 우리는 언젠가 이곳에 누워 다른 세상으로 갈 것이라며 본인이 먼저 누워본 다음 형도 한번 누워보라고 권유한다. 형이 그 관에 눕자 동생은 커다란 못으로 관을 못질해버리고 반란을 일으켜 형의 권력을 찬탈하고 왕의 자리에 오른다. 그런데 사실 동생이 마음에 더 품었던 것은 권력보다도 더욱 눈부시게 빛났던 아름다운 형의 아내였다. 하지만 형 오시리스의 아내 이시스는 이집트 전역을 울부짖으며 남편의 시신을 찾아 헤매다 결국 사막에서 죽고 만다. 그 슬픈 사연의 신전은 유배지처럼 푸른 강물의 한가운데에 섬 모양으로 옮겨져 있었다. 그녀의 혼백을 모셨다는 신전 뒤쪽의 퇴락한 사당에는 열대의 붉은 꽃이 흐드러지게 피어 있고 물새들은 날아와 돌멩이에 부리를 부볐다. 아스완 댐 건설로 물속에 수장될 뻔한 것을 옮겨왔다는 그 눈물의 신전 역시 젖은 원혼과 슬픔의 영(靈)이 어리어 있는 것 같았다. 죽음의 냄새는 그곳까지 나를 따라왔던 것이다.

그럼에도 불구하고 이집트 미술은 아름답다. 모든 덧없음과 허무와 슬픔을 이겨내게 하는 혹은 잊어버리게 하는 아름다움이다. 거대한 아름다움이고 숨이 멎는 아름다움이다. 보라. 신전의 벽화들마다 원근법과 공간감이 얼마나 과감히 무시되고 있는지. 원근이나 공간은 예컨대 시간과 거리에 관한 것이다. 삶과 죽음이 하나의 시공간 속에서 만난다면 그런 시각법은 유치한 것이 되어버리고 만다. 그런 면에서 시간을 이겨내고 공간 또한 주물러댄 이집트 미술은 위대하다. 현대미술의 '참을 수 없는 가벼움'과 '얄팍한 상상력'과 '엽기적 장난질'은 이 깊고 푸른, 멀고 아득한 그러면서도 현실의 지평 위에 굳건히 발 디디고 선 이집트 미술 앞에 모자를 벗어야 하리라. 아니 모자를 벗는 정도 가지고는 안 되고, 무릎을 꿇지 않으려면 경건히 두 손을 모아쥐고 고개라도 숙여야 하리라.

이집트에서 돌아온 지 10여 년이 지난 때쯤 하얀 사암의 하프 타는 여인은 서서히 흔적이 흐려지더니 재처럼 내려앉기 시작했다. '아름다움에 집착하지 마라. 이렇게 소멸하는 것이니……'라고 보여주기라도 하듯이. 하지만 화강암을 닮은 듯한 단단한 돌 위의 소년상들은 아직 내 책상 위에 놓여 아침저녁으로 나와 눈길을 마주하고 있다. 이번에는 이집트의 기억을 한사코 잊지 말라고 당부하는 듯한 그런 눈길들이다.

이집트 미술의 특징   이집트 미술의 유니크함과 독자성은 벽화와 입체 부조, 장신구, 패션에 걸쳐 광범위하게 드러난다. 회화의 경우 '정면성'과 '단순성'을 가장 큰 특징으로 들 수 있는데, 정면성을 고수한 것은 '정면'이 영원하다는 생각에서였을 것이라고 후대의 사가들은 추정하고 있다. 조각의 경우 단순한 형상을 특징으로 하면서 20도~40도 정도 고개를 들어 먼 곳을 응시하는 형태가 많은데, 이 또한 육체의 죽음과 함께 떠나갔던 영혼이 육체의 집에 언젠가는 다시 돌아오리라는 의식을 반영하고 있다.

사람이 죽을 때 그 장기들을 약물에 담가 썩지 않게 하고 미라로 만들어 부패를 막은 것도 역시 그런 사고의 연장으로 볼 수 있다. 한번 이러한 규범적 형태들이 만들어진 뒤 적어도 2천 년 이상 그 형태들이 변형되거나 허물어지지 않고 면면히 이어져 왕조의 정통성을 이어갔다는 점도 특기할 만하다.

영혼의 불멸과 순식간에 소멸하는 육체의 아름다움을 정지 형태 속에 결합시키고자 한 의도, 조각과 회화에서 감지되는 영성, 힘과 권위를 그 규모와 완성도로 과시하려 한 의도 등은 이집트 미술에서 가장 공통적으로 보이는 특징들이다.

3장

튀니지

이 소금 사하라야말로 우리네 인생들이 건너가야 할 짜고 메마른 삶의 바다가 아닌가 하는 생각이었다. 하늘과 맞닿아 녹아들며 하얗게 사라지던 그 아스라한 소금바다의 지평선은 무엇이 현실이고 아닌지조차 가물가물하게 했다. 그 하얀 광야를 뚫고 지나올 때부터 나는 조금은 몽환적이 되었던 것 같다. 현실과 환상의 그 모든 경계가 흐려지다 종내는 사라지게 만드는 것이 바로 사하라의 신비이리라.

모래바람 속의 사랑, 사하라와 〈잉글리시 페이션트〉

　스무 살 무렵에 『모래의 여자』라는 소설을 읽었다. 일본 작가 아베 고보의 글이었다. 일본 문학에 빠져 살던 무렵이었다. 그 글에서의 모래 이미지는 마치 바람과 연기와 같았다. 안개와 비 같기도 했다. 계속해서 이어지고 에워싸는 그 무엇이었다. 여인은 언제나 모래로부터 도망칠 수 없었으며 모래에 포위되곤 했다. 모래는 점차 추상화되면서 에일리언처럼 그녀의 몸에 달라붙기 시작했다. 그러고 나서 수십 년이 흘러 모래와 여인과 사랑 이야기를 문학작품이 아닌 영화로 만났다. 〈잉글리시 페이션트〉. 물론 이 영화 역시 작가 마이클 온다체 원작의 소설을 영상화한 것이기는 하지만 활자로 떠올리는 이미지보다 훨씬 생생했다. 아베 고보의 모래가 강의 모래로부터 시작되는 데 반해 영국 출신의 앤서니 밍겔라 감독의 그것은 광막한 사하라의 모래였다.

　석양빛 아래 한없이 부드럽고 관능적인 주황빛 사구沙丘. 영화를 보면서 나는 모래와 함께 얽혀드는 사랑과 죽음의 운명 같은 것에 빠져들었다. 고요한 움직임 속에 여인의 몸의 곡선처럼 신비하던 모래언덕의 선이

사하라의 여인
사막의 주황빛 사구들은 마치 여인의 부드럽고 관능적인 곡선 같다.

순식간에 흔적도 없이 지워져버리는 광경. 밤의 텅 빈 우주공간에서 서걱거리는 갈대처럼 속삭이고 수런대는 듯한 느낌. 그리고 캄캄한 별밤. 동굴 속에 홀로 남겨진 여인의 절망적인 촛불. 삶과 죽음을 이야기하는 저곳에 가리라, 가고 말리라. 그날 이후 음모처럼 나는 사하라의 미데스Mides 협곡과 셀자Selja 협곡 그리고 야자나무와 흐르는 샘물이 있다는 토주르Tozeur로 떠날 생각에 사로잡혀 지냈다. 한번 내 머릿속에 들어오자 그 지명들은 어릴 적 찾아다니던 외가의 동구 밖 길만큼이나 생생한 기시감으로 다가왔다. 좁고 답답한 남쪽의 작은 읍에 살면서 지리부도 속의 지명을 달달 외우고 다닐 때부터 생긴 기이한 습관이다. 나쁘게 말하면 일종의 역마병 같은 것이었는데 데자뷰 현상을 데불고 오는 것이다. 광화문 거리에서 신호대기에 걸려 서 있으면서도 눈앞에 사하라가 펼쳐지곤 했다.

그렇게 사하라는 어느새 이불자락처럼 내 발치 가까이 와 있었다. 가슴이 두근대며 가끔씩 기가 막힌 행복감 같은 것에 시달리곤 했다. 실제로 이렇게 한두 시간씩 상상을 하고 나면 온몸이 노곤할 정도가 되곤 했다. 그후론 대체로 다디단 잠에 빠져드는 것이었다. 어디 나뿐이겠는가. 전혜린은 '먼 곳에의 그리움'이라 했고, 장 그르니에는 '이곳이 아닌 다른 곳에의 열망'이라 하지 않았던가.

그렇다. 나를 광막한 광야의 뙤약볕 속에, 튀니지에서도 수도 튀니스에서 남서쪽으로 400킬로미터도 더 떨어진 토주르, 셰비카Chebika, 타메르자Tamerza 그리고 미데스 협곡까지 불러낸 것은 〈잉글리시 페이션트〉, 순전히 영화 하나 때문이었다. 영화 속 그 석양에 빛나는 주황빛 사하라 영상 때문이었다. 그 고혹적인 모래의 바다 때문이었다. 어두운 밤, 이루어질 수 없는 연인 사이에서 안타깝게 탁탁 타들어가는 모닥불. 그리고 그들 위로 쏟아질 듯한 별들. 어디 그것뿐이겠는가. 타인의 아내를 향한 위태

■ 소금호수 쇼트 엘 제리드는 일망무제의 소금 평원이다.

■ 물과 푸른 잎을 찾아가며 염소를 먹이는 소년들.

로운 열정과 차마 거둬들이지 못하는 서로를 향한 감정과 복잡하게 뒤섞이는 갈망의 눈빛들. 남자는 반드시 돌아오리라며 어두운 동굴 속에 여인을 남겨두고 떠나고, 사막에 홀로 남겨진 여인은 타들어가는 촛불과 함께 죽음을 예감한다. 그렇게 모래바람 속에 사랑도 생명도 사라져갔다.

아베 고보의 소설에서는 무기질 같던 그 모래가 사하라에서는 생물이었다. 숨쉬는 기체처럼 저희들끼리 몰려다니고 수근거리면서 하나의 세계를 이루는 그 무엇이었다. 사하라의 비밀스러운 한 자락을 펼쳐서였을까, 아니면 금지된 사랑을 그토록이나 아름답게 그려낸 죄여서였을까. 영화를 만들고 몇 년 뒤 밍겔라 감독은 50대 초반의 나이에 숨을 거둔다. 물 흐르듯 소리 없이 몰고 다니는 사막의 그 소멸의 기운이 영화 속 주인공들뿐 아니라 그것을 만든 이까지도 모래바람 속에 휘몰아 데려가버린 것만 같다.

7월의 불볕 속에서 6인승 왜건은 숨가쁘게 내달린다. 소금호수 쇼트 엘 제리드Chott el Djerid를 지나 한없이 뚫린 일직선을…… 운전기사 무스타파와 야지드는 도무지 알아들을 수 없는 말로 떠들어대는데, 아마 "밟을 수 있는 한, 네 마음껏 밟아버려라!"라고 한 것이 아닐까 싶을 만치 무섭게 속도를 낸다. 흙과 함께 하얗게 말라붙은 소금의 광야를 그렇게 몇 시간쯤 달렸을까, 마침내 황토빛 흙과 대추야자나무가 나오고 드문드문 염소 무리를 몰고 가는 아이와 흙벽돌집 그리고 나귀에 짐을 싣고 가는 노인이 보인다. 사람과 마을을 보니 왈칵 눈물이 날 것 같았다. 사막의 도시 토주르였다. 인간의 동네는 이렇게나 정겹구나 싶었다.

신기하게도 그 모래 속에 푸른 대추야자들이 거짓말처럼 숲을 이루고 있었다. 사막의 대추야자야말로 이곳 베두인Bedouin족에게는 일용할 양식이며 음료이고 약이었다. 하얗게 반짝이며 졸졸 흐르는 시냇물도 보인다.

오아시스 풍경
사하라의 여인들. 실제로는 단 한 명의 물 긷는 여인을 보았을 뿐이지만.

길거리에는 자른 수박이며 멜론을 파는 아낙들이 서 있다. 잠시 내려 쉬었다가 목만 축인 채 다시 차를 타고 타메르자와 셰비카 그리고 낙타의 목이라는 이름의 웅크쥬멜을 향해 누런 광야길을 또다시 달린다. 창밖으로 우우 하는 사막의 바람이 불어오며 우리의 길을 막아서는 듯했지만 기사의 거친 운전은 굴하지 않는다. 차가 과격하게 쏠릴 때마다 몸은 짐짝처럼 반대편으로 던져졌다. 그러다 멀리서 보면 마치 룩소르의 피라미드를 닮은 듯한 웅크쥬멜을 향해 롤러코스트를 타듯 내리막길을 내려간다. 〈잉글리시 페이션트〉에서 일망무제의 붉은 사막에 국제지리학회 팀이 사막 지형도를 만들기 위해 처음 캠프를 차린 바로 그 지점이란다.

하지만 사실은 이들이 도착하기 전에 캐서린과 알마시의 운명적 사랑이 저곳에서 기다리고 있었으리라. 알마시가 베르베르족 노인에게 낙타의 등을 닮은 동굴을 물어보던 장소, 그리고 밤에 모닥불을 피워놓고 함께 이야기를 나누는 장면을 찍은 곳이라 해서 사람들은 차에서 내려 그 붉은 흙덩어리를 향해 연신 카메라며 스마트폰을 들어올린다. 그러고 보면 사람들이란 너나없이 사랑 이야기에, 그것도 이루어질 수 없는 사랑 이야기에, 차마 자신은 벌이지 못하는 위험한 사랑 이야기에 목을 매는 존재인 것 같다. 우리도 내려 사진기를 들이댔다. 어떻게 그 둘은 머나먼 사하라까지 와서 사련邪戀이라고도 불릴 만한 위험한 사랑을 나누게 된 것일까. 사하라가 금기의 선을 넘게 한 것일까. 아니면 무슨 게놈 같은 운명지도에 이끌려 서로 다른 인생의 방향에서 출발해 이곳까지 오게 된 것일까.

문득 브라질 작가 코엘료의 철도 궤도 이야기가 떠오른다. 그는 폴란드를 여행하다가 우연히 한 기차역에서 역무원에게 철도 궤도의 간격에 대해 묻는다. 그러자 역무원은 시큰둥하게 모든 간격이 143.5센티미터로 일정하다고 대답한다. 왜 하필 150센티미터도 아닌 그 간격이냐고 문자 역무원은 다시 심드렁하게 그거야 열차 바퀴 사이 간격이 그렇기 때문 아니겠느냐고 대답한다. 코엘료는 다시 묻는다. 그렇다면 도대체 누가, 맨 처음 그 간격을 정했느냐고. 역무원은 별사람 다 봤다는 눈빛을 하고 가버렸지만 후에 알아보니 놀랍게도 143.5센티미터는 로마 시대에 전투마 두 마리를 나란히 세웠을 때의 간격이었다. 오늘날 고속철의 간격은 사실상 로마인이 결정했던 셈이다. 지금 진행되고 있는 우리의 삶 또한 제각기, 보이지 않는 커다란 손이 그어놓은 그 143.5센티미터의 길을 따라 가고 있는 것은 아닐까.

사하라에서의 캐서린과 알마시의 사랑 또한 그들만의 143.5센티미터를 따라 걷는 것일 수도 있기에 피차 왜냐고 묻지 못했을 것이다. 누군가 예정하고 그어놓은 길이라면 그 길을 걸을 수밖에 없을 것이기에.

무스타파가 나를 툭 치며 그만 차에 오르잔다. 튀니지인 기사가 왜 그토록 과격하게 밟아댔으며 그럼에도 불구하고 야지드는 (아마도) "더, 더"를 외쳤는지 알 만했다. 셰비카와 타메르자, 미데스를 해가 지기 전에 다 돌기에는 애초부터 무리였기 때문이다. 그럼에도 불구하고 나는 무조건 오늘 다 봐야 한다고 우겼고, 무슬림의 입장에서는 동양에서 온 이 막무가내 형제에게 "안 된다"라고 할 수 없었을 것이다. 그런데 사실은 지척이 알제리 인민공화국의 국경이라고 했다. 어쨌거나 셰비카는 황무지 속에 숨겨진 오아시스였고 그 척박한 땅에서 기적처럼 물이 흘러내리고 있었다. 조금 더 가면 거대한 폭포라는 뜻의 라 그랑드 카스카드La Grande Cascade가 있는 타메르자이다. 막상 가보니 그 이름이 애교스러울 만큼 작은 폭포였지만 이 척박한 땅에서는 그만큼도 거대하고 기적적인 폭포가 아닐 수 없다. 물가의 공터에는 천막을 치고 말린 도마뱀 따위의 파충류,

사하라 오아시스
물길 따라서. 사막에서 물은 사람과 낙타, 초목에게 그야말로 생명수다.

북과 피리 같은 전통 악기, 그리고 가죽제품과 수예품 같은 것들을 팔고 있다. 세비카의 물길을 따라 올라가면 다시 오아시스가 나온단다.

물, 물, 너무도 귀한 물. 졸졸졸 흐르는 실개천 같은 것도 사하라에서는 눈이 번쩍 뜨이게 반가운 생명의 젖줄이다. 다시 차를 돌려 이번에는 미데스 협곡의 한 동굴 앞에 이르니 사람들이 웅성웅성 몰려 있다. 여주인공 캐서린이 최후를 맞은 곳이라고 했다. 갑자기 폭소가 터져나오려 했고 다리에 맥이 풀렸다. 영화 속 캐서린은 사람들 사이에 어느덧 실존이 되어 있었고, 나 또한 그 실존의 아우라를 위한 군중의 하나였던 것이다. 저 동굴 하나를 보기 위해 숨이 컥컥 막히는 무더위와 흙먼지 속을 달려왔던 것인가 싶었다.

그러나, 그러나 말이다. 대체 무엇이 실존이고 무엇이 허구이며 무엇이 실재이고 무엇이 허상이란 말인가. 수많은 인간들이 일상과 삶의 현장에서 실존이고 실상이라고 굳게 믿었던 것들이 사실은 순간에 무너질 허상일 수 있지 않을까. 사하라는 내게 그런 묵시 같은 느낌을 주고 있지 않은가 말이다. 어쨌거나 나는 실존과 허상의 경계 같은 것을 갖지 않기로 마음을 고쳐먹는다.

사하라에서는 그토록 관능적이고 그토록 아름다우면서도 그토록 육감적이던 캐서린의 육체가 사막의 모래바람에 섞이며 하릴없이 함께 모래가 되지 않았던가. 여인의 더없이 황홀한 육체의 굴곡처럼 보이던 사막의 선들이 고요한 바람에 홀연히 그렇게 사라지지 않았던가. 그렇기에 "꼭 다시 돌아오겠다"던 알마시의 약속이 사하라에서는 현실이었지만 사하라 밖에서는 추상이 되어버리지 않았을까. 그리 오랜 시간이 지나지도 않아 그는 다른 여인을 만나 사랑을 꿈꾸지 않던가. 내가 조금 전 보았던 세비카의 하얀 물줄기며 타메르자의 대추야자나무 숲도 그러고 보면 실재

(좌에서 우로) ■영화 〈잉글리시 페이션트〉의 남주인공 알마시가 베르베르족 노인에게 물었다는 동굴. 결국 이 동굴에서 그의 연인 캐서린은 홀로 최후를 맞는다. ■영화 〈잉글리시 페이션트〉의 촬영지 웅크쥬멜(낙타의 목이라는 뜻). 사막 속에서 한줄기 물이 생명수처럼 흐른다.

가 아닌 환상이 아니었을까. 이 숨이 컥컥 막히는 무더위 때문에 나야말로 신기루를 본 것이 아닐까. 나는 어디에서 출발했으며 지금은 어디로 향하고 있는 것일까. 모르겠다. 너무 멀리까지 나와버린 아이처럼 혼란스럽다. 서서히 저녁이 몰려오는데도 여진처럼 해의 뜨거운 기운이 아직 남아 있다. 내 마음의 영화 〈잉글리시 페이션트〉는 이 지점에서 비로소 막을 내린다. 안녕 타메르자. 안녕 미데스.

동굴을 떠나 내려오는데, 오래된 의자에 앉아 그 의자보다 더 오래되어 보이는 노인이 물끄러미 낙조를 바라보고 있다. 그 앞을 지나가는데 나를 보고 빙그레 미소 짓는다. 원하는 것을 찾았는가 하고 묻고 있는 것 같기도 하다. 괜찮아, 사하라에서는 모든 것이 용서가 된다네 하고 말하는 것 같기도 하다. 차에 올라 돌아보니 노인은 해가 지는 방향에 앉아 작은 점 하나가 되어 있다.

영화 〈잉글리시 페이션트〉   1997년 아카데미상 9개 부문을 석권한
사랑의 대서사시로, 〈닥터 지바고〉이후의 명작이라는 찬사를 받은 영화다. 노벨
상 작가인 보리스 파스테르나크의 『닥터 지바고』가 러시아의 하얀 설원을 배경으
로 하는 데 반해 작가 마이클 온다체(Michael Ondaatje, 1943~)의 『잉글리시 페이
션트』는 누런 사하라의 사막을 그 배경으로 하고 있다.

2차세계대전이 끝나갈 즈음 이탈리아의 한 수도원에 심한 부상을 입은 영국인
환자(잉글리시 페이션트)가 실려오고, 그를 담당한 간호사 한나(줄리엣 비노시 분)
가 죽어가는 그에게서 슬픈 사랑 이야기를 듣는 것으로 영화는 시작된다.

알마시(레이프 파인스 분)라는 이름의 그 영국인 환자는 사하라에서 지리학회
탐사여행중 동료의 아내인 캐서린(크리스틴 스콧 토머스 분)을 만나 한눈에 반하게
되고, 캐서린 역시 알마시에게 빠져들면서 운명적이라고밖에는 말할 수 없는
불륜의 사랑에 얽혀들게 된다. 그러나 두 사람의 관계를 눈치채고 분노에 휩싸
인 남편에 의해 캐서린은 큰 부상을 당하고, 알마시는 다친 그녀를 사막 한가운
데의 동굴에 데려다놓고 반드시 돌아오겠다는 약속을 하고 구원을 요청하러 떠
난다.

동굴에서 기다리는 캐서린을 위해 알마시는 적군에게 정보를 넘기기까지 하며 수천 킬로미터를 거쳐 다시 사하라로 돌아오지만 그녀는 이미 싸늘한 시신이 되어 있다. 꺼져가는 촛불 아래서 쓴 사랑한다는 편지만을 남긴 채.

내 안의 사하라

인생이란 사하라 사막을 건너는 것과 같다. 끝은 보이질 않고, 길을 잃기도 하며, 오도 가도 못하는 신세가 되었다가 신기루를 좇기도 한다. 사하라 사막을 건너는 동안에는 언제 건너편에 다다를지 알 수가 없다. 우리의 인생도 많은 부분이 그 모습과 닮았다.

스티브 도나휴라는 사람은 『사막을 건너는 여섯 가지 방법』이라는 글에서 사막, 그중에서도 사하라와 인생을 오버랩시켜 설명하고 있다. 누가 아니겠는가.

사하라로 가는 길은, 아니 그 관문이라는 두즈Douz로 가는 길조차도 그야말로 끝을 알 수 없을 만큼 멀고 길다. 수도 튀니스로부터 장장 열 시간 가까이를 쉬지 않고 자동차로 달려야 하는 거리다. 키 작은 관목과 풀들만이 모래와 황토 사이에 듬성듬성 나 있는 길을 한없이 달려야 비로소 시원한 대추야자나무 그늘과 그 아래로 반짝이며 흐르는 물길을 만날 수가 있다. 그야말로 우리네 인생길과 같다. 가프사Gafsa에서 토주르를 지나

■ 사하라로 우리 일행을 태우고 가기 위해 기다리는 낙타들.

하얗게 말라붙은 광막한 소금호수 쇼트 엘 제리드를 거쳐 케빌리^{Kebili}로 해서 다시 두즈로 들어가는 길을 가다보면 누구라도 그 행로가 외롭고 적막한 인생길 같다는 생각이 절로 들 것이다.

자동차 안으로는 잠시만 입을 열어도 서걱댈 만큼 바람에 모래가 날아드는데다 차가 140여 킬로미터로 달리며 내는 굉음 때문에 뭐라고 말을 해도 잘 들을 수가 없다. 분명히 차창을 닫았는데도 입을 여는 순간 숨을 턱 막히게 할 만큼 밖의 뜨겁고 건조한 기운이 모래 알갱이와 함께 몰려와 기도를 막아버릴 지경이다. 광야에 일직선으로 뚫린 길에서는 사람은 물론 지나치는 마차도 만나기가 어렵다. 아주 이따금 붉은 토마토 같은 것을 가득 실은 트럭이 그야말로 탄환처럼 '타앙' 소리를 내며 지나칠 뿐이다.

그렇게 해서 마침내 도착한 두즈는 낙원이었다. 허옇게 먼지를 뒤집어쓴 차에서 내려 대추야자나무 그늘 아래에 앉는다. 근원을 알 수 없이 흘러나오는 생명수 같은 물길을 보면서 문득 성경에서 별 감정 없이 읽었던 대목들, 예를 들면 "내가 사막에 물길을 내리라"는 대목이 떠오르면서 울컥해진다. '그렇고말고요. 맞습니다, 하나님. 당신이 아니시면 누가 이 메마른 땅에 저 물길을 내겠습니까' 하는 마음이 절로 든다. 그러고 보면 신에 대한 감사와 은총은 교회당이나 성당보다는 사막이 더 체험하기 좋은 곳인 것 같다. 바울이 왜 사하라에서 3년씩이나 머물렀는지 알 것 같았다. 두즈에서 자프란^{Zaafrane}까지는 지금까지와는 달리 길도 부드럽고 시원한 대추야자들이 군데군데 군락을 이루고 있다. 우리를 태우고 온 지프는 이곳에 우리를 내려놓고 돌아선다. 이제부터 정말 사하라다. 모래밭 여기저기에 앉아 있는 몇 마리의 낙타들과 낙타몰이꾼인 두건 쓴 베두인족 사내들이 보인다.

우리는 천천히 짐을 챙겨 낙타들이 있는 모래밭 쪽으로 걸어갔다. 바로 그때였다. 낙타들이 일제히 고개를 쳐들고 울어대는 것이었다. 한 마리가 시작하자 다른 세 마리도 함께 울었다. 내 생애 그토록 깊고 그토록 슬픈 짐승의 울음소리는 처음이었다. 석양이 다가오는 하늘로 낙타 울음은 구슬프게 퍼져나갔다. 다시 사막을 향해 짐과 사람을 싣고 떠나야 할 운명을 슬퍼하는 울음일까. 그러나 막상 두건을 두른 베두인 낙타몰이꾼 사내가 시키는 대로 등의 혹 뒤 안장에 앉고 나니 짐승은 천천히 뒷발부터 일으켜세운다. 등 위에 앉은 내가 떨어지거나 놀랄까봐 배려하는 마음 같은 것이 읽힌다. 가는 걸음도 아주 천천히 걷는다. 그러다 '쉬아'와 '아랄'이라고 불린다는 게발톱처럼 사납게 생긴 풀 몇 포기가 보이면 잠시 코를 대어보지만 낙타몰이꾼은 그때마다 매몰차게 끈을 당겨 풀을 먹지 못하게 한다.

낙타는 가끔씩 '푸우, 푸우' 하며 숨을 몰아쉰다. 가다보니 모래 사이로 가끔씩 희끗희끗한 뼈 같은 것이 보여 무엇이냐고 물었더니 바로 낙타뼈란다. 일평생 사람과 짐을 싣고 오가다가 결국 사막에 뼈를 묻는 것이 낙타의 운명이고 일생인 것이었다. 조금 전 자신들이 태우고 갈 우리 일행이 다가갈 때 허공을 향해 그토록 슬피 울던 울음을 이해할 것만 같았다. 사하라 사막에는 자칼과 여우며 늑대는 물론 전갈과 뱀이나 쥐 같은 것들이 서식한다는데, 특히 선 채로 순식간에 이동한다는 길이가 짧은 빨간 불뱀은 낙타에게 가장 위협적인 존재라고 했다. 물리는 순간 순식간에 독이 퍼지면서 집채만한 낙타도 그대로 쿵 하고 쓰러지면서 절명하게 된단다. 모래밭 군데군데 보이던 낙타뼈 중에는 혹 불뱀이나 전갈에 물려 그렇게 죽어 넘어진 낙타들도 있지 않았을까 싶다. 그런 시신들을 모래가 무덤이 되어 덮어주었다가 바람에 쓸려온 것은 아닐까 하는 생각이

사하라 가는 길
하지만 실제로 오아시스를 만나기는 어렵다.

들었다.

베두인 낙타몰이꾼은 내게 손짓으로 연신 낙타와 함께 리듬을 타라고 알려준다. 요컨대 낙타와 일체감을 이루라는 것인데 등을 세우고 최대한 힘을 뺀 후 낙타의 보폭에 몸을 맡기라는 뜻인 것 같았다. 그처럼 사하라에서는 사람과 낙타가 한몸이 되고 공동운명체가 되는 것일 터였다. 시키는 대로 해보니 훨씬 편하다. 내가 낙타가 되고 낙타가 내가 된 듯한 느낌이었다.

그러다 문득 하늘을 보니 찬란한 색깔로 노을이 지고 있었다. 시뻘건 해가 반쯤만 몸을 가리며 모래언덕 저편 어디론가 떠나가고 있었다. 모래 언덕은 그 빛을 받아 일제히 붉은빛을 띠었다. 하나 둘 셋 넷…… 태양이 남기고 간 노을의 층층 색깔은 초록과 노랑과 주황에서 보라에 이르기까지 구름의 띠처럼 하늘을 물들이고 있었다. 나는 황홀한 그 색채들을 바라보느라고 종종 낙타의 끈을 놓치곤 했다. 맹세코 저런 색을 본 적이 없었다. 아, 사막에 내리는 노을의 색이 저토록 다채롭고 미묘하다니. 누가 저 색을 풀어놓은 것일까. 나는 속으로 탄성을 질렀다. 어느새 모래언덕은 주황빛에서 붉게 타들어가는 색으로 바뀌고 하늘색과 맞닿으며 섞여들고 있다. 그러다 차츰 사구의 움푹 팬 곳에 녹색의 짙은 그늘이 내리더니 노을은 점차 옅은 회색빛으로 바뀌었다. 다시 청회색과 암갈색으로 물들더니 이윽고 엷은 검은색 톤으로 바뀌어갔다. 이 모든 색의 변화는 거의 순간순간 이루어지고 있었다.

어느새 베두인 낙타몰이꾼의 하얀 옷만이 희부윰하게 빛난다. 그러다 어둠 속에서 별로 크지 않은 대추야자 숲이 나타났고 낙타몰이꾼들은 아내와 나 그리고 우리집 아이와 권기정씨를 내려놓고 어둠 속으로 사라져 갔다. 나무 사이에 걸린 촉수 낮은 백열등 사이로 무뚝뚝하고 키 큰 사내가 우리를 맞았다. 사하라에 그렇게 저녁이 오고 밤이 깊어가는 것을 나는 낙타를 타고 오는 동안에 보았던 것이다. 크고 붉은 해가 빨려들듯 서편으로 사라지는 것도, 사라지면서 다섯 가지 아니 일곱 가지 색깔로 하늘을 물들이는 것도 모두 보았다. 그런데 천막 저편 어둠 속으로 사라진 사내는 다시 나타날 생각을 않는다. 낡은 나무의자에 앉아 있자니 문득 시드니 폴락이 감독하고 로버트 레드포드와 메릴 스트립이 주연한 〈아웃 오브 아프리카〉의 남자 주인공 데니스가 생각난다.

케냐에서 커피 농장을 하는 여주인공 카렌은 데니스와의 사랑을 꿈꾸며 정착하기를 원하지만 분방하고 자유로운 영혼의 소유자였던 데니스는 머물렀다가는 떠나가고 떠나갔다가는 돌아오기를 반복한다. 그물에 걸리지 않는 바람처럼 창공을 나는 새처럼 그에게는 구속이나 소유의 개념이 없었다. 심지어 사랑의 이름으로도, 아니 사랑의 이름이기 때문에 더더욱 서로의 영혼이 자유로워야 한다는 생각이었다. 아프리카야말로 그러한 자유로운 영혼에 대해 쉼 없이 가르쳐주는 교사였다. 정작 그곳에 정착은 했지만 카렌이 여행자로서 아프리카를 사랑했다면, 데니스는 떠도는 것 같지만 삶으로서 아프리카를 사랑했다. 영화 속 데니스의 대사가 떠오른다. "우리 모두 뭔가 소유할 수 있다고 생각하오? 아니오. 모든 것은 단지 우리를 스쳐지나갈 뿐이야."

몇 시간 전 거대하게 말라붙은 백색 소금호수 쇼트 엘 제리드를 통과하면서도 "모든 것은 스쳐지나갈 뿐"이라는 데니스의 말이 떠올랐다. 그랬지. 새빨간 해는 어깨 높이로 달리는 차를 따라오는데 그 붉은 덩어리를 빼고는 천지가 하얀 빛이었다. 사실은 말라붙은 하얀 소금호수의 광막한 길부터가 사하라인 셈이었다. 다만 그 알갱이가 모래처럼 황금빛이거나 붉은빛이 아니고 하얀색이었을 뿐. 뜨거운 바람과 끓어오르는 햇빛이 알갱이의 색깔을 그렇게 서로 다르게 반사시키고 있었을 뿐, 모래와 소금은 하나였던 것이다. 이 소금 사하라야말로 우리네 인생들이 건너가야 할 짜고 메마른 삶의 바다가 아닌가 하는 생각이었다. 스쳐지나가는 삶의 바다, 삶의 풍경인 것이다. 하늘과 맞닿아 녹아들며 하얗게 사라지던 그 아스라한 소금바다의 지평선은 무엇이 현실이고 아닌지조차 가물가물하게 했다. 그 하얀 광야를 뚫고 지나올 때부터 나는 조금은 몽환적이 되었던 것 같다. 현실과 환상의 그 모든 경계가 흐려지다 종내는 사라지게 만드는 것이 바로 사하라의 신비이리라. 그것은 소유와 스쳐감, 존재와 허무, 종내는 너와 나의 경계마저 지워버림으로써 참다운 자유에 대해 속삭이며 가르쳐주는 것이리라. 그런 면에서 영화 속 데니스는 득도한 사막의 도인이었던 셈이다. 흑인 인부들로 커피 농장을 꾸리던 카렌은 농장이 불타면서 아프리카를 떠나오고, 스치듯 한 번씩 농장에 들렀던 데니스는 비행기의 추락과 함께 죽는다. 아프리카의 바람과 햇빛이 그 시신을 거두어 어디론가 데려가 풍장風葬했을 것이다. 유독 이 부근의 밤하늘을 많이 비행했다는 생텍쥐페리 역시 마찬가지였을 것 같다.

어둠 속으로 사라져갔던 젤라바 차림의 사내는 잠시 후 램프를 들고 다시 나타났다. 발전기의 기름이 떨어져 전깃불이 나갔다는 것이다. 들고 있는 램프 불빛에 드러난 사내의 얼굴은 더욱 무뚝뚝하다. 특히 터번 아래로 죽은 사람의 그것처럼 느낌 없는 눈과 검은 수염이 마음에 걸리며 살짝 불안해진다. 사내는 램프를 들고 앞서가며 따라오라는 시늉을 한다. 어둠 속에서 희미한 램프 불빛에 의지해 모래밭을 따라가니 조그만 시골 분교 같은 나무집 한 채에서 다른 불빛이 새어나온다.

들어가보니 중앙에 덩그렇게 식탁 같은 것이 놓여 있고 뭔가 차려져 있다. 흙에서 구워낸다는 빵, 홉스가 바구니에 몇 개 담겨 있고 올리브유에 구운 양고기와 물이 있다. 그 정도면 사막에선 성찬이다. 희미하게 다시 전깃불이 들어오는데 그와 함께 밖이 약간 소란해진다 싶더니 한 가족이 들어온다. 프랑스인 부부와 두 아이다. 비로소 좀 안심이 된다. 인사를 나누고 탁자에 앉는데 예쁜 소녀 아이는 제 오빠인 듯싶은 아이에게, 우리는 본 체도 않은 채 밖에서부터 해온 이야기를 끊임없이 조잘대며 까르르 웃기도 한다. 아이의 웃음이 또르르 식탁과 바닥 위로 굴러다니는 동안에 분위기는 금방 밝아졌고, 프랑스인 남자가 가지고 온 모로코 '와공' 와인까지 따라주는 바람에 화기애애해졌다. 그 가족은 식사를 이제 막 마쳤다며 새 손님이 온 것 같아 와본 것이라고 했다. 불빛 아래서 소녀와 살짝 눈이 마주쳤는데 그 눈이 그렇게 예쁠 수가 없었다. 한없이 평화롭고 한없이 사랑스러웠다.

문득 선교사 빌리 그레이엄 목사와 한 소녀 이야기가 떠올랐다. 그레이엄 목사가 남미 어디론가 선교 여행을 가느라 비행기를 탔는데 그 비행기가 그만 에어포켓에 걸리고 말았다. 수직으로 20미터, 50미터씩 떨어지는데 모두들 아우성을 치며 그런 난리가 없더란다. 전능자 하나님의 종인 그레이엄 목사도 공포와 두려움에 머리가 하얗게 비는 느낌이었다. 그런데 유독 창 쪽 옆자리의 소녀는 비행기가 떨어지고 선반의 물건들이 쏟아져내릴수록 재미있어하더니 까르르 웃어대더라는 것이었다. 발마저 까딱거리면서. 나중에 비행기가 제대로 항로를 찾고 기내가 수습되자 목사가 소녀에게 물었단다. "아까 무섭지 않았니?" 그러자 소녀가 빤히 쳐다보며 "무섭긴요. 재미있기만 했는데요" 하더란다. 목사가 다시 정색을 하고 "아니, 정말 무섭지 않았단 말이냐?" 하고 물으니 "그럼요. 아저씬 무서웠나요? 난 하나도 안 무서웠어요. 아빠가 운전하는데요 뭘" 하더라는 것. 사연인즉슨 그 비행기의 기장이 소녀의 아버지였고 비행기가 아무리

요동을 쳐도, 아니 그러면 그럴수록 소녀는 아빠가 자기를 재미있게 하려고 그러는 것이라고 굳게 믿고 있었던 것이다. "아저씨는 무서웠나요?" 하고 빤히 바라보며 물을 때 목사는 전신에 힘이 쫙 빠지는 것을 느꼈단다. 똑같이 아버지를 믿고 특히나 이 세계적인 부흥목사가 알리고 소개하며 다니는 그의 아버지는 무소불위의 전능하신 하나님 아버지이건만 소녀와 목사의 각자의 아버지에 대한 믿음은 너무도 차이가 있었던 것이다.

그 순간 다시 희미하던 전깃불이 나간다. 프랑스인 가족은 우리들에게 잘 자라며 일어섰고 남자가 소년과 소녀에게 뭐라고 설득하며 이야기하자 둘은 차례로 일어나 아내와 내 이마에 살짝 입술을 대고 나간다. 그 밤에 두 천사가 홀연히 하늘로부터 내려와 잠시 우리 식탁에 머물다 사라진 느낌이었다.

사내의 출렁대는 불빛을 따라 텐트로 가니 서걱한 모래 위에 대충 만든 듯싶은 나무침대, 그리고 그 위에 양모 담요가 있었다. 하나는 깔리고 하나는 말린 채. 각자 텐트 하나씩을 차고 들어가 짐을 부려놓고 밖으로 나왔다. 한쪽에 누가 피우다 만 건지 사그라지는 모닥불이 보였다. 우리집 아이가 대추야자 숲 쪽으로 가더니 마른 나뭇가지 같은 것을 가지고 와 다시 불을 살려놓는다. 우리는 둘러앉아 말없이 타들어가는 불빛을 바라보고 있었다. 불이 사그라진다 싶으면 아들은 다시 대추야자 숲으로 갔고 그때마다 마른 가지들을 가져왔다. 어둠 속에서 도대체 어떻게 저것들을 주워왔을까 하는 생각과 함께 미안한 마음이 들었다. 여행 내내 말없이 궂은일을 도맡아하며 우리 내외를 위해 계속 셔터를 눌러댔다. 사실은 인생에서 가장 외롭고 막막한 나이가 저 무렵인데 싶었다. 아침에 눈뜨면 떠오르는 막막함과 불안함. 그것들은 떨치려 해도 하루종일 옆구리에 붙어 조잘대는 원숭이처럼 달라붙어 있었다. 늘 실체 없이 몽롱하고 잡히는 것 없던 시절. 사실은 아들이 우리를 따라와준 것만으로도 고마워해야 할 지경이었다. 저 나이의 나는 거의 늘 홀로였으니까. 홀로 기차 타고, 홀로 강과 시내에 갔으며, 홀로 밥 먹고 홀로 차 마시고 홀로 잠들었다. 밤사이 에는 외로움과 불안에 먹히지 않으려고 작은 짐승처럼 웅크리고 잠이 들었고, 그렇게 내 청춘은 흘러갔다. 이제 한 바퀴 돌아 옛 내 나이의 청년 하나가 모닥불 저쪽에 앉아 있다. 갑자기 눈시울이 뜨거워지며 왈칵 눈물이 흘러내린다. 다행인 것은 타오르는 모닥불을 바라보느라고 아무도 눈치채지 못한 것. 이 흘러내리는 눈물의 정체는 무엇일까. 떠나간 젊은 날들에 대한 회오일까, 아니면 모래처럼 흩어지고 사라지는 삶의 덧없음에 관한 것일까. 나는 슬며시 일어나 대추야자나무 숲 쪽으로 간다. 그러고 보니 이토록이나 맑고 이토록이나 순수하게 정면으로 삶에 대해, 인생에 대해 생각해본 적이 없었던 것 같다. 눈물은 숫제 틀어놓은 수도꼭지처럼 양볼을 타고 끝없이 흘러내린다. 그래 대체로 인생은 슬픈 거야. 기쁘지 않아. 즐겁지도 않아. 그냥 지는 꽃처럼 애달프고 슬픈 거야. 남겨지는 것은 없어. 사랑도 인연도 결국엔 사막의 저 모래바람처럼 사라져갈 뿐이야. 신은 그 운명을 아시는 것이겠지. 그래서 인간에 대해 그토록 많이 용서하셨을 것이야. 이 연민의 존재를 말이야.

"아빠, 이쪽으로 와보세요!" 아들이 부르는 소리에 대충 눈물을 훔치고 가보니 모두들 일어서서 하늘을 보고 있다. 아빠 이것 좀 보세요, 이리 와보세요. 그러고 보니 저 소리도 참으로 오랜만이었다. 늘 신기한 것투성이인 아이였고 그때마다 나를 부르곤 했었다. 세상에나, 검은 하늘은 보석 알갱이들처럼 박힌 별들로 가득차 있었다. 손을 뻗치면 그대로 닿을 것 같은 지척의 높이였다. 저토록 많으면…… 어떡하죠? 그러게나 말이다. 나는 옛날로 돌아가 이제는 장성한 아들과 그렇게 대화하고 있었다.

사하라의 밤
신비한 아라비아의 밤과 무희 그리고 악사.

이 엄청난 별들이 도대체 언제 나타났던 것일까 싶다. 그런데 가만히 귀 기울여보니 하늘을 가득 메운 그 수천수만의 별들에서는 '왁왁왁왁' 하는 소리 같은 것이 들리기도 했고 가끔은 쉬이익 소리를 내며 유성이 사하라 저편으로 사라져가곤 했다. 완전한 진공 같은 우주가 사실은 소리 없는 소리와 움직임 없는 움직임들로 가득 채워져 있는 셈이었다. 별들 사이로 하얀 보석 가루를 뿌린 것 같은 은하수 길이 하늘을 가로지르며 둥글게 나 있다. 조금 전 지나왔던 말라붙은 하얀 소금호수 길처럼 그렇게. 그리고 은하수 양옆을 에워싼 별들의 소곤거림, 예쁜 숨소리들이 그대로 들리는 듯했다.

이쯤에서 생텍쥐페리의 이야기를 하지 않을 수가 없다. 사하라에 다녀온 사람마다 들먹이는 바람에 나만은 그의 이야기를 자제하려 했지만 하다못해 "사막이 아름다운 것은 그곳 어딘가에 샘이 숨겨져 있기 때문"이라는 어린 왕자의 한마디쯤이라도 해야 될 것만 같다.

앙투안 드 생텍쥐페리. 다 아는 대로 정찰기 조종사였다. 감성이 뛰어난 사람이었지만 그의 시대는 불운했다. 세계는 2차대전의 전화로 불타올랐다. 수송선을 운전하며 하늘을 떠돌던 비행사였던 그는, 어느 날 밤 하늘의 유성처럼 행방불명이 되어버렸다. 대충 1944년 7월 말이었으니 70여 년 전의 이맘때쯤이었을 것이다. 그가 좀 각별하게 떠올려지는 것은, 실제로 튀니지에 머물 때 문인 카페 데나트^{des Nattes}에 드나들면서 사하라 비행을 자주 했다는 점 때문이다. 말하자면 지금 이 지점의 밤하늘을 자주 비행했다는 말이다. 어쩌면 우리가 지금 머무르고 있는 곳도 그가 수십 년 전에 P38라이트닝기를 타고 내려다보며 날아갔을지 모른다. 한 우편물 수송회사에 다니던 문학청년 앞으로 전쟁이 밀려왔고, 그것은 물론 전혀 그의 뜻과는 무관한 것이었다. 그 바람에 정찰기 조종사가 되어 북아프리카와 유럽 하늘을 날다가 40년 남짓의 짧은 생애를 내려놓게 된다. 그러면서 그가 죽기 한 해 전, 지상에 선물로 던져주고 간 것이 『어린 왕자』였다.

세속의 모든 가치를 움켜쥔 손을 살짝 펴게 해 손가락 사이로 부드러운 모래처럼 움켜쥔 것들이 흘러내려가게 하는 그 마법에 홀려들지 않을 사람이 몇이나 되랴. 그러나 사하라에서 다시 읽는다면 그것은 마법이 아닌 하나의 현상일 수 있으리라는 생각이 든다. 장미와 여우도 어느 소행성도 그리고 그 어린 왕자도 말이다. 아스팔트 위에서 배운 모든 가치를 전복시켜볼 수 있음이야말로 어린 왕자, 아니 사하라가 사람들에게 가르쳐주는 것이 아닐까 싶다.

권기정씨가 모닥불로 끓인 뜨거운 커피를 가져왔다. 차가워진 밤기운 때문에 싸늘한 여름밤의 뜨거운 커피는 맛있었다. 흩어져 텐트로 돌아와 딱딱한 침대에 누우니 어릴 적 주일학교 때부터 들었던 다윗 이야기가 생각난다. 군인 출신의 그가 적에게 쫓기는 상황에서도 하늘의 별을 보고 감탄하며 썼던 그 아름다운 시들. 시종일관 '아아' '오오' 감탄하며 적어 내려갔던 그 시들은 사하라에 와서 읽었어야 제격이라는 생각이 든다. 쫓기던 그가 오죽 밤하늘이 아름다웠으면 시름을 잊은 채 그런 영탄조의 시를 썼을까 싶다. 별로 크지 않은 대추야자나무 숲이 바람에 서걱댄다. 그 서걱대는 소리가 귓가에 속삭임처럼 잠겨들면서 혼곤하고 깊은 잠에 빠져든다.

꿈결인 듯 어디선가 가녀리고 먼 목소리가 나를 부른다. 비명 같기도 하고 탄식 같기도 한 소리. 그러나 눈을 뜰 수가 없다. 의식은 눈을 떠야 한다고 속삭이지만 그간의 강행군 때문에 가위눌림처럼 깨어나지 못한다. 통나무처럼 쓰러져 깊은 잠에 떨어져버린 때문이다. 점점 다급해지는 소리에 번쩍 눈을 뜨니 천막 저편에서 들려오는 아내의 소리였다. 주변이 희부윰한 것으로 보아 새벽인 것 같은데 무슨 소릴까 싶다가 문득, 불뱀 생각이 났다. 어제 들었던 사막의 그 불뱀. 집채만한 낙타도 일거에 쓰러뜨린다는 빨간색 작은 뱀. 나는 후다닥 일어나 소리나는 쪽으로 튀어나갔다.

아내는 보이지 않는다. "여기!"라고 하는데 찾을 수가 없다. 내 시야를 시뻘건 그 무엇이 가려버렸기 때문이다. 그 시뻘건 것의 정체, 무지막지하게 크고 강한 그것은 바로 떠오르는 해였다. 아내는 작은 몸집으로 그 거대한 한가운데에 점처럼 박혀 있었다. 경위는 이랬다. 나는 그 시뻘건 것의 정체가 차마 떠오르는 해라고는 생각을 못했던 것이다. 잠결에 뛰쳐나가 그것이 우주로부터 덮쳐온 그 무엇이라는 생각이 들 정도였으니까. 지금까지 해는 일정한 거리 밖에서 원근을 두고 봐왔던 것이 다인데, 사하라의 떠오르는 태양은 원근이 아닌 바로 텐트 옆에서 불쑥 솟아올라왔기 때문에 아내는 그 거대한 붉은빛 속에 까만 하나의 점처럼 보였던 것이다.

아내의 '악!' 하는 비명 비슷한 소리에 눈을 번쩍 뜬 것이었지만 나 역시 '아'나 '오' 정도의 감탄사로는 부족할 지경이었다. 아름다움이라고? 천만에. 오직 공포, 공포뿐이었다. 문득 학생 때 읽었던 프랑크푸르트학파 아도르노의 글이 생각났다. "체험되고 인식되지 않은 자연은 두려움의 대상일 뿐이다." 저처럼 크고 붉게 대지를 한꺼번에 덮쳐오는 태양은 체험되지도 인식되지도 않은 미지의 그 어떤 것이었다. 그 거대한 붉은 것이 떠올라올 때의 그 느낌을 나는 도저히 제대로 표현할 길이 없다. 그러나 천만다행으로 그 붉은 덩어리는 빠른 속도로 떠오르며 스스로 크기를 축소했을 뿐 아니라 자신이 토해냈던, 사방으로 튀겼던 핏덩어리같이

■ 캠프 '나자'에서 바라보는 새벽 일출. 태양이 막 떠오르는 순간이다.

붉은 기운 또한 다시 거둬들였다. 아주 빠른 속도로 그렇게.

　치렁치렁한 젤라바 차림의 사내는 그새 아침거리를 마련하는지 땔감을 나르고 있었고 집 한쪽에서는 모락모락 연기가 오르고 있었다. 화덕에 다시 홉스를 굽고 있으리라. 천막은 모두 다섯 개였는데 어젯밤에 만났던 프랑스인 가족은 그새 떠나고 없었다. 그렇다면 그 소녀와 소년은 정말 어린 천사였거나 사하라의 요정들이 아니었을까 싶었다. 캠프는 검은 턱수염의 사내 혼자서 운영하는 것 같았는데 밤에 그토록 서걱대던 대추야자나무 숲도 숲이라기에는 너무도 옹색한 사오십 그루 정도였다.

　커피에 새로 구운 홉스를 먹으면서 나는 아내에게 선언했다. 여기 하루 더 머물겠다고. 모든 것을 다시 봐야 되겠다고. 노을의 색깔도, 붉은 모래의 언덕들도, 별들도, 떠오르는 태양도. 언제 떠오르고 언제 지는지 다시 확실하게 봐둬야 되겠다고. 그래야 돌아가서 제대로 그림을 그릴 것 같다고. 이번에는 권기정씨가 조용히 그러나 단호하게 나섰다. 안 됩니다. 비행기 시간 때문이라는 것이었다. 이 나라에서는 비행기 시간을 다시 조정하는 것보다 어젯밤 봤던 별 하나를 따오는 편이 더 쉬울 것이라 했다. 그냥 안 된다 할 것이지 무슨 별 얘기씩이나 싶었지만 별수없는 일이었다. 차마 떨어지지 않는 발걸음으로 나오니 저만치 어제 그 낙타들과 두건에 젤라바 차림의 사내들이 벌써 그림처럼 서 있다. 낙타는 어제처럼 다시 얌전히 무릎을 꿇었고 나는 사내의 도움을 받아 어제처럼 그 등에 올랐다. 아참, 낙타에 오르기 전 캠프의 남자는 일일이 우리와 포옹했다. 낮에 보니 사내의 눈망울은 낙타의 그것처럼 크고 순하기만 했고 나를 안은 가슴은 대지처럼 편했다. 사하라. 내 마음속에 언제까지 살아 있을 그 허무와 충만의 바다. 돌아보니 사내는 조그맣게 작아진 모습으로 오래도록 손을 흔들고 있다.

다음날 튀니스로 돌아와 숙소인 호텔 카르타고 탈라소에서 한국국제교류재단의 교환교수 프로그램으로 튀니스에 머물고 있는 한국인 정교수를 만났다. 튀니지로 가기 전, 연락해보라고 누군가 정교수의 연락처를 적어줘 만나게 된 것이다. 그는 2년 계약으로 육 개월째 이곳에 머물고 있는 중이라고 했다. 이런저런 이야기 끝에 지난밤의 사하라 캠프에 대해 말했더니 위치를 묻고는 놀라는 눈치다. 그곳은 아는 사람들은 잘 가지 않는 곳이란다. 왜냐고 물었더니 한 달여 전쯤 그 텐트에서 자던 오스트리아인 부부가 괴한에게 납치되어 멀리 서부 아프리카 말리까지 끌려간 사건이 있었다고 한다. 다행히 오스트리아 정부가 나서서 밀고 당기는 협상 끝에 거액의 몸값을 지불하고 풀려났다는 설명이었다. 순간 등골이 오싹했다. 교수는 뉴스에서 본 대로 실감나게 설명을 해갔다. 새벽녘 텐트로 검은 막대기 같은 것이 쑥 밀고 들어와서 보니 총이었고 복면 쓴 사내들이 서 있었고, 그 뒤로…… 하며 이야기를 계속하려 했지만 나는 웃으며 그만하라고 했다. 아무튼 매스컴을 달군 빅뉴스였다는 것이다.

　하지만 사하라가 무슨 죄랴. 그 쏟아질 듯한 별들이며 불어오는 바람과 심지어 서걱대던 대추야자 소리에는 아무 혐의가 없다. 문제는 낙타의 눈처럼 마냥 선하지만은 않은 인간들과 그 속에 쌓인 갈등과 분노와 결여와 탐욕 같은 것들 아니겠는가.

　나는 빙그레 웃으며 다음에 반드시 다시 와서 그곳에서 며칠 더 묵고 싶다며 악수를 하고 일어서는데 그는 심란한 표정으로 정말이냐고 물었다. 정말이고말고다. 어젯밤의 사하라라면 언젠가 꼭 다시 돌아올 것이라고, 나는 속으로 다짐했다.

　누군가가 사하라에 가서 무엇이 가장 인상 깊었느냐고 묻는다면, 물론 너무도 짧은 시간이었지만 역시 그림쟁이인 나로서는 선과 색이었다고밖에 대답할 수 없을 것 같다. 그중에서도 생성과 소멸의 미학을 보여주는 사하라의 선과 색이었다고.

대체로 사진 속의 사막은 선과 선들이 이어지면서 고정되어 있는 것 같지만 실제로는 쉼 없이 움직인다. 그 수많은 사구의 능선들은 끊임없이 변하며 움직이고 있는 것이다. 옆으로 누운 여인의 몸매로 보이는 신비한 곡선도 잠시 후에 보면 어느새 흐트러지면서 서서히 다른 형태로 변형된다. (내 짐작으로) 약 15센티미터 높이로 끊임없이 이동하는 고요한 바람 때문에 일어나는 현상이라는 것은 나중에야 알게 되었다. 아, 정말 신비하고 관능적인 선이다, 하고 바라보는 순간 그 선은 다른 선에 묻히거나 사라져버린다. 마치 인도의 승려가 색색 모래로 정성을 다해 한나절 내내 만다라를 그리고 나서 긴 나무끌개 같은 것을 가지고 한순간에 지워버리듯이 말이다. 사막은 내게 말해주는 것 같았다. 아니 분명히 말해주었다. 모든 아름다움은 소멸한다. 소멸할뿐더러 그 안에 마알간 슬픔이 있다고. 그러니 아름다움에 집착하지 말라고.

그런 면에서 사하라는 죽음과 허무에 대해서가 아니라 탄생과 소멸에 대해서 더 가르치고 있었다. 그것이 아니라면 석양은 왜 그토록 여러 가지 색깔로 하늘을 물들이며 나타났다가 탄복하는 사이 지워지고 사라져버린단 말인가. 그 헤아릴 수 없이 많은 별들은 어찌하여 검은 하늘을 가득 메우다가 아침에는 흔적도 없단 말인가. 그 장엄하고 거대한 붉은빛 태양은 왜 그토록 눈앞에 떠올랐다가 신속히 사라져간단 말인가. 심지어 한밤중 텐트 밖에서 서걱대던 그 대추야자까지도 나에게 버려라! 놓아라! 하고 말하지 않았던가 말이다.

그렇다. 사하라가 내게 가르쳐준 것이 있다면 놓는 법, 버리는 법에 대해서일 것이다. 그렇다고 놓거나 버리거나 떠나서 지금 자유로워졌는가.

(위에서 아래로) ▪ 사하라의 관문인 두즈. ▪ 북아프리카 사람들에게 낙타는 단순한 운송수단이 아
닌 삶의 동반자 같은 존재다. ▪ 사하라의 캠프 '나자'. 베두인족 전통의 천막 식당이 보인다.

물론 천만의 말씀이고말고다. 그리고 사실, 사하라에 다시 가려 하는 이유는 바로 그것 때문이기도 하다.

사 하 라 와 생 텍 쥐 페 리   세계에서 가장 광대하고 가장 건조도가 높은 사하라 사막은 홍해에 접하는 나일 강 동쪽의 누비아 사막과 나일 강 서쪽의 아하가르 산맥 부근까지의 리비아 사막을 합친 동사하라와 아하가르 산맥 서쪽의 서사하라로 크게 구별해 부르기도 한다.

면적은 약 860만 제곱킬로미터다. 나일 강에서 대서양 연안에 이르는 동서 길이는 약 5600킬로미터, 지중해와 아틀라스 산맥에서 나이저 강과 차드 호에 이르는 남북 길이는 약 1700킬로미터. 이 사막 남부의 경계는 명확하게 구분되어 있지 않고, 사막과 사바나 지대 사이에 넓고 건조한 스텝steppe 기후 지대가 동서로 펼쳐져 있다.

연평균 강수량이 250밀리미터 이하로 매우 건조하고, 연평균 기온은 27도이지만 그 이상인 곳이 대부분이며, 낮과 밤의 기온 차는 30도를 넘는다. 이러한 기후 조건은 암석의 기계적 풍화작용을 촉진시켜 사막에 모래를 공급하는 주요인이 된다.

사하라의 연평균 기온은 별 의미가 없다. 사막이 워낙 넓어 어느 한 지역의 온도 분포만으로 설명하기는 곤란하기 때문이다. 리비아의 알아지지야 지역에서 기온이 최고 58도까지 올라간 기록이 있으며 낮에는 보통 40~50도까지 올라가고,

야간에는 10~20도 이하로 내려간다고 한다. 이와 같이 기온이 급변하는 기후의 특징 때문에 암석이 빠르게 붕괴되어 모래가 만들어지고 사막이 점점 확대되고 있다.

지금은 황량하고 메마른 사막이지만 지금으로부터 약 6천 년 전만 해도 사하라 사막은 강이 흐르고 나무와 풀로 덮인 비옥한 땅이었다. 주민들은 사냥과 낚시를 하며 살았다. 알제리의 타실리나제르 암벽에 그려져 있는 기린, 코뿔소, 영양, 사자 등의 동물 모습과 사냥하는 사람들의 모습이 이를 증명한다. 이런 풍요의 땅이 불모의 땅으로 변한 것은 기온의 변화 때문이었다.

사하라를 주제로 한 문학작품과 영화 등이 많이 발표되었지만 그중에서도 사하라 상공을 밤낮으로 지나며 상상력에 기초해 쓴 것으로 보이는 생텍쥐페리의 『어린 왕자』는 전 세계에서 가장 많이 읽힌 책으로 남아 있다.

사하라의 별밤을 어린 왕자의 맑은 눈을 통해 그려낸 이 동화소설을 생전 법정스님은 가장 아끼는 책 목록에 넣기도 했는데, 작가 앙투안 드 생텍쥐페리(Antoine de Saint-Exupéry, 1900~1944)는 2차세계대전 당시인 1944년 7월 31일 P38라이트닝 정찰기를 타고 임무를 수행하던 중 행방불명된 것으로 알려져 있다. 1998년 프랑스 남부 지중해 연안의 항구도시 마르세유 근해에서 그의 팔찌가 한 어민에 의해 발견된 데 이어 그가 탔던 P38라이트닝기의 잔해가 2001년에 수거된 것이 전부다.

〈스타워즈〉와 동굴 호텔 시디드리스

영화감독 조지 루커스는 어떻게 이곳을 발견했을까. 그는 무려 30여 년 동안(1977년~2005년) 〈스타워즈〉 시리즈에서 튀니지의 웅크쥬멜과 시디부헬렐 협곡과 마트마타^{Matmâta}를 영화의 가장 중요한 무대로 쓴다. 베르베르인이 사는 마트마타에 처음 발을 디뎠을 때 나 또한 마치 화면으로 본 화성이나 달나라의 표면을 밟고 선 듯한 느낌이었다. 검붉고 울퉁불퉁한 땅에 철저히 문명과 단절된 듯한 기이한 흙집과 동굴집 같은 혈거 주택들을 보면서 아닌 게 아니라 어느 먼 행성에라도 온 느낌이었다. 땅을 파고 토굴처럼 집을 만들어 산 지 천 년이 지났다니 놀랍기도 하다. 그곳에서는 천 년의 세월도 마치 어제런 듯 가깝게 느껴진다. 집을 땅속에 짓는 이유는 너무 강한 태양빛 때문이라고 한다. 맨살로 나갔다간 화상을 입고 돌아오기 알맞은데다 뜨거운 모래바람이 한 번씩 몰아치면 서 있기도 어려울 정도라는 것이다.

스타워즈류의 상상력이 이곳을 중심으로 가동되기 시작했음을 짐작케 하는 대목은 또 있다. 여인들이 머리부터 둘러쓰게 되어 있는 통자루 옷인 '카샤비아' 복장이 바로 영화 속 제다이 기사가 입는 옷의 모델이 된 것이다. 언덕 위의 토굴형 요새인 크사르 울레드 술탄Ksar Ouled Soltane 또한 원주민의 곡식 창고로, 환기가 되도록 문 형태의 공간을 뚫고 여러 층을 만들어 사다리로 오르내리며 곡물을 저장했던 곳이라 한다. 한때는 프랑스군에 저항했던 베르베르인의 요새가 되었다고도 하는데 어찌됐거나 성경의 잠언에 '해 아래 새것이 없다'고 했던 말대로 천 년 역사의 시간을 한 바퀴 돌아 첨단의 문명과 고대의 시간이 이곳에서 결합된 것이다.

마트마타의 혈거 부락은 로마의 침공을 피해 일부러 물 없고 황량한 곳을 찾아온 베르베르인들이 하나둘 모여들면서 형성되었다는 설이 가장 유력하다고 한다. 막상 사막으로 도망 왔지만 너무도 강한 햇빛 때문에 지상에 살 수 없어 뜨거운 태양을 피해 지하에 집을 짓게 되었다는 것이다. 농사는 물론 지을 수도 없고 양을 먹일 목초지조차 없어 그야말로 관목과 약간의 풀을 찾아다니며 소규모로 염소나 양 몇 마리로 삶을 영위하는데 그럼에도 불구하고 한결같이 예바르고 밝고 맑은 얼굴이다. 삶의 행복을 소유물로 저울질할 수 없다는 것을 살갗으로 느낀다. 7세기경에 이곳을 점령한 아랍인들이 이들의 삶의 형태를 보고 미개인 취급하며 외지인이라는 뜻의 베르베르라는 이름을 지어주었다고 한다. 아이러니는 이 원주민 문화가 영화 속에서는 최첨단의 문명을 가진 혹성으로 탈바꿈한다는 것이다.

물론 대문 같은 것이 있을 리 없는 토굴집들은 마치 카타콤catacomb처럼 최소한의 삶의 공간으로서 단출하고 단조롭기 그지없다. 한평생 이렇게 살다 간다면 삶의 무게 또한 살림살이만큼이나 가벼울 것 같다. 몇몇 가옥들은 가끔씩 오가는 관광객에게 차를 끓여 대접하고 적은 돈을 받는데 사실 그 돈을 쓰러 나가는 일 자체가 보통이 아니란다. 생필품을 구할 수 있는 장터까지 가는 길이 너무 먼데다 마땅한 교통수단이 없어 뙤약볕 속을 한나절 혹은 하루종일 걸어야 하기 때문이다.

한 지하가옥으로 내려가 아낙네가 끓여 내온 차를 마시는데 서늘한 기운이 지상과는 딴판이다. 둥근 형태로 굴을 파서 만든 방이 세 개 있고, 덩어리 흙으로 만든 손님 의자에는 베르베르인의 색동 같은 천이 깔려 있었다. 어디서 구해 온 것인지 화병엔 노란 꽃도 담겨 있다. 문득 사람은 '그럼에도 불구하고' 아름다움을 추구하는 존재라는 생각이 들었다. 이 각박한 삶 속에서도 꽃을 준비하고 귀한 색동천을 깔았던 것이다. 나오면서 아내가 찻값을 내고, 내가 적은 돈 얼마를 주려 하자 웃으며 한사코 거절한다. 한참을 실랑이하다 겨우 손에 쥐여주고 돌아서서 보니 그 자리에 서서 환히 웃으며 손을 흔들어준다. 비로소 자본주의로부터 가장 자유로운 세상에 와 있는 기분이 든다. 그곳에서 돈은 없어도 상관없고 있으면 약간 좋은 것일 뿐이다.

가장 재미있는 것은 호텔이라는 이름의 시디드리스Sidi Driss. '스타워즈'라 쓰인 빛바랜 푸른색 천이 걸려 있는 이 '호텔'은, 그러나 방금 전 떠나왔던 그 아낙의 토굴집을 조금 더 키운 것이라고 보면 될 것 같았다. 그야말로 다른 적절한 이름이 없어 그냥 호텔이라는 명칭을 쓴 듯싶었는데, 중앙을 텅 비우고 3층 높이까지 벽에 굴을 뚫어 제법 여러 개의 방을 만들어놓았을 뿐이다. 그곳이 일반 집과 다르다면 남자 종업원이 있고 카페 비슷하게 꾸민 차 마시는 공간이 있다는 정도다. 물론 화장실은 공동으로 하나를 쓰고 샤워실 같은 것은 기대해서도 안 된다. 그러나 어떠한 편의시설을 이기고도 남는 것이 있으니, 밖으로 나와 허공을 보면 거기 까만 하늘에 보석 알갱이처럼 박힌 무수한 별을 볼 수 있다는 것이다. 숫제 와르르 쏟아져내릴 듯한 기세다.

(시계 방향으로) ▪소금호수 위에서 멈춰버린 배. 물이 말라 소금이 되면서 배도 그 자리에 멈췄다. ▪영화 〈스타워즈〉의 촬영지임을 알려주는 시디드리스 벽에 걸린 빛바랜 홍보물. ▪튀니지의 사막 호텔인 시디드리스.

물동이를 인 여인
한평생 이렇게 살다 간다면 삶의 무게 또한 살림살이만큼이나 가벼울 것이다.

그러고 보니 마트마타 사람들이야말로 지상에서 흙과 그리고 하늘과 가장 가까이 사는 사람들이 아닌가 싶다. 벽지 같은 것이 있을 리 없으니 눈을 뜨면 맨 먼저 흙으로 된 천장이요, 흙으로 된 벽이며, 밖으로 나오면 흙으로 된 마당이나 흙속에 박힌 사막의 풀들을 찾아다니며 염소와 양을 뜯기고, 밤이 되면 돌아와 희미한 기름등잔을 켜고 도란도란 저녁을 먹고 다시 흙 위에서 잠이 든다. 아주 가까이 있는 하늘의 별들은 꽃잎을 수놓은 이불이 된다. 죽으면 말할 것도 없이 흙이 된 육신을 사막의 바람이 모래 알갱이 속에 섞어 하늘 저편 어디론가 날릴 것이다.

눈이 맑고 표정이 밝은 마트마타 사람들. 그럴래서야가 아니라 그저 무소유와 무욕 속에서 한 생애를 살아가는 사람들. 속도와 탐욕의 문명열차를 타고 온 나야말로 그들 보기엔 한심한 미개인일 터. 문득 그들 사이에서 불어오는 황량한 바람으로 온몸을 샤워라도 해야 할 것 같은 생각이 든다. 그와 함께, 카이로우안Kairouan 같은 대사원보다도 하늘이 열린 그 흙집 속에서 영성靈性에 조금 더 가까이 다가간 듯한 느낌이 든다.

■ 우리들에게 차茶와 빵을 대접해준 토굴집의 여인과.

■ 마트마타의 지하 토굴집. 중정 같은 공간을 둘러싸고 창 없는 방들이 나 있다.

영화 〈스타워즈〉 촬영지, 튀니지   튀니지는 지중해의 마그레브 중에서도 국토가 제일 작고 인구도 천만 안팎인 작은 나라지만 관광객 수에 있어서는 북아프리카 최대의 관광지라는 모로코를 따라잡을 정도로 인기다. 북유럽인들이 가장 선호하는 휴양지로 뽑힐 만큼 일조량이 풍부하고 해변이 좋을 뿐 아니라 카르타고 유적지를 비롯해 튀니지의 루브르로 불리는 세계 최대의 모자이크 박물관 바르도, 화가들의 명소인 시디부사이드와 카이로우안 대사원 등 이슬람 사원과 문화유적지가 많아 새로운 지중해 관광지로 떠오르고 있다. 그뿐만 아니라 고고학과 지리학, 영화 촬영지로도 이름이 높다.

특히 1977년에 시작해서 2005년에 끝난 〈스타워즈〉 시리즈가 대표적이다. SF 역사상 가장 큰 성공을 거둔 이 시리즈는 두 주인공 아나킨 스카이워커와 루크 스카이워커의 고향인 타투인 행성 장면을 모두 튀니지에서 찍었다. 타투인은 이 시리즈에서 가장 중요한 공간적 배경이었다.

〈스타워즈 에피소드 1-보이지 않는 위험〉부터 〈스타워즈 에피소드 3-시스의 복수〉까지, 아나킨 스카이워커의 고향 마을로 등장했던 세트는 쇼트 엘 가르사 Chott el Gharsa의 모스 에스파Mos Espa라는 곳에 그대로 보존되어 있다.

조지 루커스 감독은 외계 행성의 건축양식에서부터 의상과 지명까지, 튀니지의 삶과 역사에서 아이디어를 얻었다 한다. 제다이 기사가 입어 유명해진 튀니지의 전통 옷 '카샤비아'도 그중 하나이다. 카샤비아는 머리부터 입는 통옷인데, 최근에는 입기 편하게 앞부분에 지퍼를 달아 입기도 한다.

마트마타에 있는 호텔 시디드리스는 〈스타워즈 에피소드 4-새로운 희망〉의 주요 촬영지였다. 다른 세트와 달리 실제 있는 호텔의 일부를 개조해 찍었다고 하는데, 그후 관광명소가 되었다. 호텔 곳곳에는 영화를 찍기 위해 설치했던 세트 구조물들이 지금도 남아 있다.

수스의 화랑, 그 143.5센티미터의 인연

　드디어 바닷가 도시 수스^{Sousse}에 왔다. 튀니지 여행 내내 탄산수며 물을 아무리 마셔도 가시지 않던 목마름이 푸른 지중해와 백사장을 보는 순간 일시에 해갈이 되는 것 같았다. 그러고 보면 역시 혀보다도 먼저 눈이다. 여름의 이슬람권 여행은 대체로 후덥지근하고 무겁고 덥다. 기후가 더워서이기도 하지만 도시마다 끊임없이 울려퍼지는 아잔 소리며 향신료 냄새에 치렁치렁 몸을 감고 있는 의상들 때문이다. 시원한 강이며 계곡을 만나기 어려운 까닭도 크다. 자동차로 푸른 산이며 숲을 지나쳐가기만 해도 심리적 조갈증은 좀 가라앉을 터인데 달려도 달려도 붉은 황토 아니면 광야이니 지칠 수밖에 없다. 더위에 무게가 실리며 친친 감겨오는 느낌이다. 사막, 광야, 광야, 사막 그리고 사막……

　그러다 만난 수스는 그야말로 아라비안나이트의 별세계다. 이 해변도시는 다른 곳에서는 느낄 수 없던 밝고 환한 분위기와 경쾌함이 흘러넘치고 있었는데 호텔을 모아놓은 단지 안으로 들어가니 어디서 나타난 것인지 여행 내내 거의 볼 수 없었던 유럽인과 미국인으로 넘쳐난다. 중앙에

튀니지 기행 1
환상과 우아함이 엉켜 있는 곳이다.

는 풀장이 있어서 심지어 비키니 차림의 여성들이 수영을 하고 있었고 하얀 의자침대에 엎드려 있거나 선글라스를 쓰고 선탠을 하는 여성들도 보였다. 문제는 정원의 확성기를 통해 끊임없이 이슬람 음악이 요란하게 흘러나오고 무슨 디제이 같은 남자가 연신 행사 비슷한 것을 주관하느라고 떠들어대고 있는 점이었다.

나는 작은 스케치북과 카메라 하나만을 들고 메디나의 재래시장 '수크' 쪽으로 나섰는데 이것이 잘못이었다. 앤티크 갤러리라고 적힌 간판이 보여 들어갔더니 화랑이었다. 중년 신사가 나와 명함을 건네며 3대째 이 일을 하고 있다면서 프랑스 화랑협회에서 발행했다는 무슨 인증서 같은 것을 보여주었다. 입구는 좁았는데 들어가니 광활했다. 오래된 그림과 조각품들로 빼곡했는데 내 눈길을 잡아끈 것은 우리나라의 민화 비슷한 유리 그림들이었다. 유리화인데 안쪽에서 그려 액자를 한 탓에 언뜻 봐서는 캔버스 그림과 구분하기 어려웠다. 오랫동안 프랑스 지배하에 있었기 때문에 튀니지는 예술, 그중에서도 미술이 많이 발달했는데 가만 보니 전통적 미의식에 서구적 세련미 같은 것이 가미된 퓨전 그림들이었다. 오아시스를 그린 그림과 양을 몰고 가는 소년 그림, 그리고 닭과 토끼며 당나귀와 오리 같은 동물 그림들이 재미있었다. 삐걱거리는 계단을 따라 2층으로 올라가니 거기에는 대작들이 많았다. 문제는 가격이었다. 의외로 만만치가 않았다. 좀 깎아보려 했지만 "브라더!" 하고 영어로 나를 부르더니 자기 집은 그런 곳이 아니란다. 그는 이미 내 눈길이 그림들마다 깊숙이 꽂힌 것을 보고 있었다. 그런데 정작 내 혼을 빼놓기는 그림보다도 그 그림을 둘러싼 수제 가죽액자였다. 바르도 박물관의 모자이크화와 견줄 만한 것들로 장인의 솜씨를 유감없이 발휘하고 있었다. 그림의 연대는 최소 오륙십 년 이상이란다.

두 시간여를 그곳에 머무르다가 고르고 골라 소품 세 점을 들고 호텔로 돌아가니, 아내는 하도 오지 않아 길을 잃거나 납치된 것으로 알았단다. 하긴 튀니지만 해도 극렬 이슬람 세력들이 테러며 폭발, 납치 같은 것을 다반사로 일으키는 곳이기는 했다.

내가 들고 온 물건들을 흘낏 보더니 말이 없다. 이게 보통 아름다워야 말이지 하고 말을 걸었지만 묵묵부답이다. 그대로 침대에 벌렁 누우니 좀 전에 골랐다가 두고 온 그림들이 천장 가득 펼쳐진다. 저것들을 두고 가야 된단 말인가 싶었다. 언제 다시 수스에 올 수 있을 것인가. 생각이 여기에 미치자 이럴 때가 아니다 싶었다. 잠시 나갔다 오겠다 하고 다시 북적대는 사거리를 지나 시장 안 그 화랑으로 들어섰다. 사내는 느긋한 표정으로 그럴 줄 알았다는 듯 2층으로 나를 데리고 갔다.

스무 점쯤을 골랐다가 아홉 개로 줄였다가 다시 눈물을 머금고 세 개로 압축했다. 가격도 가격이지만 크기가 문제였다. 유리그림이어서 모두 핸드캐리를 해야 하는데 아직 가야 될 나라도 많고 검색대를 통과해야 될 공항도 많다는 생각이 비로소 들었다. 맹세코 비로소다. 그전까지는 그림과 액자의 아름다움에 취해 다른 것은 아무것도 생각할 겨를이 없었던 것이다. 이미 그곳에 다시 들어서면서 예상한 바이지만 노회한 상인은 '네버'라는 말을 몇 번씩이나 쓰면서 한사코 디스카운트를 거부했다. 겨우 통사정을 해서 몇 푼 깎은 뒤 그 무거운 것을 들고 호텔로 갔더니 먼저 식당으로 내려간다는 아내의 쪽지가 있었다. 식당으로 갔더니 프랑스식 양식당에 정갈하고 예쁜 식탁보가 깔려 있었고 가운데는 꽃바구니와 와인도 한 병 놓여 있었다. 여행 내내 사진을 찍어주던 권기정씨가 "메디나에 가셨다가 튀니지 미인을 만나셨나봐요. 김선생님 기분이 아주 좋으시네요" 한다.

(위에서 아래로) ▪ 튀니스의 골목시장 '수크'의 한 오래된 갤러리에 걸려 있던 나를 매혹시킨 그림들. ▪ 사헬의 진주로 불리는 해변 도시 수스. 여름이면 관광객들로 붐빈다. ▪ 수스의 호텔 투숙객을 중심으로 한 밤의 댄스 파티. ▪ 튀니스 재래시장 안의 앤티크 갤러리. 도자, 조각, 공예, 회화 작품들로 발 디딜 틈이 없다.

와인을 곁들여 오랜만에 칼질하는 식사를 하는데 권선생이 미인 경계론을 펼친다. 가끔씩 여인이 길거리에서 다정하게 미소를 보낸다 해서 개인적 감정으로 호감을 보인다고 생각해 작업을 걸다가 혼이 난 관광객들이 많다는 것이다. 그래서 이곳의 모든 아름다움에는 어느 정도 독이 묻어 있다고 생각하는 것이 여행자로서는 편하다고 했다. 그러고 보니 미인은 아니지만 아름다움에 취해 그림을 여섯 점씩이나 샀으니 나야말로 살짝 튀니지의 독화살 하나를 맞은 겪이었다.

창밖으로 어둠이 내리고 정원 여기저기에 불이 켜진다. 그래도 갖고 싶은 그림을 샀다는 행복감이 와인향과 함께 입안 가득 번진다. 여행의 피로가 일시에 풀리며 온몸에서 서걱이던 모래들이 다 빠져나가는 느낌이다.

튀니지에서 만난 여섯 점의 그림. 그것도 코엘료식으로 말하면 철도 궤도 143.5센티미터의 인연이 아닌지 모르겠다. 하기는 내가 온갖 반대를 물리쳐가며 그림 그리는 인생을 살게 된 것 자체가 운명의 143.5센티미터 같은 그 무엇이 내 옷소매를 끌어서였으리라. 창밖으로 달이 휘영청 떠오르고 그 달빛에 흔들리며 황금빛 밤바다가 몸을 뒤척이는 소리가 들려온다.

수 스   수스는 튀니지의 수도 튀니스에서 동남쪽으로 140킬로미터 정도 떨어진 휴양지로, '사헬의 진주'라 불리기도 한다. '사헬'은 사하라 사막의 경계를 뜻하는 아랍어에서 유래한 말로, 원래는 서아프리카의 반건조 기후 지대를 일컫는 말이지만 북아프리카에서는 알제리 해안의 언덕지대와 튀니지 동부의 스텝 기후 지대를 가리킨다. 수스는 사하라의 건조 기후 지대가 끝나는 지점에 자리한 도시로 '사헬의 진주'라는 별칭에서 알 수 있듯이 지중해와 만나는 비옥한 땅이다.

초기 카르타고 시절엔 자치권을 가진 독립된 도시였다가 기원전 6세기에 한니발의 카르타고에 복속되었다. 인근에서 생산되는 곡물, 올리브, 직물 등이 거래되던 항구도시이자 지리적 요충지였던 수스는 잦은 외세의 침입을 방어하기 위해 '리바트Ribat'라 불리는 성채를 건설했다. 수스의 리바트는 군사와 종교적 성격을 겸한 수도원 요새로, 아글라브Aghlabid 왕조 때 건설되었다. 당시 이슬람 건축양식을 보여주는 이 성채는 옛 모습 그대로 남아 있어 1988년 유네스코 세계문화유산에 등재되었다.

성채 뒤로는 구시가지인 메디나와 전통 시장인 수크가 자리하고 있다. 이곳의 수크는 전통적 규칙대로 과일, 채소, 향신료, 육류 등으로 구역이 나뉘어 있다.

물의 성지, 카이로우안

"카이로우안의 사원을 일곱 번 다녀오면 메카^{Mecca}에 한 번 다녀온 것과 같다." 무슬림들 사이에 전해내려오는 말이다. 무슬림이라면 평생에 한 번은 메카를 순례해야 하는데 도저히 형편이 안 되는 사람들을 위해 지역마다 대표적 성지를 두고 네 차례 혹은 예닐곱 차례 그곳을 다녀온 것으로 메카 순례를 대신해준다고 한다. 일종의 종교적 보상인데 무슬림에게 카이로우안은 이처럼 신성시되는 땅이다.

북아프리카에서 가장 오래된 사원이라는 카이로우안의 그랑 모스크는 7세기 후반 건설될 당시 아프리카 최대 규모였다고 전해진다. 수많은 대리석 열주가 늘어선 사원 내부엔 돗자리가 깔려 있는데다가 그 옛날 베네치아 무라노 섬의 유리공방 장인들이 만든 것이라는 샹들리에가 걸려 있다. 무라노 섬에서 만드는 유리제품은 디자인의 유려함과 세련미로 널리 알려져 있다. 나도 여행에서 사온 무라노 화병이 몇 개 되는데 사원에서 무라노 샹들리에를 만나기는 뜻밖이었다. 압권은 대사원 중앙광장을 향해 늘어서 있는 400여 개의 대리석 열주들. 문득 칼릴 지브란이 말한 "가

한낮의 메디나
희게 빛나는 메디나는 성스러운 느낌을 발산한다.

까울수록 적절히 떨어져 있으라. 사원의 기둥들도 그러하지 않더냐"라는 말이 떠오를 만큼 우아함과 아름다움 그리고 고요와 신비를 갖추고 있다.

그 열주 사이를 거니는데 누구는 기둥에 이마를 대고 기도하고, 누구는 바닥에 앉아 역시 그 기둥에 허리를 기대고 코란을 읽는다. 메카, 메디나와 함께 이슬람의 4대 성지라는 이 신의 도시는 그러나 튀니지의 보통 마을과 별반 다르지 않다. 무려 300여 개의 사원이 있는 도시로 알려져 있지만 전혀 북적대지 않을 뿐 아니라 가끔씩 참배객들을 싣고 들어오는 관광버스를 제외한다면 날아가는 파리 소리도 들릴 만큼 한가하고 적적하다. 간간이 올리브나무와 밭과 양떼들 사이로 붉은 흙벽돌집들이 보이는 특별할 것 없는 시골 마을이다. 이유를 물으니 바로 그래서 성지라는 것이다.

적절한 노동과 휴식이 있을 뿐 일체의 소란함과 번다함이 제거된, 말하자면 도시 전체가 하나의 수도원이라 할 만했다. 아니 도시랄 것도 없이 우리로 치자면 남쪽 지방의 어느 읍이나 면처럼 한산하기만 하다. 모스크 한가운데에는 마치 설치미술품 같은 해시계가 있는데 비죽 올라온 쇠막대기들 사이의 바닥은 수학과 천문, 지리를 상징하는 도표와 언어들로 복잡하다. 해의 움직임을 따라 나타나는 선에 의해 기도와 노동, 휴식 시간이 적절히 나뉜다는 것.

가장 경이로운 것은 근처에 강이나 시내가 없다는 것이었다. 일반적으로 도시는 물 가까이 세워지게 마련인데, 근처에 물이 없으니 그 많은 참배객들은 어떻게 몸을 씻었으며 어떻게 식수를 마련했을까. 비밀은 모스크 마당 아래 있는 지하저수조였다. 그렇다면 일 년 내내 강수량이 거의 없다시피 한데다 주변에 시내 하나 없는데 사원들은 어디서 물을 끌어오는 것일까. 카이로우안을 흐르고 적시는 물의 근원은 바로 9세기에 세워졌다는 아글라브라는 이름의 거대 저수조이다. 카이로우안 북동쪽에 위

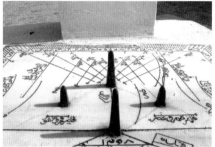

(시계 방향으로) ▪ 그랑 모스크의 열주들. ▪ 카이로우안 북동쪽에 있는 아글라브 저수조. ▪ 그랑
모스크 광장의 해시계.

치한 이 저수조는 40여 킬로미터나 떨어진 산에서 물을 끌어와 만든 것이라는데 깊이 5미터 정도에 지름이 130미터나 된단다. 현재까지도 이런 저수조가 50여 개 정도 있다 하니 놀라지 않을 수 없다.

카이로우안에서 가장 활기찬 곳은 역시 구시가지 메디나이다. 색색의 가죽 공예품들과 채색 도기, 신발에 향신료 등 없는 것이 없다. 골목골목 집들마다 화이트와 블루로 모양을 낸 문들이 아름답기 그지없다. 여기서도 튀니지언 블루는 유감없이 발휘되고 있다. 문에는 철제 장식이나 모스크 장식을 붙여놓았다. 푸른색과 흰색이 주는 안식과 평화가 가난마저 화사하게 보이게 한다. 골목에 작은 공중수도가 있어서 다가가니 눈이 예쁜 소년이 물을 먹으려다가 먼저 먹으라고 양보한다. 반 컵 정도만 물을 담아 먹고 컵을 씻으려 하니 얼른 받아 그냥 마신다. 수도만 틀면 물이 콸콸 쏟아져나오는 나라에서 온 나는 물이 얼마나 소중한가를 잊고 있었던 것이다.

코란은 안 읽어서 모르겠지만, 성경에 보면 유독 물과 관련된 사연이 많이 나온다. 모세가 지팡이로 바위를 쳐서 샘물이 터지게 한 것으로부터 야곱의 우물에 이르기까지. 그리고 네 배에서 생수의 강이 흐르리라고 하셨던 예수의 말씀까지. 그뿐인가. 제자의 발을 씻기셨다는 대목을 별로 깊이 있게 보지 않았는데 물이 귀한 지역에서는 제자를 위해 돈을 내놓는 것 못지않은 일이었던 것이다. 아브라함이 나그네를 위해 얼른 발 씻을 물을 떠왔다는 것 또한 나그네 접대에 있어서 음식 대접 못지않게 중요한 부분이었음을 비로소 알게 되었다. 그리고 세례. 세례야말로 모든 죄와 더러움을 정결하게 씻어내리는 물의 신령한 의식인 것이다. 그러고 보면 카이로우안은 물 없는 땅이 물의 성지가 된 역설을 보여주는 곳이다. 일견 죄가 많은 곳에 은혜가 넘친다는 역설과도 닿아 있는 것이 아닐까 싶다. 그런 면에서 메마른 광야의 그랑 모스크는 한 줄의 경전 없이도 깨우침을 준 물의 사원인 셈이었다.

카 이 로 우 안   카이로우안은 메카, 메디나, 예루살렘에 이은 이슬람 4대 성
지로, 1988년에 유네스코 세계문화유산으로 지정되었다. 순례자가 주로 찾는 그
랑 모스크를 포함해 125개의 모스크가 있는 북아프리카 최대의 이슬람 성지이기
도 하다. 카이로우안은 '군사 주둔지'라는 뜻으로, 그와 관련된 유적이 남아 있다.

7세기 후반에 건설된 북아프리카 최초의 이슬람 도시인 카이로우안은 한때
300개의 사원이 있었으며 지금도 시내 곳곳이 100여 개의 모스크로 채워져 있다.
10세기 초 파티마 왕조에 의해 멸망했다가 13세기에 재건되었다.

카이로우안의 상징은 그랑 모스크다. 튀니지에서 가장 큰 이 사원은 7세기 말
처음 세워진 후 아글라브 왕조 때인 836년에 오늘날의 형태로 다시 지어졌다. 모
스크 중앙에 대리석이 깔린 넓은 정원이 있으며, 정원을 중심으로 400여 개의 기
둥이 모스크를 지탱하고 있다. 이 기둥들은 가져온 곳이 각기 달라 모양이 제각각
이다. 모스크 한가운데에는 기도 시간을 알려주는 해시계가 있고, 모스크 마당 아
래에는 물을 담아놓는 저수조가 있다. 이 저수조의 물은 모스크에 와서 예배를 드
리는 사람들이 몸을 정결하게 씻는 용도로 사용하거나 식수로 사용하기도 한다.
이곳 그랑 모스크는 카이로우안의 사원 중 가장 성스러운 장소로, 오후 2시까지

는 일반인의 입장이 허용되지만 그후에는 무슬림이 아니면 들어갈 수 없다.

물이 귀한 카이우로우안에는 거대한 '아글라브 저수조'가 있다. 9세기에 세워진 이 물 저장고는 6천만 리터의 물을 저장할 수 있다고 하며, 지하수가 아니라 수로를 건설해 40여 킬로미터 떨어진 산에서 물을 끌어온다고 한다. 카이우로우안은 '아글라브 저수조'를 중심으로 당시 커다란 도시를 이루었다.

석양의 엘젬, 아프리카의 콜로세움

　로마의 유적지는 한결같이 힘과 그 덧없음에 대해 보여준다. 거대성과 함께 소멸의 아름다움이 드러난다. 엘젬의 원형경기장 겸 극장은 보존 상태가 좋을 뿐 아니라 웅장하기 그지없어 바로 엊그제까지 현존했던 듯이 로마의 광휘를 보여준다. 더구나 유럽의 로마 유적지들이 줄 서서 입장하거나 인파에 떠밀려가며 건성건성 보게 되는 것과는 달리 이곳은 아예 관광객 자체를 찾아보기 힘들 정도로 한산하다. 북아프리카 최대의 위용으로 로마가 당시 세계에 건설한 같은 종류의 것으로는 세번째 규모라 한다. 수용 인원만 3만 5천에서 4만 5천. 당시 엘젬의 주민이 3만 명 정도였다고 하니 상상을 불허하는 엄청난 크기이다. 로마에 비해 전화(戰禍)가 적었던데다 기후 또한 좋아 보존 상태가 월등하고 관광객 또한 로마의 100분의 1도 안 될 정도여서 훼손도 적다. 바야흐로 로마의 위용과 마주선 느낌이다. 서쪽 한 부분을 제외한 거의 모든 곳이 원형 그대로여서 그 시대의 숨결을 가장 잘 느낄 수 있는 곳이기도 하다. 육성만으로도 아스라이 먼 맞은편 구석까지 그 소리가 들릴 정도로 놀라운 음향의 과학도 동원되어 있어 지금도 심심치 않게 콘서트가 열린다고 한다. 내가 방문했을 때에도 입구에 갖가지 공연 포스터들이 붙어 있었다. 성악은 물론 팝과 재즈 공연 포스터들로 어지러울 정도였다. 문제는 이 외지고 먼 곳까지 얼마나 관객이 올 수 있겠느냐는 것인데, 만일 이만한 위용의 로마 건축이 유럽 쪽에 있었다면 최고의 공연장이 되었음직하다.

이 작은 도시에 어떻게 이렇게 거대한 공연장이 세워질 수 있었을까 문득 궁금증이 일었다. 알고 보니 엘젬이 엄청난 올리브 산지라는 것과 무관하지 않단다. 지금은 그 규모가 10분의 1도 안 될 정도로 줄어들었지만, 당시에는 일망무제의 올리브나무 숲이 곳곳에 있었고, 로마 총독 고르디아누스Gordianus는 그 올리브 무역을 기반으로 건축비를 충당했다고 한다. 야심가였던 그는 내심 로마의 콜로세움과 견줄 만한 건축적 위용을 보여 자기의 힘을 과시하고 싶었던 듯하다. 그러던 중 올리브에 과해진 세금 문제로 황제 막시미누스Maximinus와 충돌하게 되고 스스로 황제라 일컬으며 반란을 일으키지만 결국 실패하고 이 경기장에서 자살했다는 설이 전해진다. 이후 원형경기장은 고르디아누스 3세 때 완공되었다 하는데, 검투사 결투며 전차 경주 등이 결코 로마의 그것에 못지않았을뿐더러 튀니지 밀림에 서식하던 사자들을 산 채로 잡아다 경기장에 투입하고도 남아 로마에까지 공수해 보냈다고 한다. 잊히다시피 했던 이곳이 유명해진 것은 영화 〈글레디에이터〉의 촬영지라는 이유 때문이라고 하는데, 좁은 계단을 따라 지하로 내려가자 영화에서와 같이 검투사들의 방이 나오고 복도에는 하늘로 뚫린 채광창도 있었다. 사자들을 지상 경기장으로 올려보내는 리프트 시설과 검투사들이 목숨을 걸고 경기장으로 나가기 전에 신에게 기도를 드렸다는 기도실도 보였다. 그리고 좁은 통로 저쪽으로는 칼과 몸에 묻은 피를 씻어냈다는 우물이 있다. 3만 명이 넘는 관중이

■ 거대한 위용의 원형경기장.

떠나갈 듯 함성을 울리며 광분했을 그 생생한 장면을 영화 〈글레디에이터〉는 유감없이 보여준다. 바닷모래를 사용한 흙벽돌이 석양빛을 받아 황금색으로 반사되면서 건물 전체를 우아하고 아름다운 발광체처럼 보이게 하는데 거대함과 세밀함에서 단 한 치도 더하고 덜할 수 없는 로마 건축술의 압권이라 아니할 수 없다.

로마가 정복한 나라들에서마다 현지인들을 야만 혹은 미개인이라 부르며 군림할 수 있었던 것도 단순히 최강의 무기에 의존해서만은 아니었을 것이다. 어쩌면 현지인들은 그들을 압도하는 놀라운 건축물과 화려한 문화를 군대보다도 더 외경심을 가지고 바라보지 않았을까 싶다.

그런데 나중에 가이드의 설명을 듣고 보니 영화 〈글레디에이터〉는 엘젬의 경기장뿐 아니라 더 많은 장면을 모로코의 아이트벤하두Ait-Ben-Haddou와 알제리의 밀리아나Miliana라는 마을에서 찍었다고 한다. 어쨌거나 엘젬은 그 영화 덕분에 그나마 드문드문 관광객이 찾아온단다.

긴 회랑을 돌아나와 멀리서 보니 경기장은 석양을 배경으로 황금색 성채처럼 빛나고 있다. 마지막 잔양을 받으며 그림자를 길게 늘인 경기장 위로 시간과 역사의 해는 졌지만 인간들의 함성은 지금도 떠오르고 있는 듯하다.

역사, 시간, 인간, 문화 그리고 삶과 죽음을 떠받치고 있던 그 건물은 황금색으로 찬란하다가 그새 짙은 회색빛을 하고 있다. 문득 '맨부커'라는 권위 있는 문학상을 받은 아프리카 작가 치누아 아체베의 대표작인 『모든 것이 산산이 부서지다』가 떠오른다. 천 년 후에도 엘젬은 저렇게 그 자리에 있을 것인가. 아니 인류의 역사가 천 년 후까지 지속될 수는 있는 것일까. 시간 앞에서 모든 것은 속절없다. 그런 면에서 로마보다도 위대한 것은 시간이다. 시간의 힘만이 가장 막강하다. 로마의 힘도 그 무지막지한 시간의 힘 앞에 무릎을 꿇지 않았던가.

햇살과 바람을 받으며 어디서 나타났는지 한 떼의 아이들이 노래를 부르며 지나간다. 경기장으로 가는 행렬인 것 같았다. 까르르 웃는 웃음소리들이 사금파리처럼 햇빛에 반짝인다. 나는 길을 비켜준다. 새로운 시간을 몰고 오는 무리들에게. 그러고 보니 나야말로 떠나보낸 어제와 새로 오는 내일을 맞는 엉거주춤한 바로 그 지점에 서 있었다.

엘 젬 원 형 경 기 장   엘젬의 원형경기장은 로마 시대에 건설한 원형경기
장 중 세번째로 규모가 크다. 규모는 높이 148미터에 너비 122미터, 계단으로 된
관중석이 35미터로 수용인원은 최대 4만 5천 명이다. 로마에 비해 비가 적고 기
후 변화가 적은 북아프리카의 원형경기장은 로마의 콜로세움과 비교할 때 비교적
보존이 잘되어 있다. 다만 벽의 한 부분이 무너져 있는데, 1695년 무함마드 베이
가 세금 징수에 반기를 들고 일어나 경기장 안에 숨어든 알리 베이 세력을 몰아내
기 위해 서쪽 벽 부분을 폭파했기 때문이다. 그 벽을 제외한 다른 구조물들은 비
교적 원형이 잘 보존되어 있다. 1850년 반란으로 더 파괴되긴 했지만 현대에 들
어와 보호하기 시작해 1979년 세계문화유산으로 등재되었다.

　엘젬의 원형경기장은 로마 지배 당시 올리브유 무역으로 엄청난 돈을 벌어들
여 건축할 수 있었다고 한다. 또한 건축은 230년부터 8년간 계속되었는데 이는
당시의 기술 수준을 고려할 때 상당히 빠른 기간에 완성한 것이라고 한다.

　영화 〈글래디에이터〉에 나오는 콜로세움 장면의 촬영지가 이곳이라는 얘기가
있는데, 실상은 이곳에서 모티프를 얻은 뒤 실제 촬영은 모로코의 아이트벤하두
와 알제리의 밀리아나라는 작은 마을에서 했다고 한다.

엘젬 원형경기장은 회랑으로 이어진 3층의 관중석을 갖추고 있어 지금도 공연
장으로 사용되고 있다. 7월에서 8월 사이에는 대규모 콘서트가 열리기도 한다.

역사의 등뼈, 카르타고의 비르사 언덕

　기원전 9세기에 페니키아인들이 세우고 로마가 파괴한 카르타고는 북아프리카의 부富의 창고였다. 온갖 농산물과 광물자원이 모여드는 해변의 황금창고이자 무력에 대항하는 전진기지이기도 했다. 수도 튀니스에서 20킬로미터 반경에 있는 연안도시 카르타고는 튀니지 사람들의 자긍심이다. 그 이름을 딴 정거장이 무려 여섯 개나 있단다. 야지드는 카르타고 유적지를 내려다볼 수 있는 비르사Byrsa 언덕을 오르면서 부쩍 '한니발'이라는 이름을 많이 토해낸다. 마구 굴려대는 그의 아랍식 영어를 겨우 삼사십 퍼센트 알아들을까 말까 한데 유독 '한니발'만은 분명하고 똑똑하게 들려온다. 마치 청주 한씨의 한 아무개처럼 그렇게. 한니발은 로마가 두려워했던 카르타고의 명장이다. 우리로 치면 이순신 장군쯤에 해당된다. 카르타고가 로마의 강적으로 부상하게 된 배경에는 경제적 세력권의 확대 성장이라는 요인이 있었다. 스페인과 시칠리아까지 진출하면서 지중해를 두고 로마와 패권을 겨루게 된 것이다. 그 결과 세계 전쟁사에 유례가 없는 장장 120년 동안의 포에니전쟁이 일어난 것이다. 기원전

■ 로마와 한니발의 체취가 남아 있는 카르타고의 비르사.

218년 카르타고의 명장 한니발은 바닷길을 버리고 스페인을 거쳐 알프스를 넘어가 로마를 점령한다. 그대로 잘 갔다면 세계 역사가 통째로 뒤집힐 뻔했는데 한니발 장군은 제2차 포에니전쟁 후 20여 년 만에 일어난 3차 전쟁에서 로마의 젊은 장수 스키피오 아프리카누스에게 무릎을 꿇고 만다. 혈기 충천한 자식뻘의 젊은 장군에게 밀려 튀니스 남부의 자마 전투에서 한니발이 대패한 후 카르타고는 급격히 쇠락의 길을 걷게 된다.

　로마는 카르타고를 점령한 후 무려 17일에 걸쳐 도시를 불태웠다고 한다. 스무날 가까이 천공을 물들이며 밤낮없이 타올랐다고 하니 자칭 시인인 네로가 그 현장에 있었더라면 아마 줄줄이 시를 토해내고도 남았을 것이다. 그것도 모자라 검은 잿더미 위에 산처럼 소금을 뿌려 풀 한 포기 나지 못하도록 했다 하니, 말하자면 삼족을 멸하는 것과 같은 형을 도시에 가한 것이었다. 언덕에 서니 햇빛에 번쩍이며 부딪쳤을 무수한 칼날과 튀기는 핏방울, 내지르는 비명들이 그대로 들려오는 듯했다. 이제는 돌맹이와 기둥 몇 개로만 남은 유적지 너머로 하얗게 둥근 지붕의 생루이 성당이 보인다. 바람과 비에 씻겨서 삭아내린 돌맹이와 기둥 사이를 걸으며 야지드는 페니키아 전사를 전부 알려주려는 듯 속사포처럼 계속 영어를 쏟아놓는다.

듣다보니 한니발과 카르타고는 인명과 지명이 아닌 오누이쯤으로 다가올 정도다. 프랑스 문화 속에서 저 정도 영어를 하기도 쉽지 않았을 터인데, 어쨌든 그는 한사코 내게 한니발과 카르타고를 머릿속에 넣어 돌아갈 것을 당부한다.

그러나 내게는 이곳의 옛 영화榮華보다도 이제는 시간 속에 풍화되어버린 인간의 역사가 주는 쓸쓸함이 더 컸다. 지고 이기는 것의 덧없음과 부질없음만이 바람결에 묻어왔다.

어쨌거나 로마는 카르타고를 정벌한 뒤 본격적인 북아프리카 진출을 시작했고 확장은 가속도를 탔다. 특히 튀니지는 북아프리카의 곡창이자 올리브 주산지였던 만큼 로마는 댐을 건설해 올리브 밭에 물줄기를 댄다. 그리고 이를 시작으로 모로코에서 리비아에 이르기까지 수백 개의 수로를 뚫는다.

그렇게 물줄기를 장악해 도시를 그물망처럼 통제했던 것이다. 결국 한니발이 쓰러지고 카르타고가 무너지면서 북아프리카는 로마에게 문을 열어준 꼴이 되어버린 것이다. 오늘날 로마가 사랑과 평화 그리고 천국을 소망하는 가톨릭의 본산이 된 것도 어쩌면 그 땅에 그토록 많은 피 흘림이 있게 한 데 대한 대속이 필요했기 때문 아닐까.

역사의 등뼈가 되었던 그 비르사 언덕에는 이제 바람이 불고 풀들이 일렁인다. 그 일렁이는 들풀 위로 전쟁영웅의 이야기는 또다른 바람과 구름이 되어 흘러간다.

카르타고와 비르사 언덕   한니발 장군의 숨결을 느낄 수 있는 비르사 언덕은 로마 시대 카르타고의 유적지이다.

카르타고는 로마와 세 차례에 걸친 포에니전쟁을 치르게 되는데, 세번째 전쟁에서 결국 로마에 함락되었다. 포에니전쟁은 로마군을 섬멸한 명장 한니발의 이름을 따서 '한니발 전쟁'이라 부르기도 한다. 제3차 포에니전쟁 당시 카르타고를 포위한 로마군은 불을 질러 이 도시를 철저히 파괴했다. 이때 카르타고는 17일 동안이나 불타올랐다고 한다. 카르타고의 재기를 두려워한 로마는 이곳을 사람이 살 수 없는 땅으로 만들었지만 지중해 무역과 군사적 중요성 때문에 다시 그 자리에 도시를 건설했다. 그후 지진이 일어나 많은 건물이 무너졌고 현재 남아 있는 대부분의 유적은 지진으로 무너진 로마 시대 카르타고의 흔적이다.

카르타고에 도시를 세운 최초의 민족은 페니키아인이다. 동부 지중해를 중심으로 활발한 해상 무역을 펼쳐온 페니키아인들은 지중해 연안을 따라 많은 식민지를 건설했는데 카르타고도 그중 하나였다. 카르타고는 기원전 814년경 건설돼 천 년 동안 문명을 이어나갔다. 동부 지중해에서 북아프리카 지역으로 포도와 올리브 재배법을 전파한 것도 페니키아인이다. 이들은 알파벳의 근원인 페니키아

문자를 남기기도 했다. 카르타고는 '새로운 도시'를 뜻하는 페니키아어 '카르트하다슈트'에서 유래했는데 후에 로마에 의해 '카르타고'로 와전된 것이다. 카르타고는 기원전 146년 3차 포에니전쟁의 패배를 끝으로 맥이 끊어졌고 현재 남아 있는 기록은 그리스나 로마에 의한 것뿐이다.

시간의 빛, 바르도 박물관

　오래전 몇몇이서 시리아와 이란, 요르단 등지로 여행을 떠나기 전에 중동을 잘 아는 그곳 출신 교수 한 분을 초청해 이슬람 문화에 대한 강의를 듣기로 했다. 문을 들어서는데 속으로 '어, 한국인 아닌가?' 하는 생각이 들 만큼 너무도 한국 사람의 모습 그대로였다.

　'모하메드 깐수'라는 이름의 그분은 아닌 게 아니라 이슬람 문화에 박식해서 그날 강연중에 빠르게 받아 적은 내용만도 거의 노트 한 권 분량이 될 정도였다. 그런데 오랜 세월이 지난 어느 날, 텔레비전을 보다가 깜짝 놀라고 말았다. 중동 출신의 이슬람 전문학자 깐수 교수가 한국명으로 정수일이라는 간첩이었다는 뉴스 때문이었다. 더 놀라운 것은 해를 두고 이어지는 후속 뉴스들이었다. 감옥에서도 무서운 집중력으로 공부를 계속하고 저술을 한다는 것이었다. 나중에 보니 남북 간 이념에 표류하며 곡절 많은 삶을 살긴 했지만 학자로서는 그 분야 사람들이 모두 다 인정하는 실력파라고 했다. 그 모하메드 깐수, 아니 정수일 교수가 번역한 『이븐 바투타 여행기』에서는 1349년 튀니스 상륙기를 이렇게 적고 있다.

천신만고 끝에 투니쓰(튀니스) 시에 도착했더니, 아랍인들이 이 도시를 포위하고 있었다. 당시 튀니지는 무슬림들의 수령이고 종교의 찬조자이며, 세계 창조주를 위한 성전자聖戰者이며, 기치 중의 기치이며, 제왕 중 유일무이한 인자仁者이며, 사자獅子 중 사자이며, 준마駿馬 중 준마이며, 경건한 회오자悔悟者이며, 겸허하고 공정한 우리의 주공인 아부 하싼의 치하에 있었다.

객관성을 잃고 과도하게 출렁대며 예찬과 감상 일변도로 시작하고 있지만 당시 튀니지의 위상이랄까 지배자의 광취는 예상할 만하다. 그리고 비단 그 시기뿐 아니라 튀니지를 관류하는 역사의 광휘가 고스란히 보관되어 있는 곳이 바로 바르도 박물관이라고 했다.

야지드는 다소 건들건들하면서 웬만한 곳은 대충 건너뛰려 들었지만 한니발의 카르타고 유적지와 바르도 박물관만은 몇 번씩이나 힘주어 꼭 가야 하는 곳이라고 했다. 일테면 튀니지의 자존심이라 할 만한 곳들이었다. 그러나 사실 나는, 말하자면 박물관이나 미술관 관람을 결코 여행의 필수 코스라고 생각하지 않는 사람이다. 그 전형적 순례며 판박이 해설이 맘에 맞지 않는 탓이다.

야지드는 "미술을 전공했다니까 더욱"이라고 했지만, 그래서 때때로 더욱 지긋지긋한 것이 박물관이고 미술관이라는 사실을 그는 모르는 것 같았다. 그래서 무슨 초청을 받아서 가는 여행 코스에 당연히 내가 반길 줄 알고 주최측에서 임의로 무슨 무슨 박물관이네 미술관이네 집어넣어주면 속으로 짜증이 난다. 종종 박물관은 뭐랄까, '시간의 무덤' 같은 느낌이 들고 미술관은 '단절된 작품들의 창고' 같은 인상이 들기 때문이다. 예컨대 발랄하고 생동감 있는 기氣의 흐름 같은 것이 단절되어버리는 느낌이며, 어둑신한 실내에 희미하게 떨어지는 조명하며 전시품에서 막 꺼낸 부장품 같은 인상을 받을 때도 있다. 더구나 옷깃을 여미고 과도하게 조심해야 하는 경우도 있어서 그럴 땐 아주 김이 새는 것이다.

언젠가 일본 시코쿠의 나오시마에 있는, 안도 다다오가 지었다는 지추 미술관을 갔더니 일제히 마스크와 흰 장갑을 하고 유니폼을 입은 안내원들이 관람객들에게 소독된 실내화를 신겨 차례로 입장을 시키는데, 정말 정나미가 떨어지고 가관이다 싶었다. 관람객들은 마른기침 소리 하나 내지 못한 채 대피소에 피난 온 사람들처럼 주눅들어 그녀들의 지시를 따르고 있었다. 미술품을 아끼고 사랑하는 것은 좋지만 이처럼 주눅이 든 채 보라고 미술관이나 박물관을 만들어놓은 것은 아닐 터였다. 그래서 나는 북아프리카에 오면서도 박물관보다는 메디나의 재래시장 수크를 더 돌아볼 생각이었다. 그 편이 훨씬 생동감 있는 일이었기 때문이다.

그런 면에서 심드렁하게 찾아갔지만 바르도 박물관만큼은 상큼하고 신선했다. 내 예상을 완전히 빗나가 있었다. 우선 내가 전공한 분야의 작품이 많지 않아서 좋았고 진열 방식이 어수룩해서 정겨웠다. 어찌 보면 박물관과 미술관에 대한 나의 비호감적 선입견 또한 속이 니글거릴 정도로 많은 유럽 미술관들의 유화들과 엄청난 양의 컬렉션들, 그리고 비인간적일 정도로 세련된 전시 방식에 대한 물림과 반감에서 비롯된 것이 아닐까 싶다.

바르도 박물관은 3층 규모인데 일단 수수덤덤한 분위기인데다가 세계에서 가장 큰 규모의 로마 시대 모자이크를 전시하고 있다는 데에서 안도가 되었다. 특히 돌조각들로 빚어낸 화려한 색채 조합과 세밀한 테크닉들이 빛을 발하고 있었다. "이곳은 빛을 담는 집이랍니다." 한쪽에서 들려온 여자 가이드의 표현도 마음에 들었다. 오디세우스의 항해를 기록한 모자이크화는 화가의 붓질이 못 따라갈 만큼 정교하면서도 압도적이었다. 야지드는 계속 바르도가 튀니지의 루브르라고 했지만 루브르는 루브르고

튀니지 기행 2
정열과 장엄의 나라.

바르도는 바르도일 뿐이다. 3천 년에 걸쳐 페니키아와 로마, 비잔틴, 아랍, 오스만튀르크, 스페인, 프랑스 등 다양한 왕조와 제국으로부터 지배와 독립을 반복하면서 이슬람의 빛이랄까, 튀니지만의 아름다움을 그들만의 모자이크 기법으로 보여주고 있었던 것이다. 그런 면에서 바르도는 수만 권의 경전 이상의 그 무엇이었다. 그리고 도처에서 인간 한계의 선을 느끼게 했다.

채색돌을 작은 주사위 모양의 정육면체로 조각낸 테세라tessera를 조화롭게 붙여가며 만들어내는 모자이크는 사실 보통의 집중력과 테크닉이 아니고는 완성하기 어려운 예술품인데 마치 세필로 그려내듯 만들어냈다. 그 이름 없는 장인들 앞에 모자를 벗고 싶을 지경이었다. 이 박물관 건물 자체가 18세기 이슬람의 대표적인 건축물 중 하나라는데 층마다 총 40여 개에 이른다는 전시실이 제각기 달라 그것 자체가 전시품이라 할 만했다.

카르타고의 대표 유적지인 두가Dougga, 원형경기장이 있는 엘젬과 바닷가 도시 수스 등지에서 주로 발굴했다는 로마 및 기독교 시대의 섬세한 모자이크화들과 조각상들이, 아닌 게 아니라 결코 루브르에 꿀리지 않을 정도였다. 이색적이었던 것은 이곳이 한때 궁정이었음을 말해주듯 이슬람풍 실내장식으로 한껏 멋을 낸 공주의 방이었다. 황금빛과 푸른빛을 위주로 한 작품들이 있는가 하면, 갈색과 흰색 위주로 아라비안나이트마냥 연작 형태로 되어 있는 이야기 모자이크화도 재미있다. 유감스러운 것은 전혀 냉방이 되지 않아 오래 집중해서 보기 어려웠다는 점이다. 하지만 모처럼 지중해의 푸른빛과 거기 내리는 강렬한 햇빛처럼, 어둡고 음습하지 않은 박물관을 보게 된 것만으로도 의미 있는 한나절이었다. "이곳은 빛을 담는 집"이라는 여자 가이드의 말을 곱씹으며 계단을 내려온다.

바르도 박물관 '튀니지의 루브르'로 불리는 바르도 국립박물관은 카르타고 유물을 비롯해 그리스, 로마, 이집트 유물을 시대별로 전시한다. 특히 섬세한 모자이크 작품을 다수 소장하고 있는 것으로 유명하다. 로마 시대에 주요 도시로 번성했던 과거 카르타고의 모습을 엿볼 수 있는 이 작품들은 주사위 모양으로 작게 조각낸 돌 테세라를 붙여 만든 것으로 그 형상이 크고 다양하다. 모자이크뿐 아니라 튀니지 지역을 중심으로 발전했던 카르타고의 수많은 유물과 이 지역의 근간이었던 이슬람 유물 등도 많이 소장하고 있다.

로마 시대 모자이크로 유명한 바르도 박물관은 이집트의 카이로 박물관과 함께 소장품의 가치가 높은 박물관의 하나로 꼽힌다. 건물 또한 18세기 이슬람 건축의 표본으로 일컬어지는데 13세기에 축조되어 18세기에 개축되었다. 건물의 아치는 스페인의 안달루시아 양식이다. 이는 스페인과 모로코, 알제리 등 북아프리카에서 공통적으로 나타나는 특징이다.

박물관은 모두 세 개 층으로 구성되어 있으며 층마다 총 40개의 전시실이 있다. 1층은 카르타고 유물을 중심으로 한 초기 카르타고의 조각상과 무기, 장신구 등이 전시되어 있고, 2층에는 카르타고의 대표 유적지인 두가, 원형경기장이 있는 엘젬, 지중해에 면한 수스 등지에서 발굴된 석상과 로마 시대 기독교 유물이 섬세한 모자이크와 함께 전시되어 있다. 3층은 자기와 유리, 로마 시대와 초기 기독교 시대의 다양한 모자이크 작품과 고고학 유물들이 전시되어 있다. 주로 2층과 3층에서 모자이크 작품을 많이 볼 수 있다. 모자이크 박물관답게 각층 전시장의 벽을 화려한 모자이크로 장식해 볼거리를 더한다.

■ 모자이크 타일로 장식한 바르도 박물관 내부.

시디부사이드, 그 '삼청三靑'의 동네를 찾아서

누가 아프리카를 검다고 했던가.

북아프리카는 하얀 아프리카다. 눈이 시리도록 희디흰 아프리카다. 그 중에서도 튀니스에서 한 시간도 못 되는 외곽에 있는 시디부사이드의 언덕에서 바다를 내려다보면 더 그렇다. 희게 빛나는 바다. 시디부사이드의 바다색은 그 속에 옥색이 섞여 있다. 우리 화가들이 색 이름을 부를 때 '튀니지언 블루'라고 하는 바로 그 신비한 색이다. 시디부사이드는 말하자면 색의 원석을 캐내는 탄광지대인 셈이다. 내려다보노라면 바다는 "바보야, 지중해의 색깔은 이렇게 내야 하는 거야"라고 말하는 것만 같다.

한낮이면 그 옥색 물빛이 햇빛에 섞여 부유하며 보석 가루 같은 입자들이 하얗게 부풀어오른다. 문인 카페 데나트는 커다란 나무 꼭대기의 새집 마냥 하얀 집들의 골목 끝에서 그 바다를 내려다보고 있다. 카페가 있는 동네는 숫제 프랑스 부호들의 별장지대인 양 한눈에 부촌으로 보인다. 하얀 담들과 푸른 대문 그리고 붉은 부겐빌레아의 집들은 그대로 인상파 화가의 그림 속에 들어와 있는 느낌이다.

■ 시디부사이드의 아름다운 카페 시디샤반에서 본 바다.

고요한 동네를 걸으며 속으로 '세상에 이럴 수가' 하는 감탄을 여러 번 했다. 이곳이 한때 프랑스의 영지였고 예술가들, 특히 화가들이 몰려 살았다는 점을 떠올려보면 이 하얀 벽과 푸른 창이며 아름다운 아치형 문들은 그대로 프랑스적 문화유산인 셈이다. 튀니지의 산토리니라고 불린다는 명성답게 동네 입구에서부터 유럽 관광객들로 붐빈다.

우리나라 남쪽의 작은 도시를 떠올리게 하는 시디부사이드는 원래 성인聖人으로 불리며 이곳에 살던 굉장히 긴 이름을 가진 한 남자의 이름을 따서 지은 것으로 '성인 사이드 씨의 집'이라는 뜻이란다. 튀니지의 동네나 도시 이름 중에는 유난히 '시디'나 '부'라는 명칭이 많은데, 시디는 '아무개씨'라는 뜻이고 부는 '세인트' 즉 성인이라는 뜻이란다. 그렇다면 부 이스마엘처럼 부사이드가 맞을 성도 싶은데 어쨌든 뜻은 '사이드 씨의 집'이란다. 정확하게 말한다면 '성인에 가까운' 사이드 씨의 집이라야 맞겠다.

그러나 시디부사이드에 이토록 많은 관광객이 몰리는 이유는 그 성인에 가까웠다는 사내 때문이 아니다. 튀니지언 블루의 신비를 찾아서 온다는 것이다. 사실 엄밀한 의미로 카페 데나트나 카페 시디샤반 쪽에서 내려다보는 바다색은 청옥색의 터키시 블루나 코발트 블루에 가까운 것도 같지만 블루에 강렬하게 내리쬐는 햇빛이 녹아들면서는 튀니지언 블루라고밖에는 명명할 수 없는 신비한 제3의 색이 되어버린다.

그런 까닭에 사람들은 말하자면 발치 아래로 세상에 하나밖에 없는 거대한 한 폭의 푸른 명화를 보러 오는 것이기도 한 셈이다. 튀니지언 블루는 바다로부터 시작해 마을로 확산되는데 하나같이 하얀 벽에 아름다운 파란색 문들을 하고 있다. 그 하얀 담에는 빨간 부겐빌레아와 샛노란 벤자민류의 꽃들이 넘실거려서 걷다보면 천국의 문턱쯤에 와 있는 느낌이 든

시디부사이드 1
카페 시디샤반 아래로 한 폭의 푸른 명화가 펼쳐져 있다.

다. 골목골목마다 화려한 문양의 도자기와 그림, 목걸이 같은 수공예품을 파는 노점상들이 세월을 낚는 어부처럼 굳이 호객도 하지 않고 물담배를 피우거나 느긋하게 앉아 눈인사를 건넨다. 문득 나도 이 동네에 와서 튀니지언 블루의 풍경화나 그려 팔며 일 년쯤 살아볼까 하는 생각이 든다.

광장의 작은 분수대 옆 식당으로 들어가 자리를 잡자 눈이 큰 소년이 다가와 뭘 드시겠냐며 손으로 쓴 메뉴판을 내민다. 열 살쯤 되었을까. 하도 미소년이어서 이름을 물으니 수줍어하며 입술을 달싹여 뭐라고 하는데 들을 수가 없다. 스케치북을 꺼내 잠시만 거기 서 있으라며 얼굴을 그릴라 치니 멀찍이서 보고 있던 덥수룩한 수염의 사내가 다가와 소년에게 뭐라고 주의를 주며 우리에게 정중히 사과한다. 야지드의 말을 듣자니 손님에게 무례하게 굴면 안 된다며 소년을 훈계했다는 것이다. 여인과 아이들에게 유독 엄격하게 구는 이 문화가 정말이지 마뜩찮다. 소년은 입구 쪽으로 물러나서 우리가 식당을 떠날 때까지 그대로 서 있었다. 순진하고 무구한 영혼이 어루만져질 듯하다. 식사 도중에 간간이 소년을 쳐다보니 미소 짓는 얼굴로 의젓하게 그 자리에 서 있다. 스마트폰을 달고 사는 저 나이 또래의 우리나라 아이들한테서는 발견하기 어려운 분위기다.

과일 알갱이가 동동 떠 있는 진한 오렌지주스와 케밥, 그리고 올리브와 감자 수프가 한결같이 맛있다. 시원한 맥주가 한 잔씩 있을 법한데 식탁 어디를 둘러봐도 그런 모습은 없다. 가장 매혹적인 것은 역시 아프리카 커피. 도자기류의 큰 머그컵에 담아 내오는 커피는 그 진한 향기가 폐까지 전달되는 느낌이다. 갑자기 식당 안이 고요해진다. 마침 이슬람식 예배 시간이란다. 바람결에 가깝고 멀게 예배 시간을 알리는 '무에진Muezzin'의 외침이 음악 소리처럼 퍼져나가고 예배 인도자 '이맘Imām'의 '말씀'이 확성기를 타고 들려온다. 즐거워야 할 식당의 분위기는 마냥 경건해진다.

시디부사이드 2
격전과 애환의 역사가 사라진 자리에는 핏빛 꽃이 피어났다.

소년에게 눈인사를 하고 식당을 나와 카페 시디샤반을 향해 걸어가는 동안에도 '말씀'은 계속 울린다. 골목과 담과 창을 넘어 그렇게 삶 속에 스며드는 것 같았다.

시디부사이드에서 가장 아름답다는 카페 시디샤반은 마치 이슬람 사원 같은 하얀 돔 모양의 집이다. 흰 벽 그리고 바다를 향해 놓인 짙푸른 파라솔들과 커다란 야자수가 바다와 함께 어우러지며 자연과 건축의 절묘한 아름다움을 보여준다.

사람들은 엽서에서 많이 보았던 그 각도를 찾아 사진 찍기에 분주하다. 스케치북을 꺼내든 내게 야지드가 "킴은 사진을 찍지 않느냐"고 묻는다. 내가 눈짓으로 스케치북을 가리켰더니 "저 물색은? 튀니지언 블루 말이야"라고 다시 묻는다. "그건 여기에"라고 가슴 쪽을 가리키니 크게 고개를 끄덕인다.

그렇다. 그릴 수 없는 저 빛깔만은 차마 가슴에 담아 가고 싶다. 그 속에 추억으로 녹아들 내 생애의 한 페이지와 함께.

■유럽 예술가들이 많이 산다는 시디부사이드의 주택들.

시 디 부 사 이 드　　북아프리카의 산토리니라 불리는 튀니스 북부의 작은 도
시 시디부사이드는 이른바 '튀니지언 블루'의 원적지이기도 하다. 12~13세기 무
렵 이슬람교 지도자였던 '아부 사이드 이븐 칼레프 이븐 야히아 에타미니 엘 베지
Abou Said ibn Khalef ibn Yahia Ettamini el Beji'가 사원을 세웠고 그의 사망 후 그를 기리
기 위해 그의 이름을 본떠 도시명으로 삼았다.

　1920년대에 프랑스의 화가 루돌프 데를랑게르Rodolphe d'Erlanger 남작이 바다색
을 닮은 파란색과 하얀색을 섞어 도시를 꾸미는 작업을 시작했고, 사람들이 호응
하면서 지중해의 관광명소로 떠올랐다. 오르막길을 따라 바다색을 볼 수 있어서
많은 예술가들이 드나들었으며, 스위스 화가 파울 클레는 이곳 단골이었다. 귀스
타브 앙리 조소, 오귀스트 마케, 루이 무알리에 등 유럽의 예술가들이 이곳에 몰
려와 살게 되면서 예술가촌이 되었고 그들이 모였던 카페 데나트는 명소 중의
명소가 되었다. 프랑스 문인 앙드레 말로는 이곳을 "하늘과 바다와 땅이 하나로
만나는 곳"이라 부르기도 했다.

예술 카페 데 나트

하얀 집들의 골목 맨 끝에 있는 작은 성채. 이 오래된 집 한 채에 외로운 행성들처럼 모여든 당대의 예술가들. 무엇이 그들을 머나먼 북아프리카 하고도 튀니스 외곽 도시 시디부사이드의 이 골목 끝 하얀 집으로 불러들였던 것일까. 바다색보다도 진한 외로움 때문이었을까. 아니면 독약같이 검고 깊은 아프리카 커피 때문이었을까. 그도 아니면 그냥 창가에 앉아 끝없이 펼쳐진 옥색 바다를 보기 위해서였을까. 아니면 그저 자신들의 무리에서 떨어져나와 홀로 있기 위해서였을까.

문득 인류학자이자 여행가였던 로렌 아이슬리가 『광대한 여행』에 쓴 글귀가 떠오른다.

앞날을 내다보거나 통찰을 얻고자 하는 사람은 자신의 무리에서 떨어져 당분간 황야에서 살아야 한다. 이것은 아무리 원시적이더라도 모든 종교 사상에서 상식에 속하는 일이다. 이런 일에 어울리는 종류의 사람이라면 메시지를 갖고 돌아올 것이다. 그것이 그가 추구했던 신의 메시지가 아니고 따라서 그가 애초에 정했던 특정한 일에는 실패했다 하더라도, 그는 통찰력을 얻었거나 불가사의한 것을 보았을 테고, 이런 것들은 언제나 귀기울여 듣거나 생각해볼 만하다.

머나먼 카페 데나트는 그런 면에서 예술가의 광야인 셈이었다. 그곳을 찾아 길을 나선 사람들은 가방 속에 어떤 '통찰'을 담아갔을까.

아이슬리에 의하면 "아프리카는 흔히 생각하듯 원래 흑인의 대륙이 아니었으며 인종적 일탈과 기묘한 변이들을 포함한 불안정한 혼합물일 뿐"이다. 인류학자의 이런 언급이 아니더라도 아프리카는, 특히 북아프리카는 인종과 문화의 기묘한 혼합물로서 매력을 발산하기에 충분했다. 그리고 그 정점에는 화가인 내 눈으로 볼 때 분명 카페 데나트가 있었다. 그러지 않고서야 떠르르한 이름을 가진 문인과 화가, 음악가 들이 대륙을 건너 여기까지 오지는 않았으리라.

파리의 몽블랑 언덕을 연상시키는 긴 언덕길을 걷고 다시 계단을 올라 문을 열었을 때 눈에 띈 것은 '빨주노초'를 감아놓은 둥근 기둥들이었다. 그리고 우리네 한옥처럼 바닥에 방석을 깔고 앉도록 되어 있는 실내 풍경이었다. 말하자면 옛날 사랑방 같아서 벽에 등을 기댄 채 앉은뱅이 탁자를 앞에 두고 앉아 있거나 그도 없이 발을 쭉 뻗고 이야기하는 사람들이 보였다. 바다 쪽을 향해 열어놓은 창들이 아니라면 평범하기 그지없는 모습들이었다.

'데나트'는 우리로 치면 강화도 화문석 같은 돗자리의 이름이고 의자 대신 돗자리를 깔고 앉는대서 그냥 돗자리 카페, 즉 데나트 카페가 되었다는 설명이다. 바다와 거리 쪽 테라스에는 하얀 파라솔 아래 탁자들이 놓여 있고 하얀 벽에 푸른 문의 옥탑방 비슷한 모양도 보인다.

카페 데나트
그 수많은 예술가들은 이곳에서 어떤 메세지를 얻었을까?

파랑과 흰색의 서까래들 아래로는 물담배를 피우고 있는 여성들이 보이는데 적어도 이곳에서만큼은 이슬람의 무거운 분위기 같은 것은 아랑곳이 없다. 어쩌면 이곳의 이런 자유가 좋아 예술가들이 모여들었을지도 모르겠다. 말하자면 영혼의 대피소쯤으로 여기면서 말이다. 실내에서 눈길을 끄는 것은 색동을 감아올린 것 같은 기둥들과는 달리 짙은 마호가니빛의 터키 스타일 선반이다. 단순한 선반이 아니라 정교한 문양을 아로새긴 장식장을 겸한 것으로 선반에는 아랍 향료임직한 것들이 유리병에 담겨 있고, 선반 양옆에는 이곳의 역사를 얘기해줌직한 사진들이 붙어 있다. 화려한 의상의 무희들과 함께 찍은 정장의 남자들도 있고 시디부사이드의 옛 모습을 담은 사진도 있다. 시간의 흐름을 되짚어보며 지금이 저 때쯤이면 좋았겠다는 생각이 들었다. 다행스럽게 카페 데나트는 비교적 그때 그 시절의 시간을 담아놓은 것으로 보인다.

벽에는 우수에 잠긴 카뮈의 모습과 함께 앙드레 지드의 흑백사진도 걸려 있다. 노벨상 수상자로 선정되었다는 소식을 접한 카뮈는 자신이 심사위원이었다면 앙드레 말로를 뽑았을 것이라고 말했을 만큼 동시대 문학인들에게 경의를 보냈고, 앙드레 말로나 앙드레 지드 또한 자신들에게는 없는 알베르 카뮈만의 아름답지만 위험한 감성에 대해서 경외를 품었던 것으로 알려져 있다.

사르트르의 평생 연인이었던 시몬 드 보부아르의 사진도 보인다. 그 얼굴을 보고 있자니 문득 노르망디 출신 작가 파스칼 키냐르가 자신의 책 『은밀한 생』에서 한 여인을 묘사한 대목, "그녀는 성마르고, 지독히도 건조하고, 신랄하다기보다는 훨씬 냉담하고(그건 거의 같은 것이지만), 모든 점에서 집요했다"는 구절이 떠오른다. 전혀 다를 수도 있겠는데, 엉뚱하게도 왜 그 흑백사진 위로 그 구절이 겹쳐 떠올랐는지 모르겠다. 당대의

시디부사이드 3
튀니지에서 자주 보게 되는 모습으로, 핏빛 부겐빌레아와 하얀 모스크의 대조가 아름다운 정
경이다.

(시계 방향으로) ▪데나트(돗자리)라는 이름에 걸맞게 알제리 전통 문양의 돗자리가 깔린 카페 내부. ▪튀니지의 유명한 문인 카페 데나트 앞에서. ▪앙드레 지드, 시몬 드 보부아르, 알베르 카뮈 등 단골 문인들과 예술가들의 사진이 붙어 있는 벽. 앞은 소설가 정미경. ▪카페 데나트에 남긴 방명록. 백 년이 넘는 세월 동안 수많은 문인들과 예술가들이 방명록에 이름을 남겼다는데, 한국인은 처음이라고 했다.

철학자와 예술가를 휘어잡은 그 지적 오만 같은 것에 대한 선입견 때문이었을 것이다. "불안한 마음으로 그녀가 사용하려는 잔인한 형용사들이 어떤 것일지 기다리고 있었다"는 파스칼 키냐르의 남자 주인공처럼 단지 한 장의 흑백사진 앞에 섰을 뿐인데도 묘한 압도감 같은 것이 느껴졌다.

머리를 멋지게 빗어 올린 카운터의 청년에게 "생텍쥐페리의 사진은 어디에 있느냐. 그리고 화가 파울 클레는?" 하고 물었더니 한 사진 앞으로 데려가는데 그것은 파울 클레가 아닌 그와 자주 이곳에 왔다는 오귀스트 마케라는 이름의 화가였다. 신화와 전설쯤 되는 얘기겠지만 반 고흐도 이곳에 자주 왔다는데 그의 짧은 생애며 호주머니 사정으로 미루어보건대 그것은 불확실한 이야기인 것 같다. 더구나 '자주'라니.

클레의 경우는 다르다. 그가 허구한 날 이곳을 드나들며 하염없이 창밖으로 바다를 바라보곤 했다는 기록이 많이 보인다. 심지어 자신의 색의 근원이 시디부사이드에서 나왔다고 고백할 정도였다. 전업화가였던 그가 혁신적 디자인 학교였던 바우하우스의 창설과 동시에 교수로 초빙받으면서 부랴부랴 썼던 『무한의 조형』과 『조형사고』라는 이론서는, 화가로서의 개인적 비전을 널리 공개한 것에 다름없다. 생체실험처럼 자신의 작품을 도해해 저술을 해나갔으니까.

튀니지의 밤하늘, 특히 사하라의 밤 비행을 즐겼다는 생텍쥐페리가 지드나 카뮈 같은 당대 최고의 문인들과 이 카페에서 어울렸다는 흔적은 없다. 아마도 수줍은 문학청년이었던 그가 당대의 거장들과 한자리에 있기는 어려웠지 않았을까 싶다.

다시 생각해본다.

그들은 왜 대륙을 건너고 이 긴 골목을 걸어 여기에 왔을까.

어쩌면 종교든 제도든 사람이든 그 무엇에도 얽매이지 않고, 따라서 경의를 보낼 필요도 없는 이곳의 분위기 때문이 아니었을까 싶다. 당시의 조금은 무겁고 고통스럽기까지 했을 따분한 흐름 속을 벗어나 이 바닷가의 사랑방을 구원의 처소처럼 찾아왔던 것이리라.

벽에 걸린 사진들을 진지하게 보고 있자 2층 다락 어디선가에서 마치 오래된 보첩을 꺼내오듯 종업원 청년이 방명록을 한아름 꺼내 온다. 알 듯한 이름도 있고, 확실한 그러나 지금은 사라진 이름도 보인다. 그 많은 이름 가운데 한글 이름은 하나도 안 보인다. 청년은 내가 쓴 글씨를 이리 저리 뜯어보며 그저 "뷰티풀!"이라고 말해준다.

카페 데나트.

이곳에 오고 싶었지.

오고 싶어 몸살이 날 정도였어.

그런데 그 욕망은 이제 어디론가 흡수되고 빨려들듯 사라져버린다.

그러기에 모든 갈망과 욕망, 그 포화의 정점 뒤에는 지겨움과 진저리칠 만한 그 무엇이 있는 것 같아.

그러는 줄 알면서도 우리는 부나비처럼 다른 욕망의 꽃을 찾아가는 존 재야.

골목을 걸어내려와 돌아보니 카페 데나트는 희고 빛바랜 화석처럼 서 있다. 저곳에 다녀온 나의 시간도 곧 화석이 되어 함께 어리어 있을 것이다.

카 페 데 나 트   카페 데나트는 시디부사이드 한가운데 위치한 오래된 카페다. 카페 안에 장식된 오래된 나무선반과 그림, 사진 들이 이곳의 역사를 말해준다.

유명인사들이 즐겨 방문했던 카페 데나트의 벽면에는 흑백사진들이 전시되어 있다. 그 벽 쪽에 앙드레 지드가 평소 앉아 글을 썼다는 작은 테이블과 의자가 놓여 있다. 그외에도 모파상, 알베르 카뮈, 시몬 드 보부아르, 파울 클레와 클레의 친구인 표현주의 화가 루이 무알리에 등이 방문하여 글을 쓰거나 쉬다 갔다는 이곳 카페 주변에는 왕성하게 창작활동을 하는 예술가들이 많이 살고 있다.

화가 파울 클레는 서른여섯 살에 친구 루이 무알리에와 함께 튀니지로 여행을 떠난다. 튀니지에서 진정한 색의 의미를 발견한 그는 튀니지에서 보낸 12일간 30여 점의 수채화를 그렸고 그후에도 다양한 작품을 통해 튀니지에서 받은 인상을 표현했다. 튀니지는 그의 작품세계를 확장시켜준 계기가 되었던 것이다.

카페 데나트 건물 한쪽에는 하얀 벽에 푸른 창문이 달린 옥탑이 있고, 작은 발코니 두 개가 양옆으로 달려 있다. 검은색으로 칠한 입구 위에는 청동으로 만든 삼각뿔 모양의 전등갓이 달려 있다. 지붕은 터키 스타일의 돔형이며 모스크 바닥처럼 돗자리를 깔아놓았다. '나트'는 프랑스어로 돗자리라는 뜻이기도 하다.

4 장

모로코

유서 깊은 골목시장의 만물상 구경과 생생 튀는 대화들이 유익했다. 그래서 권하고 싶다. 이슬람을 알려면. 아니 어느 문화권이든지 제대로 알고 이해하려면 박제된 박물관보다는 재래시장으로 가라고. 그중에 제일은 페스의 이 미로 시장이라고. 물건을 팔기보다 시간을 파는 수크의 모래시계 장터에서 느리게 걸어보라고. 인생의 길을 잃은 사람일수록 그 미로 속에서 다시 길을 찾아 나설 일이라고.

카사블랑카로 가는 밤 비행기

카사블랑카Casablanca. 도대체 어떤 도시의 이름이 이토록이나 매혹적이면서 불온하고 우아하면서 퇴폐적일 수 있단 말인가. 시간 저편에서 불쑥 떠올라와도 어느 때나 사랑과 엮이면서 현존할 수 있단 말인가. 몇 개의 자음과 모음을 뒤섞고 비틀어 이토록이나 시 같고 음악 같은 도시의 이름을 만들어낼 수 있단 말인가.

저물녘 두바이 공항에서 카사블랑카, '하얀 집'이라는 뜻의 도시로 떠날 EK751편을 기다리며 나는 이미 모로코 환상에 잠겨든다.

청옥색 아라베스크 돔과 석양으로 울려퍼지는 낭랑하고 애절한 아잔 소리와 히잡 쓴 여인들의 왕국. 그 나른한 환상을 깨운 것은 저만치서 보이는 하나의 풍경이었다. 아랍 복장을 한 여인이 아까부터 한 백인 남자와 안타까운 포옹을 되풀이하고 있다. 하지만 주변을 의식하는 듯 으레 있을 법한 입맞춤은 이어지지 않고 여인은 젖은 눈망울로 남자를 올려다본다. 아름답다. 흡사 액자에 담긴 영화 속 흑백사진 같은 모습이었다. 여인은 한껏 성장盛粧하고 나온 품새가 역력했지만 초록과 분홍의 히잡과

머플러와 옷은 서로 잘 섞이지 않는다. 다만 그 눈빛이며 얼굴과 몸 전체로 그녀는 말하고 있었다. "나는 사랑에 빠졌어요."

남자는 잘 빗어 올린 머리와 푸르스름한 면도 자국에 짙은 물빛 체크무늬 남방이 이탈리아 아니면 프랑스 쪽 사람임을 짐작케 한다. 그 멋들어진 외모와 현란한 옷차림 때문이었을까. 살랑, 바람의 냄새 같은 것이 풍긴다. 나이는 여자보다 열 살쯤 많아 보이는데 애절해하는 여인의 눈빛과는 달리 그 시선에는 집중력이 떨어진 느낌이 있다. 사내는 여인의 이마에 살짝 입술을 가져다댄 뒤 게이트 쪽을 향해 돌아서며 걸음을 옮겨놓는데 여인은 그 자리에서 움직일 줄 모른다. 남자가 한 번 싱긋 웃고 손을 들어 보인 뒤 사라지고 나자 여인은 손수건으로 눈가를 훔친다. 그러더니 내 옆 벤치에 털썩 주저앉아 하염없이 운다. 그 흑단 같은 머리칼이 다 젖을 만큼 그렇게.

세상에. 요즘 공항에서 이처럼이나 고전적인 이별의 풍경이라니 싶다. 발랄하게 여행가방을 끌고 가거나 면세점을 들락거리는 화사한 여인들 속에서 우는 이 여인은 피카소의 그림만큼이나 조각난 풍경으로 다가온다. 여인은 한 손으로 이마를 짚고 흐느끼는데 그녀의 슬픔은 내게까지 해일처럼 밀려오며 이내 공항의 모든 풍경을 해면체처럼 흐물거리게 해버릴 듯한 느낌이다. '두바이 공항에서 만난 큰 슬픔.' 나도 이런 제목으로 피카소처럼 '우는 여인'을 그려볼까 싶다.

그러다 문득 이런 상상을 해본다. 저들의 사랑은 어떻게 시작되었을까. 어쩌면 주재 상사원이나 외교관쯤으로 프랑스 혹은 이탈리아 남자가 라바트나 카사블랑카로 왔을 것이다. 그리고 그곳에서 대학 나온 모로코 처녀를 만난다. 회사나 대사관에서 근무하는 여자라 해도 좋겠다. 남자와 여자는 그리 오래지 않아 사랑에 빠지게 된다. 별빛 쏟아지는 밤의 해변을 함께 걷고 서양식 식당에서 함께 저녁을 나누며 꿈같은 시간이 흘러간다. 그 시간의 끝에 아픈 결별이 오리라는 것을 피차 모른 척 눈감아버린 채. 아니다. 어쩌면 두 사람은 무엇엔가 흡수되어버리는 축복 같은 것을 경험했을지도 모른다.

내가 좋아하는 정신의학자 어빈 얄롬이 말하지 않았던가. 사랑에 빠지는 것은 외로움에 대한, 소외와 두려움에 대한 불안이 녹아 없어져버리는 상태라고. 하지만 동시에 그는 이렇게도 말했다. 그 불안을 덮는 대신에 자신을 놓아버리거나 잃어버리는 대가 또한 기꺼이 치러야 할 것이라고. 그런 면에서 소외와 죽음, 그리고 외로움과 고독의 어둠과 맞서 싸워가며 불빛을 찾을 만한 의지가 허약할수록 사람들은 서로가 서로를 흡수시키면서 쉽게 사랑에 빠져드는 것 같다. 여린 짐승들이 서로의 상처를 혀로 핥아주듯 그렇게 말이다.

그건 그렇다 치고 아직도 외국 남자와의 교제에 대해 곱지 않은 시선 정도가 아닌 적의의 눈길을 보내고 있는 아랍 국가에서 어떻게 두 사람은 저 정도로 사랑을 키웠을까. 어쩌면 아침에 사무실로 들어서는 남자의 양복 보푸라기를 여인이 환한 미소와 함께 살짝 떼어주며 시작되었을지도 모르겠다. 대체로 그토록 사소하게 스치는 눈빛이나 손길로 시작되지 않던가. 그 허다한 사랑이.

그렇다. 늙어감과 죽어감과 삶의 메마름과 온갖 종류의 강박에 대한 단 하나의 출구는 사랑이다. 그것도 자아를 완전히 망각하면서 흡수시켜버리는 그런 사랑이다. 하지만 그 몽환의 기간은 빠르게 지나가고 이제 곧 여인은 현실의 햇빛 속으로 홀로 걸어가야 하리라. 온갖 종류의 쓸쓸함과 절망과 슬픔이 쏟아져내릴 그 햇빛 속으로 걸어가며 그래도 그 사랑의 추억에 의지해 길고 긴 인생의 회랑을 걸어가야 하리라.

이제 나는 카사블랑카로 간다. 어쩌면 사랑에 관한 내 상상도 사실은 그 끈이 릭과 일리자의 〈카사블랑카〉에 닿아 있어서였으리라. 그 아우라가 만들어낸 주술에 걸려든 것이리라. 사랑은 때로 열면 안 되는 마법의 상자와 같다. 그것 때문에 울고 웃고, 그것 때문에 환호하고 절망하는 금기의 상자인 것이다.

여인이 무거운 가방을 끌며 공항에서 사라지고 난 후에야 나는 실소한다. 두 사람은 그냥 부부일지도 모른다고. 아내는 본국에 남고 남편은 직장 때문에 파리나 밀라노로 가는 것일 수도 있다고. 왜 하필 아프고 슬픈 사랑의 이야기를 상상해낸 것일까. 역시 영화 탓이다. 영화가 현실이 되고 현실이 영화가 되도록 뒤엉켜들 만큼 나는 이미 이슬람 사원의 그 매캐한 향과 연기 속으로 한 발 들어선 느낌이다. 그새 북적대던 사람들은 거짓말처럼 사라지고 공항은 적막하다.

커다란 창 저편으로 노을이 진다. 해가 지고 이내 서쪽 하늘이 붉어진다. 모로코, 알제리, 튀니지를 '해 지는 서쪽'이라는 뜻의 마그레브라고 불렀다던가. 지중해를 물들이며 지는 해가 얼마나 장엄했으면 그렇게 불렀을까. 원래 저런 모습은 두바이 공항에서 출발한 비행기 안에서가 아닌 열차의 차창으로 보고 싶었다. 마드리드나 리스본을 거쳐 해안열차를 타고 스페인의 타리파로 가서 다시 페리를 타고 지브롤터를 건너 저 유명한 북아프리카의 석양을 보고 싶었던 것이다. 불타는 그 석양을 보며 해 지는 서쪽의 탕헤르에 내리고 싶었던 것이다. 바다에서 보는 석양은 그 빛이 물빛에 녹아내리며 경계가 흐려질 때에 신비한 소멸의 아름다움을 발산한다.

빈티지 라벨의 적포도주 '뷰 파프Vieux Papes'를 마시며 저녁해가 물에 잠기는 황혼과 바다가 함께 회색으로 섞이는 황홀을 맛보고 싶었지만 문제는 시베리아 종단열차 저리 가라 하게 긴 기차 여행 시간이었다. 북아프리카 여행 계획을 짜는 동안 마지막 순간까지도 시인 황학주는 곁에서 집요하게 알헤시라스와 타리파까지의 해안선 기차 여행을 권하며 비행기를 타면 이 모든 것을 놓치고 말 것이라고 했지만 결국은 인천에서 두바이로 오는 편한 코스를 택하고 만 것이다. 문득 나이드는 것인가 싶은 생각이 든다. 10년 전이었다면 주저 없이 시인이 추천한 기차와 뱃길을 따랐을 것이고말고. 그리고 사실 연인과 사랑의 도시 카사블랑카는 그렇게 오는 것이 맞다.

그럼에도 불구하고 비행기는 뜬다. 어디선가 하나둘 고운 명주 같은 것을 감은 여승무원들이 감색 여행가방을 끌고 속속 나타나더니 탑승구 쪽으로 빨려들어간다. 나도 천천히 그녀들을 뒤따라가고 오래지 않아 힘들게 동체를 들어올리며 비행기는 미끄러지듯 떠오르는데 마치 바다를 차고 오르는 커다란 물고기를 타고 앉은 느낌이다. 그 바다 위로 노랗고 큰 달이 떠오르고 점점이 켜진 불빛들이 보인다. 고기를 유인하는 어등이다. 활주로의 불빛을 탐색하며 감아 돌던 밤의 비행기가 돌연 믿을 수 없을 만한 힘으로 솟구쳐오를 때면 매양 오르가슴 비슷한 것을 느끼곤 한다. 그 위에 이제 곧 여승무원은 내가 좋아하는 더블 초콜릿과 아랍 커피 '크램' 그리고 이슬람 율법에 맞춰 준비한 고기 요리 '할랄'이나 나폴리식 은대구 요리를 가져올 것이다. 모로코로 가는 한 비행기 여행도 해변의 기차 여행에 못지않았노라고, 돌아가면 시인에게 말할 것이다. 어쨌거나 이 밤이 지나면 나는 철썩이는 파도 소리 같은 것을 들으며 하얗게 부서지는 햇빛 속 그 무어인Moors의 땅에 내리리라.

도 시　카 사 블 랑 카　　카사블랑카는 스페인어로 '하얀 집'이라는 뜻이다. 원래 베르베르인의 어항으로, 15세기에 포르투갈인에 의해 건설되었고, 18세기에 모로코 술탄에게 점령당했다. 18세기 후반에 무역항으로 재건되어 유럽과 미국의 무역업자들이 이곳에 정착했고, 무역량과 무역액이 탕헤르를 앞질러 모로코 제1의 항구도시가 되었다. 카사블랑카는 아프리카 북서부에서 가장 큰 도시이자 상공업의 중심지이다.

카사블랑카 메디나에는 어디서든 한눈에 보이는 제1의 관광명소 '하산 2세 사원'이 있다. 높이 200미터의 이 사원은 카사블랑카 서쪽 해변을 막아 만든 간척지 위에 지어졌는데, 실내와 외부 모두 10만 명이 동시에 예배를 볼 수 있는 대규모 사원이다. 모스크 건설에 투입된 장인만 만여 명에 달하고, 공사기간은 8년이 소요된 거대 건축물이다. 대리석이 깔린 넓은 광장과 기둥, 건물 외벽, 실내 곳곳에 모로코 전통 문양이 섬세하게 조각되어 있어 화려함을 뽐낸다.

시내 중심가에는 '모하메드 5세 광장'이 있다. 광장 중심의 분수대와 그 주위에 있는 프랑스 식민지 시대 건물들이 조화를 이루어 눈길을 끈다. 모로코에서는 카사블랑카가 아니더라도 '모하메드 5세'라는 명칭이 붙은 기념물을 자주 볼 수 있다. 1912년 프랑스의 식민통치에 항거해 독립운동을 이끌었던 모하메드 5세는 1956년 독립을 쟁취하자 왕위에 올랐다. 여전히 많은 모로코인들에게 국부로 숭상받는 그를 기리기 위해 수도인 라바트에도 '모하메드 5세 거리'와 '모하메드 5세 묘' 등이 있다.

영화 〈카사블랑카〉의 배경으로 유명해진 도시이지만, 영화의 모든 장면은 카사블랑카가 아닌 미국 할리우드의 세트장에서 촬영되었다고 한다.

As Time Goes By, 카사블랑카여 다시 한번

스페인을 거쳐 탕헤르에 와 모로코를 여행했던 코엘료는 소설『오 자히르』를 썼다. '자히르^{Zahir}'는 원래 갈망과 사랑 그리고 무서울 정도의 집착을 이르는 말이다. '사로잡힘'에 대한 가장 적절한 표현이자 신神의 개념에 근접한 말이라고도 전해진다. 그렇지만 '유레카!'와 같은 깨달음의 외침과는 다르다. 숫제 신을 지칭하는 아흔아홉 가지 개념 중 하나라고까지 한다.

하지만 당혹스럽다. 신은 피조물에게 계속 놓으라, 떠나라, 자유하라고 가르치지 않던가. 아니면 현세의 부질없는 집착과 갈망에서 벗어나 신에게 집착하고 신에게 다가가 신을 더 갈망하라는 뜻일까. 무슬림에게서 언뜻언뜻 보이는 그 한없는 평화와 날 선 전의의 양면, 형제애와 적대심의 두 개념도 그래서 내게는 자히르만큼이나 당혹스럽고 낯설기만 하다.

소설은 어느 날 말없이 사라져버린 아내를 찾아 헤매는 한 남자의 이야기인데 아내를 찾아 헤매다 결국 그녀에 대한 갈망과 집착이 차츰 주인공 자신의 내면에 던지는 물음이 되어 돌아오는 것을 자각한다. 그의 아내

에스테르는 뜻밖에도 머나먼 카자흐스탄의 한 유목민 부락에 있었고 아내를 찾는 순간 이 여정이 결국 자아를 찾는 또하나의 순례길이었음을 주인공은 깨닫는다. 나는 코엘료의 소설답지 않은 종교적 명상과 철학 투에 다소 진저리를 치는 사람이지만 모로코를 여행하면서 비로소 그가 비행기 아닌 기찻길과 뱃길을 따라 모로코로 들어왔고, 건초가 바람에 굴러다니는 황량한 광야를 나처럼 버스로 여행하면서 페스까지 갔다는 것을 알게 되면서 그의 소설이 왜 그런 구도와 색채를 띠게 되었는지 알 것 같았다. 그 경로를 여행하다보면 누구라도 『오 자히르』와 비슷한 근원적 상상을 하지 않을까 싶다.

그런 면에서 떠오르는 또하나의 장면이 있다. 〈파리 텍사스〉라는 영화다. 이 영화의 여주인공 역시 어느 날 '단란한' 가정을 떠나 행방불명이 되고 만다. 그 남편 또한 황량한 텍사스 곳곳을 헤매며 아내를 찾다가 점차 황폐해지는데, 정작 아내를 만난 것은 한 섹스숍에 손님으로 찾아갔을 때였다. 평소 정숙했던 아내는 그곳에서 관음증을 충족시키려 찾아오는 남자들을 위해 하나둘 옷을 벗는 일을 하고 있었던 것이다. 아내는 손님을 볼 수 없도록 검게 칠한 유리창 너머에서 상대를 전혀 짐작할 수 없었지만 차츰 유리창 너머에서 들려오는 남자의 갈라진 목소리가 남편의 목소리임을 눈치채게 된다. 분열된 자아와 소외 그리고 소통의 부재 속에 서로를 찾아 헤매는 과정을 굳이 아내와 남편이라는 이분법적 피사체가 아니더라도 누구나가 지니고 있다는 것을 소설과 영화 모두 암시하고 있는 것이다.

모하메드 5세 공항에 내려 호텔보다 먼저 영화 〈카사블랑카〉의 '릭의 카페'를 찾아가는 길에 왜 돌연 소설과 영화의 장면들이 겹쳐 떠올랐던 것일까. 직접적 원인이라면 공항에서 이곳까지 이르는 길이 감미로움보다는 황량함과 황폐함을 더하고 있었기 때문일 것이다. 공장지대와 공터 그리고 가난과 남루의 냄새가 물씬 풍기는 동네인데다 하늘마저 우중충했던 것이다.

하긴 '사랑과 낭만의' 카사블랑카라는 혐의는 애초부터 여행자가 덮어씌워놓은 것이고 보니, 현실의 그 도시는 전혀 다른 모습으로 존재하고 있다 한들 뉘라서 탓할 수 있을까. 릭과 일리자가 안타깝게 만났던 안개 속의 그 카사블랑카 역은 자취도 없고. 그 점에서 나야말로 기억의 미로를 헤매는 방랑자가 되고 만 기분이다.

버스 차창으로는 메마른 손등의 노인이 짐을 지고 가는 모습이나 어린 아이가 타고 가는 나귀 정도가 모로코적인 느낌을 줄 뿐 시내까지 들어가는 길은 스산하고 삭막하기만 하다. 게다가 울퉁불퉁 도로 사정도 나쁘고 교통체증 또한 여간이 아니다.

현실은 여전히 삭막하고 사는 일은 고달프고 지난하기만 하다는 것을 새삼 느끼게 하는 여로다. 그리고 보면 영화 속 릭의 카페에서 일렁이는 불빛 사이로 등이 구부정한 샘이 피아노를 연주할 때 부서지듯 퍼지는 그 맑은 피아노음 속에 살강, 와인잔을 부딪치던 장면에서 나야말로 거의 한 발짝도 나오지 못한 것만 같다. '오 자히르'를 외쳐야 할 것만 같다. 굳이 우기고 우겨 호텔마저도 그 영화 속 간판이 내걸린 곳 가까이에 잡은 것만 봐도 그렇고, 어쨌거나 감미로운 영화의 환상을 좇으며 한사코 벗어나고 싶지 않았던 것을 보면 나의 현실 또한 저 스산하고 어둡고 쓸쓸한 풍경을 도처에 두고 있는 것이리라. 그래서 그 내면의 어두운 동굴로부터 도피하기 위해 매양 이렇게 짐을 싸는 것은 아닐까. 오, 자히르다.

그런데 난민촌 같은 마을들과 올리브 밭들을 지나고 도시에 들어오자 전혀 딴 분위기가 나타난다. 차창으로는 화려한 명품점의 쇼윈도가 보이고 벤츠 자동차와 함께 따각따각 소리를 내며 채소를 실은 마차가 가는 모습도 보인다. 8세기에 베르베르인이 세웠다는 이 도시는 19세기에 들어 프랑스의 통치를 받으며 이름이 카사블랑카로 바뀐 것이라니 그 멋들어진 도시 이름이 비로소 어쩐지 싫어진다. 바닷가 '앙파 호텔'에 여장을 풀고 나서 대충 샤워를 한 다음 근처의 역시 '앙파'라는 이름의 거리로 나간다. 당나귀와 자동차, 명품점과 재래상점이 뒤섞여 독특한 활기를 띠고 있다. 별수없이 천박한 여행자가 되어 영화 속 간판이 걸린 릭의 카페부터 찾는데 원래 메디나 성채 앞 하얏트 호텔에 있던 릭의 카페는 바닷가로 자리를 옮겨 성업중이란다. 물어물어 찾아 올라가니 무전기를 든 청년이 입구에 서 있고 실내는 관광객들로 붐빈다. 영화 〈카사블랑카〉의 기념 티셔츠며 모자 등을 팔고 있는 이 영화 카페에 들러 사람들은 맥주 한잔으로 그리움을 목 축이고 가는 것이리라.

영화 속에서 가장 로맨틱한 장면으로 아직도 꼽히고 있는 릭과 일리자의 카사블랑카에서의 이별 장면을 담은 포스터가 저만치 걸려 있다. 2차 세계대전중 카사블랑카에서 술집을 운영하는 릭은 남편과 함께 전쟁을 피해 그곳으로 온 일리자를 만나 사랑하게 된다. 헤어져야 할 일리자와의 사랑에 괴로워하다가 결국 그녀와 남편의 여권을 구해주며 부부를 떠나보내는데 어찌 보면 지나치게 단순한 구도에다 신파조인 영화다. 그럼에도 불구하고 세월이 흐르고 시간이 가도 사람들의 마음속에 남아 아직도 두 연인의 이루어질 수 없는 사랑 이야기는 도시 카사블랑카에 대한 몽롱한 환상과 짝을 이루어 함께 떠오르니 새삼 영화의 힘을 느끼게 된다.

키스는 키스, 한숨은 한숨, 세월이 가면 원래로 돌아가는 것을
—〈카사블랑카〉 OST, 〈As Time Goes By〉에서

■ 카사블랑카의 릭의 카페. 저 불빛 아래서는 지금도 영화 속의 연인들처럼 누군가 사랑을 속삭이고 있을 듯하다.

천천히 계단을 밟으며 카페를 나올 때 불현듯 이 노래 가사가 떠올라왔다. 영화 속에서 27세의 일리자에게 젖은 듯 아련한 눈망울의 중년 릭은 "당신의 눈동자에 건배를Here's looking at you, kid"이라고 하며 잔을 부딪쳐온다. 사랑을 떠나보내는 그 남자의 한숨, 아직도 사라지지 않은 그녀와의 키스의 기억을 찾아 사람들은 이 볼품없는 카페를 찾아오는 것이리라. 어쨌거나 영화 이후 카사블랑카는 모로코의 한 지명이라기보다는 세계 연인들의, 특히나 이루지 못한 사랑의 아픔과 갈망을 안은 연인들의 성지가 되어버렸다. '사랑해 영원히'라는 멘트 같은 그 무엇이 되어버린 것이다.

실제로 이 영화는 카사블랑카에서 찍지도 않았을뿐더러 이제는 영화 속의 호텔도 찾을 수 없다. 하지만 영화 속 사랑의 환상만은 여전히 사라지지 않고 있다. 사라지기는커녕 오늘도 머나먼 곳에서 그 사랑의 흔적을 찾아 이곳으로 온다. 그렇게 해서 카사블랑카는 지명이라기보다 이제는 '사랑해 그대만을' 같은 멘트가 된 것이다.

키스는 키스
한숨은 한숨
세월이 가도
사랑의 기억만은 남는 법……

노래 가사처럼, 카사블랑카여 다시 한번이다. (이는 영화감독 허버트 로스가 〈카사블랑카〉에 바치는 '오마주'라는 고백과 함께 1972년에 개봉한 영화 제목이기도 하다. 영화의 원제는 'Play It Again, Sam'인데, '샘Sam'은 일리자의 명대사 "Play it, Sam"의 흑인 피아노 연주자를 말한다.)

어쨌든 비행기에 오르기 전부터 시작됐던 나의 달콤한 카사블랑카 환상은 정작 그 카사블랑카에 와서는 씁쓰름하게 끝나버렸다. 밤이 되고 흐린 유리창마다 희미한 불빛이 번진다. 바다에서 안개가 밀려온다. 이제 곧 축축한 그 밤안개 속에서 수은등이 켜질까. 그러고 보면…… 나야말로 아직도 몽롱하게 영화 속에 남아 있는 외로운 관객이다.

영화 〈카사블랑카〉   1942년 아카데미상을 휩쓸며 미국 영화연구소가 선정하는 100대 영화에 꾸준히 올랐던 이 영화는 마이클 커티즈 감독의 로맨틱 영화다. 험프리 보가트, 잉그리드 버그만, 폴 헌레이드 등 당대 최고의 배우들이 출연했다. 영화의 배경이 2차세계대전중의 카사블랑카라는 이유로 도시 카사블랑카가 영화의 순례지가 되었지만 영화 제작 당시 모로코는 전쟁중이어서 실제로는 카사블랑카에서 찍지 않았다는 것이 정설이다.

2차세계대전 당시 프랑스 식민지였던 카사블랑카. 전쟁이 한창인 유럽을 떠나온 난민들은 지중해와 오랑을 거쳐 카사블랑카로 몰려와 비자를 얻어 미국으로 가는 비행기를 타려고 한다. 릭(험프리 보가트 분)은 그 난민들을 위해 '릭스 카페 아메리칸'을 운영한다. 그는 겉으로 보기엔 중립이지만 제2차 이탈리아-에티오피아 전쟁에서 에티오피아를 지원하고, 스페인 내전 때도 파시즘에 맞서서, 카사블랑카를 지배하는 비시 정부로서는 눈엣가시다. 하지만 카사블랑카를 실제 통치하는 르노(클로드 레인스 분)와는 친구 사이다.

그의 카페에는 많은 난민들이 비자를 구하려고 몰려오고, 그들에게 돈을 받고 비자를 파는 우가트(피터 로레 분)는 어느 죽은 독일 군사의 통행증을 릭에게 맡기고 경찰의 총에 맞아 죽는다. 바로 그날, 레지스탕스 지도자 빅터(폴 헌레이드 분)와 그의 부인 일리자(잉그리드 버그만 분)가 찾아온다.

릭의 카페에서 피아노를 치며 노래 부르던 샘은 그녀의 부탁으로 〈에즈 타임 고즈 바이As time goes by〉를 부르는데, 사실 일리자와 릭은 젊은 시절 파리에서 사랑을 불태웠던 연인 사이였다. 그들은 나치가 파리를 점령하자 같이 피난을 가기로 했으나, 떠나기로 한 날 일리자는 기차역에 나타나지 않는다. 릭은 다시는 만날 수 없다는 일리자의 편지만 전해 받고 결국 혼자 기차에 올라 쓸쓸히 떠날 수밖에 없었다. 옛 연인을 다시 만난 릭은 그녀와 그녀의 남편 빅터를 위해 죽은 친구가 맡긴 통행증을 건네고 그들을 떠나보낸 뒤 홀로 남는다.

대곡자^{代哭者}의 묘

황량의 아름다움.

가끔씩 '우우' 하며 사막으로부터 불어오는 돌개바람이 차창을 덜컹거리게 하고 그 바람 결에 광야의 건초들은 동글동글하게 말리며 굴러다니거나 하늘로 날아다닌다. 시뻘건 황토 사이로 외롭게 뚫린 도로는 끝이 없고 8인승 낡은 밴은 그 길을 한없이 달리지만 집도 사람도 보이지 않는다.

그렇게 마라케시 방향을 향해 몇 시간이나 달렸을까. 불의 꽃이라 불린다는 부겐빌레아가 길 양쪽으로 나타나고 포르투갈이 점령한 나라마다 심었다는 자카란다나무도 듬성듬성 나타난다. 그런 사연 때문일까. 아니면 광야의 모진 햇빛과 바람을 견뎌야 해서였을까. 꽃도 나무도 사나워보인다. 그리고 황토와 햇빛 때문에 붉은색은 더 붉게, 푸른색은 푸르다 못해 검게 보인다. 숫제 차가 달리는 속도 따라 색채의 덩어리들이 날아오는 느낌이다. 낮고 붉은 흙담의 집들이 하나둘씩 나타나더니 차도르 쓴여인이며 나귀를 몰고 가는 노인도 보인다. 다시 완만한 황토 고개를 넘

춤추는 여인
시장 안 갤러리에 걸린 무녀^{巫女}의 모습으로 보이는 춤추는 여인의 그림.

어서자 텅 빈 벌판에 전선줄만이 거미줄처럼 엉켜 있는 곳에 낡은 주유소와 카페 하나가 나타난다. 흡사 영화 〈바그다드 카페〉와 그 분위기가 닮았다. 희게 칠한 벽돌에 붉은 글씨로 '봉주르Bonjour'라고 쓰여 있지 않았던들 카페인 줄도 모르고 지나칠 뻔했을 정도였다.

무섭게 쏟아지는 햇빛 탓에 선글라스를 챙기지 않고는 쉽게 나갈 엄두가 나지 않는다. 카페에서 바니시 샌드위치라는 것과 탄산수 한 잔을 마시고 일어서려는데 무스타파는 검은 에스프레소 한 잔을 놓고 카운터 남자와 잡담이 한창이다. 한참 후에야 차로 돌아온다.

다시 붉은 언덕 사이에 뚫린 길을 하염없이 달리는데 모로코의 한국인 가이드 장미란씨가 광야의 이슬람 공동묘지라며 창 쪽을 가리킨다. 이슬람법으로는 화장이 금지되어 있어 시신을 깨끗한 천으로 감아 머리를 동쪽으로 두고 관 없이 매장하는 것이 관례라고 했다. 나지막한 묘비들이 햇빛에 반짝이는데 무스타파가 뭐라고 빠른 말을 한다. 그 말 속에 놀랍게도 '빨리빨리'라는 우리말 발음이 나온다. 대곡자들의 묘가 있는 곳이니 빨리 지나가는 것이 좋다고 했다는 것이다. 대곡자, 즉 대신 곡해주는 여인들의 묘가 있는 곳인데 밤이면 여우며 집 나온 개들이 몰려다니며 울부짖고 땅을 파는 기분 나쁜 곳이라고 했단다.

평생을 장례식에 불려다니며 대신 곡해주는 대가로 곡물이며 옷가지 등을 받아서 살다가 죽은 여인들의 묘라는 얘긴데, 그녀들이 죽었을 때는 누가 울어주었을까 싶다. 이슬람의 여인들은 우리네 옛 여인들 못지않게 한이 많았을 것이다. 울어도 울어도 풀리지 않았을 한이었기에 더 울어주고 대신 울어줄 사람이 필요했던 것일까. 해석은 조금 다르다. 마치 농번기에 일손을 구하듯 장례식 때 함께 모여 울어주는 이슬람의 공동체 의식에서 나온 것이라는 설명이었다.

악기를 든 여자
그녀는 무슨 생각을 하고 있을까?

'의식'으로서의 울음이라면 나도 몇 번 경험한 적이 있다. 옛날 대소가의 상가에 가면 곡을 하다 말고 일어나 언제 그랬냐는 듯 음식을 챙겨주며 안부를 묻고 나서 다시 가서 곡을 하는 친척 아주머니들에 관한 사연인데, 이곳의 대신 우는 여인들은 아무리 타인의 죽음이라 해도 울다보면 자신의 한 많은 삶이 복받쳐 결국 자신의 슬픔 보따리를 풀어놓으며 울게 되지 않았을까 싶다. 지금은 세상이 많이 달라졌다고 해도 여전히 보이지 않는 굴종과 억압이 그녀들의 삶을 짓눌렀을 것이기 때문이다. 20여 년 전 이란, 시리아, 요르단 등지를 여행할 때 호텔 입구에 붙어 있곤 하던 문장에 대경실색한 적이 있는데 이를테면 여인의 복장 규정에 대한 세세한 문항이 나열되어 있고 그 맨 위에는 '신의 이름으로 말하노니'라는 영문이 쓰여 있었다. 사랑과 용서의 신, 모성적 포용과 관용의 신이 아닌 가부장적인 신, 권위와 응징의 신, 유독 여성에게 가혹한 신의 이름이 공공연하게 붙어 있어 어이없었지만 신의 이름으로 이른다는데 누가 감히 '아니오'라고 할 수 있겠는가.

어쨌거나 '눈물은 여인의 보석이자 가장 나중 지닌 것'이라는데 여기저기 불려다니며 그 보석을 방울방울 떨구고 울어야 하는 삶은 쓸쓸하기 그지없다. 그런데 유난히 우울증을 잘 치료하는 것으로 알려진 한 의사에 따르면, 사실은 누구라도 한 번씩 목놓아 우는 것이 건강에 좋다고 한다. 그 의사는 하루이틀 환자의 이야기를 들어주다가 눈물이 비친다 싶으면 입원실에 들어가 마음껏 울도록 둔다는데, 환자 대부분이 중년의 여성들이지만 가끔은 남자들에게도 이 울음요법을 유도해 효과를 본다고 했다.

처음에는 쭈뼛쭈뼛 소리 죽여 흐느끼다가 대성통곡을 하고, 그렇게 울다 지쳐 잠이 들면 치료의 반은 끝난 것이라고 했다. 그러고 보면 눈물이야말로 가장 나중까지 감추고 억눌러야 하는 것이 아니고 한 번씩 거센

해일처럼 토해내야 하는 그 무엇이 아닌가 싶다. 그렇게 보면 대곡하는 여인들이 매양 슬프지만은 않았을 성도 싶은데 모르겠다. 대곡자의 묘를 지나면서 해본 생각이다.

이슬람의 장례문화　　　이슬람에서 죽음은 종말이 아닌 영혼과 육체의 일체감이 소멸되는 것을 의미한다. 그렇기 때문에 죽음은 끝이 아닌 새로운 시작이고 고통에서 해방되는 일이다. 이슬람인들은 내세를 현세와는 비교할 수 없는 고차원적인 삶이 보장되는 곳으로 보기 때문에 죽은 자를 화장할 경우 영혼의 안식처가 소멸된다고 생각했다. 따라서 죽은 자를 화장하지 않고 매장하여 무덤이라는 영혼의 거주공간을 만들어주도록 했다. 사체를 손상시키거나 무덤 위를 밟고 다니는 행위를 금기시했으며 보통 24시간 이내 매장하고 간단하고 엄숙한 상례에 따라 장례를 치렀다.

　임종하는 즉시 죽음을 알리는 부고를 하되 큰 소리로 울거나 옷을 찢는 등의 행위는 이슬람 이전의 관습으로 금기시된다. 그러나 일부 지역에서는 가족 중 여자가 큰 소리로 곡을 시작함으로써 죽음을 알리기도 한다. 쿠르드족의 애도는 큰 울음소리, 격정적인 통곡과 몸짓이 특징이다. 매장될 때까지 통곡과 코란 낭송을 그치지 않는 이슬람 이전의 관습이 남아 있어 '네다비'라는 여자 대곡자를 고용해 '왈왈라' '윌왈'이라 외치며 계속해서 통곡하게 하기도 한다.

　장례절차는 아침에 시신이 관에 실려 집을 나설 때 모든 친지와 이웃이 상여꾼

이 되어 모스크까지, 또는 모스크에서 장지까지 운반한다. 모스크에서 장례예배를 마친 다음 장지로 향한다. 영구 행렬은 선두에 상주 그룹이 서고, 그 뒤를 이어 여자 그룹 그리고 고용된 대곡자들이 통곡하며 따른다. 시신은 관 없이 하얀 천으로 싸서 매장하는데 깊고 넓게 판 묘실에 얼굴이 메카 방향으로 향하게 시신을 안치하고 석판으로 덮는다. 장례 후 첫 3일간 밤새 코란을 낭송하는 것이 일반적인 관습이다.

제마엘프나 광장의 북소리

그 광장에서는 끊임없이 북소리 같은 것이 울리고 있었다. 방향을 알수 없는 소리는 밤이 늦도록 계속 들려왔다. 저 북소리가 어디에서 들려오는 것이냐고 했더니, 미란씨는 광장의 깃발이 일제히 펄럭이는 것을 보니 사하라 쪽에서 열풍이 불어오려는 모양이라는 엉뚱한 대답을 했다. 어쩌면 광장 저편의 이슬람 사원인 쿠투비아 사원의 미나렛에서 울려오는 것인지도 모르겠다. 눈을 들어보니 첨탑 사이사이에서 새어나오는 불빛이 북소리와 섞이고 있다.

'붉은 도시 마라케시'의 제마엘프나Djemaa el Fna 광장에 처음 도착했을 때는 늦은 오후였는데 그때의 북소리는 거의 잦아들 듯 빠르고 급했다. 그 이후로 나는 유독 그 북소리에 사로잡힌 듯했다. 북소리의 환청은 호텔로 돌아오고 나서도 계속되었고 심지어 잠자리에서도 벽을 뚫고 에워싸며 사납게 덤벼드는 느낌이었다. 어쩌면 광장에 들어설 때 미란씨에게 이곳이 원래 사형수들을 처형하던 유명한 처형 광장이라는 설명을 들었을 때부터 북소리는 예사롭지 않게 다가왔던 것 같다. 북소리가 잦아들면

무도회의 무희
아찔한 태양 아래에서 악사와 무희가 한데 어우러진다.

뜨거운 태양 아래 한나절이나 묶여 있던 사형수들이 처형을 당했다는 설명 때문이 아니었는지 모르겠다. 그 이후 묘한 상상으로 제마엘프나의 '제마'가 '제마制魔' 즉 마귀를 물리친다는 뜻의 우리말로 바뀌며 북소리까지 데리고 온 것이 아니었을까. 그런 면에서 나는 천생 감성 예민한 문학청년을 못 벗어난 느낌이다.

40도를 넘는 열사의 태양 아래 똬리를 틀고 있는 코브라며 구렁이, 무당처럼 붉은색 옷에 주렁주렁 쇠붙이를 달고 있는 물장수 게랍Gerrab, 곡마단 풍각 소리 같은 악사들의 나팔 소리, 점쟁이와 주술사들의 원색 옷과 무용수들, 그리고 이리저리 떠밀려다니는 인파 때문에 좋게 말하면 더위를 먹거나 환각 상태 비슷한 것에 든 게 아닌가 싶었다.

죄인들의 잘린 목이 높이 내걸렸다는 그 광장은 원혼을 달래기라도 하듯 유독 무속적 풍경이 많았는데, 그중에서도 유난히 둥둥둥 울리는 북소리는 끝이 없었다. 그 끝에는 아스라한 광장을 둘러싸고 상가들이 있고 반대편 쪽으로는 노점상들이 늘어서 있다. 징그럽고 큰 구렁이를 목에 감고 뭐라고 떠들고 있는 사내를 구경하고 있는데 갑자기 그 구렁이를 던지다시피 우리집 아이의 목에 걸고 찰칵 사진을 찍고 나서는 손을 내밀며 "투 헌드레드 디르햄"이란다. 어이없어했더니 금방 "오케이 원 헌드레드" 하며 웃는다. 돈을 꺼내려는데 갑자기 미란씨가 화난 모로코 말로 속사포처럼 쏘아대자 거구의 사내는 계속 미안하다는 표시를 한다. 미란씨가 20디르햄이라며 내밀자 군말 없이 받고 금세 뽑은 사진을 건네준다. 마치 한국의 5일장이나 지역 축제처럼 없는 게 없는데 그중 볼 만한 것은 역시 수예품들과 약초들이다. 심지어 이를 닦는 풀이라는 '디엘그가' 풀을 파는 노인도 있었다. 하지만 본인은 이가 빠지고 주름이 자글자글해 이백 살도 넘어 보였다. 우리 시간으로 여덟시 반쯤 되었을까, 해가 지더니 한 시간 후쯤부터는 시원한 바람이 불어온다. 좀 살 것 같았고 종일 뒤통수를 따라오던 북소리도 멀어진 느낌이다.

나는 잠시 어지러운 광장을 벗어나 상가 쪽의 한 고서점에 들어갔다. 여행자인 것을 알아보고 노인이 "따하르 벤젤룬?" 한다. 처음엔 무슨 인사인가 했는데 알고 보니 여러 번 노벨상 후보에 오른 소설가 이름이란다. 좁은 책방 여기저기에 그의 이름이 적힌 책이 보인다. '타르 벤 젤룬 Tahar Ben Jelloun'이라는 이 작가는 알베르 카뮈처럼 프랑스와 모로코를 넘나들며 활동하고 있다는데 펴낸 소설만도 20여 권에 가까워 독보적인 존재라 했지만 아랍어로 되어 있어 읽을 재간이 없다. 그래도 기념으로 가장 인기 있다는 한 권을 사들고 나니 그새 포장마차의 불빛이 장관이다. 이미 야시장이 들어서고 있었고 저렇게 시장은 자정 넘어까지 북적댄다고 했다.

우리는 광장 남쪽의 정통 모로코 식당 '보헤미'에 들어갔다. '타진 Tajine'과 '쿠스쿠스'와 '파스티아 Pastilla'를 함께 시켜 나누어 먹기로 했다. 북아프리카 요리 중 첫번째로 꼽힌다는 타진은 원래 베르베르인의 전통 음식이라고 하는데 양고기며 닭고기에 각종 향신료와 함께 아몬드와 건포도, 말린 대추야자 같은 견과류랑 감자와 오이 등을 넣어 만든 스튜 요리로, 우리로 치면 일종의 궁중전골 같은 것이다. 무더위를 이기게 하는 보양식이기도 했다. 타진이라는 이름은 고깔 모양의 뚜껑과 흙으로 만든 냄비에서 유래된 것이라 했다. 말하자면 용기가 음식을 규정해버린 셈이 된 것이다. 쿠스쿠스는 데친 야채 볶음 비슷한 것으로 역시 더위에 원기를 회복시켜주는 음식이라고 했다.

운전기사 무스타파 라시드의 저녁 걱정을 했더니 오늘 데이트가 있는 날이어서 들여보냈단다. 곧 스무 살이 되는, 엄마 쪽 사촌이랑 결혼할 예

■ 제마엘프나 광장에서 피리 부는 남자와 춤추는 뱀. ■ 밤의 제마엘프나 광장, 그리고 식을 줄
모르는 열기.

모로코 악사
음악과 이야기가 끝없이 이어질 것 같다.

정이란다. 베르베르인 사이에 아직도 이 같은 근친 결혼이 많은 것이 다른 부족을 잘 믿지 못해서라니 어이가 없다. 그럼 우리는 호텔까지 누가 데려다주냐고 했더니 미란씨는 그런 걱정 말고 맥주도 한잔하자고 했다. 이슬람 국가에 술이 웬 말이냐고 했더니 그 점에서는 모로코가 가장 유연하단다. 알제리나 튀니지에서는 적어도 표면상 알코올이나 그 비슷한 음료도 구경하기 어렵지 않았느냐고 묻는다.

맥주와 함께 감자튀김 비슷한 마코다ᵐᵃ𐞥ᵒᵈᵃ라는 노란 튀김이 마른 빵과 함께 나왔다. 비로소 귓가에 둥둥거리는 북소리며 피리 소리 같은 것이 완전히 물러나면서 온몸이 노곤해온다. 일종의 음식 테라피인 셈이다. 확실히 이 '금요일의 건강식'이라는 것이 효과가 있는 듯했다. 진한 모로코 커피와 수제식 모로코 아이스크림이 수북하게 후식으로 나온다. 아직 타진의 화덕에는 불이 붙어 있는데 상큼한 아이스크림이 혀에 녹아든다.

마지막 잔을 들고 일어서니 눈앞에 홀연히 잘생긴 하얀 말 두 필이 대기하고 있다. 어디서 온 것일까. 하늘에서 내려온 듯한 두 필의 백마는 자세히 보니 수면안대 같은 검은 가죽으로 눈 옆이 가려져 있었다. 감각에 의지해 앞만 보고 달리게 하려는 의도란다. 팔자에 없이, 그 이름을 '꼬체ᶜᵒᵗᶜʰᵉ'라고 부른다는 쌍두마차에 오르는데 이곳이 문득 사회주의를 바탕으로 한 입헌군주제 국가, 즉 왕정 국가라는 데 생각이 미쳤다. 나는 잘생긴 말의 물기 어린 크고 선한 눈을 보면 늘 가슴 한쪽이 저릿해지는데 더구나 눈 옆을 가린 채 심야에 불려 나온 두 마리 백마를 보니 더욱 그러했다.

사하라 쪽에서 불어온다는 후끈한 바람을 가르며 쌍두마차는 버스와 택시 그리고 질주하는 오토바이를 아슬아슬 비켜가며 시내를 달린다. 제발 그러지 않았으면 싶건만 마부는 습관처럼 무심하게 허공에 한 바퀴 돌려 긴 채찍을 휘둘러댔고, 집채 덩이만한 대형 트럭이며 버스를 아슬아슬 비켜가며 두 마리 말은 숙명처럼 질주한다. 하얀 털이 회색빛이 되었을 만큼 매일이다시피 이렇게 달렸을 터이다. 숨을 헉헉 내쉬며 지친 모습이 애잔하다. 불빛이 성한 도시를 족히 삼십여 분이나 달렸을까. 밤의 허공을 향해 연이어 헛! 헛! 소리를 내며 달려온 말들은 이윽고 호텔 리아드, 풀네임이 리아드 모가도르 카스바Riad Mogador Kasbah인 호텔 마당에 우리를 내려놓는다.

나는 가쁜 숨을 몰아쉬는 말의 볼이라도 쓰다듬어주고 싶었지만 무표정한 턱수염의 사내는 곧바로 방향을 돌린다. 돌아보니 사내는 또 허공을 향해 채찍을 날리고 있다. 이 깊은 밤에 가랑가랑 어디선가 다시 아잔 소리가 들려온다. 오늘 하루도 잘 마감한 것에 대해 하늘에 드리는 공동체의 기도문이리라. 붉은 도시 마라케시에서의 첫날밤은 그렇게 깊어갔다.

제마엘프나 광장   '자마 알프나 광장 Jamaa Al-Fna Square'이라고도 한다.
모로코 관광의 하이라이트 중 하나로 꼽히는 일종의 커다란 장터이자 연중무휴의
축제장이다. 일 년 열두 달 관광객이 붐비고 광장 양쪽으로는 카페며 레스토랑 들
이 들어서 있다. 이곳 노천 시장에 산더미처럼 쌓여 있는 오렌지로 짜내는 주스는
일품이다.

온갖 퍼포먼스와 먹거리 장터가 심야까지 계속되는 이곳은, 마라케시의 중심
지에 있는 큰 광장으로 '축제광장'으로도 불린다. 예전엔 공개 처형장으로 쓰였던
곳으로, 쿠투비아 사원 앞에 있다. 죄인을 처형하고 그들의 목을 걸어놓았다 하여
'사자死者의 광장'이란 뜻의 이름이 붙었다. 마라케시의 관광명소이며 하루종일
많은 인파로 붐빈다.

오전에는 장이 서며, 낮시간에는 뱀 부리는 사람, 줄타기를 하는 곡예사, 민속
무용단, 짐승 부리는 사람 따위가 모여들어 여기저기서 제각각 재주를 부린다. 밤
에는 더위를 식히기 위해 나온 시민과 관광객을 상대로 한 무대 공연이 열리고,
포장마차나 노점도 들어선다.

마조렐과 로랑은 잠들지 않는다. 마조렐 정원에서

타진과 쿠스쿠스, 쿠스쿠스와 타진. 뜨거운 모로코에서 번갈아 먹게 되는 두 가지 뜨거운 음식이다. 향신료에 버무린 그 뜨거운 음식을 먹는데, 담 너머에서는 둥둥 북소리도 들려오고 코브라를 춤추게 할 것 같은 피리 소리도 들려온다.

양고기에 으깬 대추야자와 자두, 감자, 건포도가 뒤섞인 타진을 먹고 나니 관자놀이 근처에서 이상한 에너지가 솟는 것 같다. 진하고 진한 아프리카 커피를 홀홀 불어가며 마시고 유칼립투스와 키 큰 향나무 길을 지나간다.

차창 밖으로는 사납게 쏟아지는 햇빛. 제마엘프나 광장에서 들었던 뱀을 춤추게 한 그 피리 소리는 계속 환청으로 따라온다. 젤라바에 두건을 한 모로코 노인이 나귀를 타고 지나간다. 코브라를 목에 걸고 물건을 파는 소년도 보이고 그 앞으로 따각따각 마차인 꼬체도 지나간다. 도심을 벗어난 차가 왕궁처럼 담을 쌓은 한 골목으로 접어들자 무스타파 라시드는 내 쪽을 향해 "자르댕 마조렐"이라고 자랑스러운 얼굴로 알려준다.

생명 이야기
마조렐 정원. 온갖 나무와 꽃 생명체들로 오케스트라를 이룬다.

차에서 내리는데 바람결에 향신료 냄새가 휙 코끝을 스친다. 걷는 동안 무더위 속의 뜨거운 바람에 실려 간단없이 이어지던 향신료 냄새는 그러나 녹색 정원에 발을 들여놓으면서부터 온데간데없이 사라져버린다. 대신 상큼하고 은은한 열대식물의 냄새. 대추야자며 살구나무, 바나나 같은 내가 알 만한 나무에서부터 이름 모를 잘생긴 나무들이 서늘한 아름다움을 자랑하고 있다.

나무들 밑으로는 에덴으로부터 흘러나온 듯 차고 시린 물길. 얼핏 봐도 정원에는 수백 종의 나무들이 살고 있는 것 같다. 선인장만 해도 그 종류가 다양할 뿐 아니라 형태와 색깔도 다채롭기 그지없다. 폭양과 싸우듯 잎 대신 사나운 가시를 낸 그 식물이 그토록 다채로운 색깔을 하고 있을 줄은 몰랐다. 물길 따라 노란색과 붉은색과 짙푸른 색과 황토색의 커다란 토분들이 나타나고 숨는다. 그야말로 살아 있는 색채의 박물관이다.

아니 정원은 숫제 하나의 커다란 팔레트에 함부로 짜놓은 원색들처럼 온통 색채의 향연이었다. 나무들이 뿜어내는 정기와 함께 햇빛에 반사된 그 색채의 무리들은 황홀경을 연출한다. 바라보고 걷는 사이 가벼운 현기가 온다. "만물에는 지성이 있다. 꽃과 나무는 더더욱"이라는 디팩 초프라의 글이 주문처럼 나를 맴돈다.

나무 사이로 난 작은 길에 들어선다. 그 '시크릿 가든'의 입구 한쪽에 보일 듯 말 듯 팻말이 서 있다. 이브 생로랑의 길. 원래 이 정원을 만든 이는 프랑스 화가 자크 마조렐로 알려져 있다. 그래서 정원 이름도 마조렐이었다. 프랑스 사람인 그는 자국의 식민지였던 '마록'(모로코의 프랑스어 발음)을 이상향처럼 그리워했다고 전해진다. 평생 그림을 팔아서 모은 돈으로 마라케시에 땅을 사고 나무를 심었단다. 그것도 최고의 수종들로만 골라서.

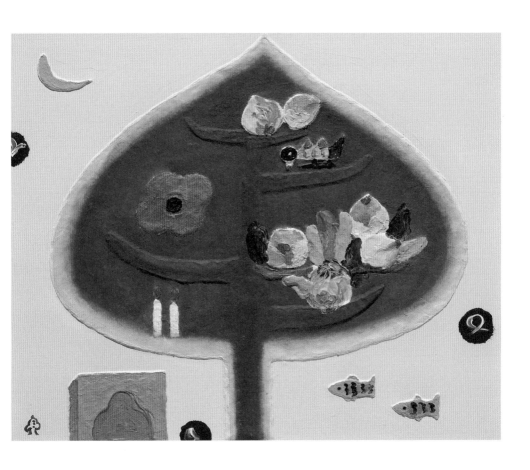

마조렐 정원에서
본능대로 핀 생명들 앞에서 나도 한 그루 나무가 되고 싶다.

미국 작가 헤밍웨이가 쿠바의 바닷가 저택 '핑카 비히아Finca Vigía'에 집필실을 두고 수많은 나무를 심었듯 그도 모로코의 마라케시에서 이 정원을 평생토록 가꾸었다. 헤밍웨이가 떠나고 나서도 핑카 비히아의 수목들은 끊임없이 자라 울창한 숲을 이루었듯 마조렐이 죽고 나서도 그의 정원은 무성하다. 무성할 뿐 아니라 아름답다.

이 아름다움이 지켜지게 된 데는 정원의 두번째 주인이 이브 생로랑이라는 점과 무관하지 않을 것이다. 북아프리카 태생의 이 패션 디자이너역시 마록 땅에 잠들기를 바랐을까. 길이 끝나는 곳에 그의 비가 있다. 그리 크지 않은 수직의 기념비는 그의 디자인만큼이나 심플하고 아름답다.

아름다움에 취한 두 예술가의 혼이 깃든 마조렐의 정원. 두 사람의 육신은 소멸했는데 그들의 아우라는 정원 곳곳에 가득하다. 그곳에서 나는색채의 교향악을 보고 듣는다.

정원 한쪽에는 무지개 카페. 보일 듯 말 듯한 이슬이 내리는 그 노천 카페에는 오색영롱한 무지개가 공중에 잠깐 보이다 사라지곤 한다. '모든아름다움은 사라진다. 저 무지개보다도 신속하게'라고 말하는 것처럼.

마조렐 정원의 나무와 꽃들은, 심지어 연못의 물과 그 위의 수련들까지도 '생명의 노래'를 부르고 있었다. 숲을 날아다니는 새들이야 더 말할 나위가 없다. 색의 향연, 생명의 환희에 취해 내 육체마저 붕 떠오르는 느낌이다. 본능대로 자라고 핀 그 모든 생명들이 발산하는 빛 속에서 나도 훌훌, 옥죄어오는 그 모든 옷을 벗어던지고 싱싱하게 한 그루 나무로 서 있고 싶어진다.

(시계 방향으로) ■정원 한쪽에 서 있는 이브 생로랑 추모비. ■마조렐 정원 입구의 간판. ■정원의 모습.

■ 정원의 작은 미술관.　　　　　■ 정원의 수련 호수 길.

자크 마조렐에서 이브 생로랑까지　　　마라케시 시내 뒷골목에 자리하고 있는 '자르댕 마조렐'(마조렐 정원). 의도하고 찾아가지 않으면 지나쳐버리기 쉬운, 그러나 지나쳐가서는 안 되는 보석 같은 곳이다. 이 정원은 모로코가 프랑스 식민지였던 1924년 파리에서 건너온 화가 자크 마조렐(Jacques Majorelle, 1886~1962)이 필생의 일로 여기며 가꾼 호수 정원이다.

일제 시절의 친한주의 학자로 망우리에 잠들어 있는 아사카와 다쿠미(淺川巧, 1891~1931)처럼 자크 마조렐 역시 모로코 특히 마라케시를 자신의 프랑스 고향보다 더 사랑하여 정원을 만들기 시작했는데 한 개인이 해낸 일이라고는 믿기 어려울 만치 그 규모와 아름다움이 대단하다. 흡사 유럽 어느 왕궁의 정원처럼 우아하면서도 그 면적이 방대하고 식물 및 생물자원의 종도 다양하다.

수련과 파피루스를 비롯한 다양한 수생식물이 살고 있는 작은 연못들을 따라 산책로가 나 있고 파란색 이슬람 박물관과 '마조렐의 집'이 코발트 블루의 커다란 지중해풍 도기들과 어우러지며 흰색과 푸른색을 조화시켜 '마조렐 블루'라는 색 이름까지 생겨났을 정도다. 자크 마조렐은 인상파풍 작품으로 상당히 인기가 높았다고 하는데, 그림이 팔리는 족족 마라케시의 이 정원을 가꾸는 데 돈을 쏟아부었던 것으로 보인다. 이슬비가 내려 공중에 가끔씩 무지개가 생기도록 만든 카페며 현란한 원색의 토기들, 이름 모를 새들과 아프리카의 강렬함을 내뿜는 꽃들과 울울 창창한 수목들로 인해 마치 거대한 인상파 작품에 들어와 있는 것 같다.

1980년 이후 이 정원은 디자이너 이브 생로랑(Yves Saint-Laurent, 1936~2008) 의 소유가 되었다. 크리스티앙 디오르의 제자인 이브 생로랑은 사십 대 중반에 이 정원을 사들였다. 물론 이 정원에 매료되어서였겠지만 원래 그가 모로코에서 가까운 알제리 출생인데다 알제리 역시 프랑스의 식민지였다는 사실과도 무관하지 않았을 것이다. 어린 시절 북아프리카의 추억을 그는 마조렐 정원에서 다시 발견하지 않았을까 싶다. 그만큼 정원은 매력이 넘쳤고 '우아함elegant'보다는 '매력 appealing'을 패션의 화두로 삼았던 그는 이 정원을 자기 소유로 했다.

아프리카풍, 그중에서도 '밤바라족'의 예술작품과 의상에 매료되었던 그는 마조렐 정원에 머물면서 이국풍 작품을 구상했던 것으로 전해진다. 정원 한쪽에 그의 묘소가 있고 '이브 생로랑의 길'로 불리는 산책로가 그 묘소까지 양방향으로 나 있다. 마조렐 정원은 오늘날 정원 마니아들의 필수 코스가 되었고 전형적 이슬람풍에 프랑스 스타일이 가미된 독특함과 두 예술가의 사연이 더해져 마라케시의 명소가 되었다.

페스의 모래시계, 메디나의 미로 시장

작열하는 태양 속에서 광야의 도로를 한없이 달려 도착한 페스Fez. 숨이 턱턱 막히는 무더위와 땡볕 속으로 나오니 한 곱사등이 노인이 차에서 내리는 우리를 기다리고 있다. 마라케시에서부터 길안내를 맡아준 장미란씨가 반갑게 인사를 건네며 이제부터 하미드라는 저 곱사등이 할아버지가 골목시장 수크를 안내할 거라고 했다.

미란씨는 다시 마라케시로 돌아가야 하지만, 혹 궁금한 것이나 사고 싶은 물건이 있으면 도와주겠다며 마지막으로 함께 시장을 둘러보겠다고 했다. 반듯한 매너에 예바르고 정확한 사람이었다. 어떻게 해서 모로코까지 홀로 와 정착해 살게 되었는지 나도 묻지 않고 그녀도 말하지 않았지만 그녀는 모로코 사람의 분위기를 넘어 거의 원주민인 베르베르족 느낌이 들 정도로 모로코적인, 너무나 모로코적인 사람이었다. 실크 히잡 하나를 둘러도 그렇게 어울릴 수가 없었다.

이 뙤약볕에 광야를 수도 없이 오르내리며 길안내를 하면서 삶을 엮어 갔을 터인데, 걱정은 몸이 좀 약해 보인다는 점이었다. 하미드 영감님은

■골목시장에서 함께 늙은 상인과 나귀.

만나자마자 미란씨에게 모로코 아랍어와 불어를 섞어가며 속사포처럼 말을 쏟아냈다. 두 사람은 10년 만에 만난 오라비와 누이처럼 반가워했다. 한참 얘기 끝에 돌아온 미란씨가 우선 공동묘지가 있는 저 구릉 쪽으로 올라가 아래를 내려다보며 시장에 대해 설명하는 것이 좋겠다고 한다.

노인은 페스의 가이드 1호이자 미로와 같은 골목들 안에서 모르는 사람이 없고 무엇보다 무척 재미있는 사람이란다. 노인의 불편한 몸이 내심 신경쓰였지만 그 언덕배기를 일만 번쯤은 올라다녔던 듯 그야말로 다람쥐처럼 잰걸음으로 앞서간다. 첫째 부인의 아들이 둘째 부인보다 나이가 많다는 미란씨의 귀띔이 알 만했다. 그리고 칠십이 다 된 영감으로 생각했는데 이제 예순을 갓 넘겼다고 했다. '파노라믹'이라고 불린다는 구릉쪽에서 메디나를 보니 공중에서 커다란 벌집 하나가 그대로 내려와 살포시 앉아 있는 형국이었다.

저 아래 골목시장은 형성된 지 천 년이 넘었고 스페인의 안달루시아 쪽에서 이주해온 사람들이 동편에, 튀니지의 카이로우안 쪽에서 온 사람들이 서편에 자리를 잡아, 말하자면 우리네 옛 집성촌처럼 안달루시아 지역, 카이로우안 지역으로 나뉜다고 했다. 두 지역 간에 분쟁은 없냐고 물었더니 그런 것 일절 없다며 하미드 씨는 손가락으로 하늘을 가리킨다. 모두 다 하나의 신의 자손이라는 뜻일 게다.

골목의 숫자는 대략 8천 개에서 9천 개 사이. 어떤 여행 책자에는 만 개가 넘는다고 쓰여 있기도 하지만 정확한 숫자는 아무도 모른다고 했다. 주요 입구나 출구 같은 것도 따로 없어서 골목으로 발을 들여놓는 순간 정신을 바짝 차리지 않으면 안 된단다. 과연 그러했다. 한 골목으로 들어서는 순간 그곳은 전혀 다른 세상이었다. "지금 막 중세로 들어오셨습니다." 미란씨가 나를 돌아보고 웃으며 그렇게 말했는데, 그도 그럴 것이 우선 층을 올린 현대적 건물이 전혀 눈에 띄지 않았다. 3층 건물도 보기 드물게 나지막한데다 사람들이며 짐을 싣고 가는 나귀 등으로 붐비는데도 전혀 소란하지 않았다. 여기저기서 상인들이 하미드 씨에게 아는 체를 했다. 웃고 떠드는 것은 주로 관광객들이고, 같은 업종을 나란히 하고 있는데도 이리 오라고 소리를 지르는 법이 없다. 그저 눈이 마주치면 살짝 웃으며 들어오라는 시늉을 하는 정도다.

가게는 그야말로 만화경. 그중에서도 눈길을 끄는 것은 현란하고 아름다운 향신료집이며 수공예 색채품들이었다. 압도적인 것은 화려하고 세련된 그리고 정교하기 그지없는 모로코식 모자이크 타일 젤리지Zellij와 도자기, 아랍 신발과 거울이었다. 기하학적 모양과 아라베스크 문양, 꽃과 식물 무늬 등 모자이크 타일의 아름다움은 거의 숨을 죽이게 할 정도였다. 규모가 큰 공장들은 주로 시장 외곽에 있다고 하는데 가정용품, 사무용품, 젤리지를 파는 가게들이 시장 안 군데군데에서 눈길을 끌었다. 색깔과 문양을 짜맞추는 노련한 장인들의 솜씨에 벌린 입을 다물 수 없을 지경이었다.

아름답기는 갖가지 금속공예나 가죽공예, 목공예 제품 그리고 우리네 옛날식 자수 같은 수예품들 또한 마찬가지였다. 하미드 씨는 매양 저만치 앞서가며 우리를 기다려주었는데, 눈치 빠른 미란씨는 내 발걸음을 재촉하는 대신 "늘 색채 있는 가게 앞에서 머무르시네요"라고 웃었다. 다만 살짝 야단치기를 "이렇게 보시다가는 삼박사일도 부족할걸요" 하는데 과연 그럴 것 같았다. "저 화려하고 맑은 색깔들은 어떻게 내는 걸까요. 저게 모두 다 자연색인가요?" 하고 물으니 색을 전문으로 하신다면서 비전문가인 제게 물으면 어떻게 하느냐며 다시 웃는다. 아무래도 색채 공부를 하려면 이쪽으로 와야 되겠다고 했는데 이번에는 말이 없다. 나중에 천년을 지속해왔다는 가죽 염색을 위한 수많은 색채 웅덩이를 보고서야 그녀의 무표정을 이해할 수 있을 것 같았다.

저 아름답게 보이는 색채가 만들어지기까지의 과정은 그야말로 지옥이었다. 말하자면 색채 지옥. 뙤약볕에 웃통을 벗어젖힌 사내들이 하루종일 각색의 염색 웅덩이에 가죽을 넣어 비벼 밟고 널어 말리는 고행을 계속하는데, 그들이 숙식하는 공장 옆 벌집들도 지옥이긴 마찬가지로 보였던 것이다. 한두 평이 될까 말까 한 벌집들에 박혀 웅크려 잠을 자고 대충 끓여 먹으며 기약도 없이 그 독한 냄새 속에서 고행을 계속한 끝에 저토록 현란한 가죽 신발이며 장신구들이 나오는 것이었다. 냄새, 그러고 보니 비로소 미로 시장은 온갖 냄새들로 가득한 곳이기도 했다. 색깔들에 눈을 빼앗겨 냄새는 뒷전이었던 것이다. 온갖 향신료 냄새에 생선기름 냄새며

모로코 기행
아라비안나이트의 나라 모로코. 건축과 음악, 종교와 자연으로 황홀한 곳.

갖가지 염료 냄새, 유황 냄새 등이 뒤섞여 금세 옷이며 목덜미에까지 배어드는 느낌이었다. 비로소 정말 대단하다 싶었다.

"이 무슨 냄새죠? 참 특이하네요" 하고 물었더니 미란씨가 환하게 웃는다. "사람들이 제일 먼저 하는 질문을 나중에 하시네요"라며 설명 자체가 복잡하단다. 다만 다른 관광객들이 고약한 냄새, 역겨운 냄새, 심지어 토할 것 같은 냄새라고 하는 데 반해 '특이한 냄새'라고 해주어 고맙단다. 세상에 별 고마움도 다 있다 싶은데 아내가 끼어든다. 그냥 '문화의 냄새'라고만 알라고. '어휴, 저 얄미운 똑똑새' 싶은데 사실 그 말이 맞긴 하다. 뭐라 꼬집어 말할 수 없는 총체적인 냄새였기 때문이다. 이야기하는 사이로 비단 같은 것을 잔뜩 실은 당나귀 한 마리가 천천히 내 곁을 지나간다. 크고 순한 눈망울로 힘겹게 발걸음을 떼어놓는 모습에 가슴이 찡해진다. 여윈 등뼈를 보니 이 골목을 저 무거운 짐을 지고 얼마나 다녔던 것일까 싶다.

다른 한 골목으로 들어서니 거기는 전혀 딴 세상이다. 발이 묶인 닭과 거위며 고양이, 토끼가 보이고 한쪽에 쌓아놓은 무화과며 향신료며 마늘도 보인다. 한 사내가 햇빛에 번쩍 넙적한 칼을 들어올려 도마에 닭을 올려놓고 턱 치는 것을 보아, 그리고 한쪽에 기름솥이 끓고 있는 것으로 보아 직접 잡아 요리를 해주는 성싶은데 설마 고양이까지야 싶다. 비위가 강한 나도 조금은 역한 느낌이 나는데 눈치 빠른 미란씨가 "커피 한 잔 하실까요" 한다. 하긴 점심시간이 지나도 한참 지나 있었다.

커피나 한 잔, 그리고 보니 서울에서 조석으로 지인들과 전화로 나누던 안부 인사 같은 이 말이 이토록 그리운 말이 될 줄은 미처 몰랐다. 갑자기 커피 생각에 머리가 하얘질 지경이었다. 골목 안 작은 식당으로 들어가 미란씨가 타진과 쿠스쿠스 대신 금방 구워낸 듯한 황토색 빵 홉스를 한

(위에서 아래로) ▪'붉은 도시'라는 이름으로 불리는 마라케시. ▪골목시장 안의 골동품점. 값싸고 진귀한 물건들로 가득차 있다. ▪골목시장 안의 향신료집.

바구니 시켰다. 하미드 씨는 약간 느끼해 보이는 하르샤harcha라는 빵을 하리라harira라는 이름의 수프와 함께 따로 주문해 올리브 기름이랑 살구 잼을 살짝 발라 먹었다. 원래 이곳 사람들은 점심을 '라흐다La-ghdh'라 해서 하루 중 가장 중요하고 푸짐하게, 마치 무슨 의식을 치르듯 먹는다 했지만 우리로서는 바삭한 홉스 빵에 진한 아랍 커피가 가장 입맛에 맞았다. 라흐다를 누구와 함께하느냐를 중요시하기 때문에 두세 시간씩 가게 문을 닫고 일부러 집에 들어가 가족과 함께 식사하고 오는 사람들도 많다고 한다.

네팔 여행중에도 한 힌두인에게 비슷한 얘기를 들은 적이 있는데 거기는 한술 더 떠서 누구와 함께 식사하느냐에 따라 일종의 사람의 '기氣' 같은 것이 서로의 몸으로 음식과 함께 흘러들어가고 나오며 넘나들기 때문에 식사 의식을 대단히 중요하게 생각한다고 했다. 그러고 보면 아무나 보고 그저 말인사로 "언제 식사나 한번 하자"고 할 일이 아니었다. 문화권에 따라서는 자칫하다 "언제 살이나 한번 섞자"는 뜻으로까지 비약될 수 있을 것이기 때문이다.

식사와 함께 나오는 '아타이Atay' 차는 박하향이 좀 메스꺼운 속을 진정시켜주는가 싶긴 한데 너무 달달했다. 좀 썼으면 싶건만 이미 다디달게 만들어 나와버리는 바람에 속수무책이었다. 뜨거운 날씨 탓에 이런 단맛이 필요했는지도 모르겠다. 그러고 보니 모로코의 햇빛 속에는 당질이 잔뜩 섞여 있는 느낌이었다. 혀를 내밀면 햇빛 알갱이 속에 설탕 알갱이가 녹아드는 것 같았다. 하지만 커피맛만은 정말 일품이었다. 금방 들들들 원두를 갈아 내오는데 한 모금 들이마시면서 '아' 싶었다. "그러고 보면……" 한 모금을 아끼듯 머금어 삼키며 말했다. "서울의 길거리 무슨 무슨 체인 같은 데서 마시는 커피는 커피도 아니야. 그냥 담배꽁초에 물

부은 거지"라고 했더니 아내가 눈을 흘긴다. 무슨 표현을 그리 심하게 하느냐고.

어찌됐거나 북아프리카 여행중에 커피의 진수는 여러 번 체험했다. 주류 수입이 제한된 지역이다보니, 그리고 오랫동안 프랑스 통치하에 있다보니 커피 문화가 정말 잘 발달한 것 같은데 뭐랄까, 금방 텃밭에서 뜯어온 먹거리로 만든 음식처럼 그야말로 커피의 맛이 '살아 있는' 느낌이었다. 다만 아쉬운 것은 너무도 오랜 세월 커피를 마셔왔음에도 나는 이 '살아 있는' 맛을 거의 체험하지 못한 채 '죽은 맛'만을 맛보며 지내왔다는 점이었다. 원주민들로부터 사들여 자본의 굴레를 몇 바퀴 돌면서 그렇게 된 것인데, 서울에서 점심 무렵이면 그 죽은 커피 한 잔씩을 무슨 겉멋인 양 들고 신호를 기다리는 젊은이들이 안됐다 싶을 정도였다. 그런데 아뿔싸, 맞은편 하미드 선생은 그 아까운 커피에 설탕을 한도 없이 넣고 있다.

아니 웬 설탕을 저렇게나…… 하고 말하려는데 갑자기 낭랑한 아잔 소리가 들려온다. 어디 먼 천공에서라도 울려퍼지는 듯한 소리는 내려앉으며 삽시간에 주변을 제압해버리는 위엄이 있었다. 지금부터 낮 기도 시간이라는 것이었다. 이 좁은 골목 안에 기도처가 있느냐고 묻자 시장 안 몇군데에 이슬람 예배당이 있다고 한다. 주변이 고요해지자 덩달아 관광객들의 테이블에서도 대화가 속삭임으로 바뀐다. 달그락 식기 놓는 소리 정도가 들릴 뿐인데다 둘러보니 그 많던 사람들이 어디론가 사라져버리고 없다. 너무도 순식간에 일어난 일인데다 이 과정이 하도 자연스러워 눈치채지 못했을 뿐이다. 비로소 왜 같은 업종을 하면서도 이리 오라고 소리치지 않았는지, 이 거대한 시장 안에 다툼 소리 하나 없었는지 이해될 것 같았다. 내 생각을 미란씨에게 말하니 그렇다고 했다. 손님이 내 가게로만 오면 형제는 어떻게 먹고살겠냐는 배려 때문이라는 것이었다. 누가 가르치는 거냐고 했더니 바로 저 소리란다. 석양의 아잔 소리는 왠지 구슬퍼서 애곡哀哭같이 느껴지고, 새벽의 아잔 소리는 너무도 경건해 차마 하루치 인생의 발걸음을 함부로 떼기도 어려울 정도의 느낌을 주는데, 한낮의 아잔은 뭐랄까 등을 떠밀고 손을 잡아주는 노동요 같은 느낌으로 다가온다. 식당을 나와 다시 좁은 골목으로 접어들 때까지 혹은 멀리 혹은 가깝게 아잔 소리는 가랑가랑 이어진다.

벽에 부딪치고 골목을 휘돌아오며 그렇게 귓전을 떠나지 않는데, 잊지 마라! 잊지 마라! 신을 잊지 마라! 하고 존재감을 일깨워주고 있는 것 같았다. 확성기를 타고 울리는 남자의 목소리는 참으로 청아하고 맑고 기품이 있었다. 거기다 느리고 적절한 곡조를 타서 마치 서늘한 바람 같기도 하고 살갗을 애무하는 손길 같기도 하다. 간혹은 마치 명창 임방울의 애원성 같은 느낌마저 있다. 아잔 소리에 감탄하면서 살짝 이슬람 문화가 좋아지려는 순간 3층 정도 높이에 굵은 쇠창살을 박은 작은 창이 눈에 들어왔다. "저기까지 어느 도둑이 올라갈 거라고 저렇게 해놨을까요?"라고 물었더니 그게 아니란다. 아주 오래전 여자가 밖을 내다보도록 되어 있는 창이라는 것. 그 설명을 듣고 비로소 이중창에 쇠창살을 덧대어 박아 만든 그 창을 보니 소름이 돋는 것 같았다. 그러고 보니 왜 천편일률, 예배당의 아잔은 남성의 목소리인가 싶었다. 왜 여성을 저토록이나…… 하는데 미란씨가 지나가는 투로 받는다. "너무, 아름다워서겠죠. 너무 아름다워서……" 그 말을 나는 이해할 것도 같았다.

어느 해 한여름 이란을 여행할 때 온몸을 검은 천으로 둘둘 말고 다니는 여인들이 하도 안돼 보여 현지인에게 비슷한 질문을 던졌을 때도 비슷한 대답이 돌아왔던 것 같다. 코란은 죄는 눈으로부터 오는 것이니 눈을 조심하라고 이르고 있는데, 여인의 지나친 아름다움이 죄를 유발할 수 있다는 설명이었다. 내가 보기에도 잠시만 바라보아도 빨려들 것 같은 아름다운 눈을 가진 여인들이 도처에 있었다. 눈이 그럴진대 몸의 많은 부분을 노출하고 다닌다면 아닌 게 아니라 죄 되는 행위까지는 몰라도 생각은 누구도 통제할 수 없을 것이다. 말하자면 죄를 유발하는 요소를 원천봉쇄한다는 것인데, 마초이즘을 넘어 다분히 파쇼적이 아닌가 싶다. 어쨌거나 자본주의 사회에서는 아름다움이 그대로 면죄부가 될 수도 있는데 이슬람에서 여인의 아름다움은 한사코 억제하거나 감추어야 할 그 무엇이었던 것이다. 아름다울수록 남성의 눈길이 머무를 수 있어 그 걸음마저 빨리 걸어야 한다니 기가 막힐 노릇이었다. 그럴 수 있느냐니까 그럴 수 있단다. 우리네 조선 사회만 하더라도 여염집 아낙은 민낯을 내놓지 않고 한사코 천을 뒤집어써서 가리지 않았느냐고. 여인은 발목을 보여서도 안 되는 것이기 때문에 오뉴월 염천에도 버선을 신어야 하지 않았느냐고 한다.

　말하는 중에 문을 만드는 한 목공소에 이르렀다. 내 눈이 반짝하는 것을 이 노련한 가이드는 놓치지 않았다. 잠시 시계를 보더니 잠깐만 들어가보잔다. 그런데 좁은 문을 들어서서 꼬불꼬불한 회랑을 기역자와 디귿자로 돌자 거기 놀라운 풍경이 펼쳐져 있었다. 단순한 목공소가 아닌 이른바 앤티크 숍이었고 도자기며 그림, 카펫, 장신구까지 없는 것이 없었다. 광활할 정도의 공간에 단골 고객들인 듯 부티나는 외국인들로 북적였다. 아내는 식탁이며 가죽소파에 눈길을 주며 쓰다듬고, 나는 빈티지 스타일의 오래된 문들에 홀리기 시작했다. 우리 금강송 재질과는 약간 달라 보이는데 오래된 나무의 자연 무늬도 그렇거니와 정교하게 짜맞춘 격자 모양의 문살들과 컨템퍼러리하고 미니멀한 그 디자인들에 모자를 벗고 싶을 지경이었다. 그 오래전에 저토록 훌륭한 디자인이라니 싶었다. 새삼

(시계 방향으로) ■페스 안의 형형색색 가죽제품점. 눈물겨운 노동 끝에 꽃처럼 피어난 것들이
다. ■만화경 속 같은 미로 시장의 가게들. ■여자들의 창窓. 여자들은 여기를 통해 바깥세상을
본다. 하지만 창이라기보다는 감옥 같다는 느낌이 든다. ■그 밤에 먹었던 모로코식 성찬.

이슬람 문화에 대한 경외감에 옷깃을 여미고 싶을 지경이었다.

미란씨는 계속 시계를 보았지만 다양한 나무문들 사이에서 나는 눈길을 떼지 못하고 있었다. 그런 내 모습을 놓치지 않고 기름이 자르르 흐르는 검은 양복의 젊은 남자가 다가와 계산만 하면 선박을 이용해 전 세계 어디나 보내드릴 수 있다며 세계 각처의 구매자 계약서 비슷한 것을 보여주었다. 나는 뒤지고 뒤져 두 개의 창호와 커다란 문 한 개를 택해 흥정을 시작했는데 예상했던 대로 마지막 순간에 조용히 아내가 끼어들었다. 어디다 쓸 거냐는 것이었다. 쓰임새를 생각하고 고른 것은 아니었기 때문에 대꾸하지 않은 채 지갑을 열어 카드를 꺼내려고 하는데 이번에는 큰아이가 나섰다. 내가 북아프리카 여행을 계획할 때 "사진은 제가 찍어드릴게요" 하며 너무도 자연스럽게 끼어드는 바람에 함께 오게 되었는데, 비행기를 타면서 얼핏 이번 여행의 구도가 좀 기우뚱하겠구나 싶었는데 아니나다를까였다. 주로 물건 구매를 놓고 대립각을 세운다 싶으면 슬쩍 제엄마 쪽으로 서는 것이다. 그런데 점잖은데다 중립적인 언어를 쓰면서 저쪽 편을 들어버리는 바람에 삽시간에 내 쪽이 막무가내 철없는 아이처럼 되어버려 대놓고 화를 낼 수도 없는 지경이 되곤 하였다. "저 문은 제가 보기에도 정말 훌륭하네요. 어쩌면 저렇게 디자인이 아름답죠? 그런데요 아빠……"

부엌에서 권력 난다더니 한 달도 못 되는 북아프리카 여행중에 이런 식으로 아내 손을 들어주기 여러 번이었다. 이런 구도를 즐기는 듯 대립각이 설 때마다 아내는 조용히 화두만 던져놓고 뒤로 빠지면 국가대표 축구선수 나서듯 뒷수습은 녀석이 한다. 물론 아내 쪽으로. 하기는 그러지 않았던들 나라를 돌 때마다 끌어들인 잡동사니들로 화물차라도 빌려야 했을 것이다. 떨어지지 않는 발걸음을 뒤로하고 다른 골목으로 들어서니 이

하얀 궁전
모로코의 햇빛 알갱이들이 하얀 벽에 부딪히며 빛난다.

번에는 수제품 거울집이다. 검은색과 흰색의 모자이크 자개를 두른 크고 작은 거울들이 다시 팽팽히 눈길을 잡아끈다. 평소 자개류에 별 호감을 갖지 않은 나였지만 그 아름다운 디자인에는 홀딱 반할 지경이었다. 마치 수십 명의 미인들이 늘어서 있는 듯했다. 나는 역시 크고 작은 거울 세 개를 골라놓고 두 사람을 향해 힘주어 눈길을 보냈다. 나서지 말라는 신호였다. 그런데 작은 것 두 개는 핸드캐리가 가능한데 만만치 않은 크기의 다른 하나가 문제였다. 그렇다고 자존심상 취소할 수도 없는 형편인데 미란씨가 그냥 사시란다. 종합검진도 할 겸 두어 달 후 서울로 갈 생각인데 그때 가져다드리겠다는 것. 그렇게 해주면 고맙겠다고, 오시면 맛있는 것을 대접하겠다고 하고 큰 것을 두고 나왔다(거울은 정확하게 두 달 만에 그녀를 통해 내게 전해졌는데 미란씨는 식사를 정중히 거절하고 통화만 한 채 다시 모로코로 떠나버렸다. 지금 생각해도 미안하기 그지없다).

몇 시간을 돌았는데 시장은 결국 전체의 3분의 1도 채 못 본 것 같았다. 시장을 나오면서 문득 이슬람 문화에 대해 경외감을 넘어 두려움 같은 것이 들기도 했다. 번번이 거대 제국 미국과 무모해 보이는 듯한 싸움을 벌이는 그들의 저력이랄까 내공을 엿본 것 같았기 때문이다. 시장 하나가 천 년을 이어오며 저토록 살아 있다면 인류사에 최종적으로 남겨질 문화는 어느 쪽이겠는가 싶은 관점에서의 두려움이었다.

시장을 나오니 해가 설핏하다. 내가 시간을 잡아끄는 바람에 미란씨의 일정은 엉망이 되어버렸으나 많은 대화가 유익했다고 말인사를 해주어 그나마 면피가 되었다. 그런데 나야말로 이 유서 깊은 골목시장의 만물상 구경과 생생 튀는 대화들이 유익했다. 유럽의 밴질밴질한 박물관 몇 개를 보는 것 이상의 생동감이 있었다. 한 나라의 문화를 이토록 날것으로 체험하기 쉽지 않은 까닭이다. 그래서 권하고 싶다. 이슬람을 알려면, 아니 어느 문화권이든지 제대로 알고 이해하려면 박제된 박물관보다는 재래시장으로 가라고. 그중에 제일은 페스의 이 미로 시장이라고. 물건을 팔기보다 시간을 파는 수크의 모래시계 장터에서 느리게 걸어보라고. 인생의 길을 잃은 사람일수록 그 미로 속에서 다시 길을 찾아 나설 일이라고.

지금도 가끔씩 그 미로 시장이 몽롱하게 떠올라올 때가 있다. 대체로 이런저런 일로 신경줄이 곤두서 있거나 후줄근하게 지쳐 있을 때다. 아니면 추적추적 내리는 비를 바라보며 우울감 같은 것에 휩싸여 있을 때다. 그럴 때 페스의 그 골목시장을 떠올리다보면 등줄기에 서늘한 죽비가 내리듯 정신이 번쩍 드는 것이다. 시장에서 스치고 만난 그 많은 얼굴들은 한결같이 밝고 생동감 있었다. 대체로 시장이 그렇다 하더라도 조금 더 특별했다. 더구나 누구나 멈춰 있지 않았다. 계속해서 정중동의 움직임이 있었던 것이다. 고요함, 부지런한 움직임, 친절함, 따뜻함…… 그러면서도 눈에 보이는 삶에 대한 어떤 단호함이나 견고함 같은 것이 있었다.

이 모든 신비에 대해 한 이슬람 학자에게 물어본 적이 있었다. 대답은 이러했다. 자신의 삶 자체를 신의 관점에서 보기 때문이라는 것이다. 그러면서 이렇게도 말했다. 동시에 문제는 자신이나 공동체를 통째로 신의 소유물로 보려 한다는 것이다. 어쨌거나 자신의 삶을 신의 것, 신의 소유로 생각한다면 햇빛과 비에 따라 웃고 우는 일은 훨씬 줄어들리라. 한여름 페스의 시장을 돌고 온 일이 가끔은 거대한 성전에 참배를 다녀온 듯한 느낌이 들 때도 있다. 그런 면에서 가죽 제화공도, 타일 만드는 사람도, 향료 파는 사람도, 문짝 짜는 사람도, 심지어 닭 잡는 사람도 내게는 성직자로 떠오른다. 묵묵히 인생이라는 성직을 이행하고 있는 사람들로 말이다. 미로 시장의 늙은 가이드 하미드 또한 마찬가지다. 함께 가이드 일을 시작했던 세 친구 중 하나는 호텔을 두 개나 갖게 됐고 다른 한 친구는 국회의원이 되었지만 자기는 술과 여자를 너무도 좋아해 돈을 모으지 못한데다가 두번째 부인이 낳은 어린 아들을 위해 지금껏 이 일을 하고 있다고 하면서, 그래도 매일이 즐겁다고 했다. 이 일이 아니었으면 멀리 '꼬레'에서 온 당신을 어떻게 만났겠냐며 그는 이렇게 작별 인사를 했다. "세라비! 이것이 인생입니다." 이러고도 시장이 성당이 아니겠는가.

페스   페스는 9세기 초 모로코 최초의 왕조인 이드리스 왕조에 의해 처음 수도가 되었다. 이후 14세기까지 계속 번성하며 많은 모스크가 세워지고 대학이 조성되었다. 당시 10만 가구 이상이 거주하는 거대 도시로 성장했지만 1912년 프랑스의 지배를 받게 되면서 수도가 라바트로 옮겨졌다.

페스는 크게 세 구역으로 나뉜다. 모로코에서는 도시의 중심지역을 '메디나'라고 부르는데 페스의 메디나인 페스 엘 발리는 유네스코 세계문화유산으로도 등재되어 있다. '세계 최대의 미로'라고 불리는 메디나는 약 9천 여 개의 좁은 골목으로 이루어진 도시다. 좁은 골목 안쪽으로 350개의 모스크, 대학 터, 시장, 학교와 이슬람 사원 등 각종 시설이 들어서 있다. 한때 세계 최고의 품질을 인정받았던 모로코 가죽의 원단을 생산하는 공장 '태너리tannery'도 바로 이곳에 있다. 또다른 구역은 페스 엘 제디드로 왕궁과 유대인 지구인 멜라가 자리해 있고, 마지막은 페스 빌 누벨로 20세기에 새롭게 건설된 신시가지다.

모로코의 도시는 대부분 성채를 중심으로 자연지형 그대로 발달한 것이 특징이다. 이처럼 도시가 미로를 중심으로 발달한 것은 성채가 함락되더라도 적군이 한꺼번에 들어올 수 없게 하기 위한 방어전략이었던 셈이다.

이슬람 사원에서 가죽공장 태너리까지

　이집트, 모로코, 튀니지, 그리고 이란, 시리아, 터키, 요르단 같은 곳을 다니면서 외국인 가이드로부터 거의 매일이다시피 안내를 받으며 찾아다 닌 곳은 이슬람 사원들이었다. 이건 이래서 유명하고 저건 저래서 유명하 니 반드시 봐야 된다는 것이었다. 거기에 왕궁들까지 곁들이다보면 슬슬 지치게 되는데 무슨 무슨 연대며 왕의 이름을 딴 거리 이름까지 기억하려 면 보통 고역이 아니다. 여행자의 눈에는 그게 그것 같고 매양 봐도 비슷 한데 말이다. 하긴 그쪽에서 온 관광객을 데리고 다니며 여긴 불국사, 여 긴 해인사, 여긴 화엄사, 여긴 부석사 하며 데리고 다닌다거나 여기는 세 계 최대 교회인 여의도 순복음교회, 여기는 유서 깊은 장로교회인 영락교 회, 여긴 세계 최대의 침례교회 하며 며칠씩 안내한다면 아마 그들도 나 가떨어지지 않을까 싶다.

　하지만 아랍이나 북아프리카인들은 결코 지치는 법이 없다. 무슬림인 그들로서는 한사코 사원으로 안내하려 한다. 영혼과 지성의 최고 장소요, 자랑이라고 생각하기 때문이다. 그래서 각 지역마다 대표급 이슬람 사원

왕궁의 여름
왕궁의 이 문 저 문으로 여름의 기운이 흐른다.

만도 백 개가 넘을 정도라 한다. 그런데 한 가지, 이슬람 사원들을 둘러보면서 누구라도 놀라게 되는 것은 그 건축적 아름다움이다. 그리고 색색의 모자이크로 이루어진 첨탑들이다. 그 첨탑인 미나렛을 돌아 공명하며 울려나오는 아잔 소리는 독특한 아름다움이 있다. 모로코 역시 유서 깊고 아름다운 사원들이 즐비하다.

카사블랑카 어디에서나 보이는 아름다운 하산 2세 사원과 열주들 그리고 라바트의 하산 탑과 모하메드 5세 묘, 라바트 왕궁, 마라케시의 바히아 궁전과 저 유명한 쿠투비아 모스크……

그런데 이슬람 신전을 드나들면서 발견한 두 가지 사실이 있다. 첫째는 문門의 아름다움이다. 그야말로 혼신을 다해 문을 치장했다는 느낌을 매번 받는다. 두번째는 다 알려진 바지만 건축물 자체의 장식이나 치장을 뺀 그 어떤 이슬람적 상징이나 형상을 찾아보기 어렵다는 점이다. 사람이나 동물의 형상은 물론이거니와 역사적 기록의 형상물도 찾아보기 어렵다. 끝없는 문양의 연속일 뿐이다. 잘해야 나무나 풀 정도를 연상해볼 수 있을 뿐 모자이크에 의한 추상적 문양만이 계속되고 있는 것이다.

진리는 문자로 전할 수 없다는 것일까. 그야말로 불립문자인 셈이다. 문제는 그 모양과 색채들이 지극히 아름답다는 것인데, 그렇다면 형상 없는 아름다움이야말로 이슬람이 추구하는 진리의 하나일까 싶다. 언젠가 최고 권위의 이슬람 학자 중 한 사람인 이희수 교수에게 불쑥 물었다. 이슬람교의 형상은 무엇이냐고. 형상과 심벌이 없는 경전만의 종교는 사멸해가는 운명을 면하기 어렵기 때문이었다. 도교가 그렇고 유교 또한 그 점에서는 크게 다르지 않다. 물론 이슬람교의 상징을 초승달로 내세우기는 한다. 그러나 막상 사원 내부의 모자이크화 중에는 초승달 모양마저 보기 어렵다. 아니 없다시피 하다.

■ 모로코의 아름다운 문들.

　나는 이교수에게 단정적으로 이슬람의 상징은 사원 건축 자체이며 그 중에서도 문이라고 말했다. 이교수는 웃으며 처음 듣는 얘기라고 했다. 왜 사원이고 특히 왜 문인가에 대한 내 나름의 견해를 피력했더니 조용히 고개를 끄덕였다. 내가 다녀본 바에 의하면 구시가지 메디나와 신시가지 역시 사원의 문처럼 문을 사이에 두고 나누어지지 않느냐, 페스 같은 경우 메디나의 문 하나를 통과하는 순간 천 년 전으로 돌아간 느낌이 들 만큼 확연히 다르지 않더냐. 우다야 성채의 문을 통과하는 순간 전혀 다른 세상이 거기 펼쳐져 있지 않던가. 요컨대 문이 단순한 문이 아니라 그 문을 통과하는 순간 '속俗'과 '성聖'이 나뉘며, 현세와 내세가 나뉘고, 죄와 성화가 나뉜다고 보았던 것이며, 무엇보다 그 문은 순간과 영원을 나누는 문이기 때문에 문이 최종적인 이슬람의 상징이라고 생각한다고, 그것은 경전이 아닌 내가 발로 걸어다니며 얻은 것이라고 했다. 그렇기 때문에 사원에 들어가 이슬람의 심벌이나 상징을 찾으려는 것은 헛된 일이라고.

터키만도 백 번 이상을 다녀온 이교수는 고개를 끄덕이며 내 의견을 수용했다. 과연 그렇다고. 학자가 보지 못하는 것이 화가의 눈에는 보이는군요, 하면서 고개를 끄덕였다. 정답이 있는 것은 아니겠지만 다니면 다닐수록, 보면 볼수록 이슬람의 상징이 문이라는 내 확신은 더해만 갔다. 성전으로 확산되어 세간으로까지 퍼져 아무리 남루하고 가난한 집이라도 문만은 정성을 들여서 꾸미고 칠하는 것만 봐도 그렇지 않을까 싶다.

페스에도 물론 도시의 심장부에 그들의 자긍심인 카이루인Qairouin 모스크가 있다. 8세기에 설립되었다는 이 크고 오래된 모스크에서는 새벽과 한낮과 저녁이면 시내를 향해 아잔 소리가 퍼져나간다. 그런데 이 아름답고 거룩한 장소에서 그리 멀지 않은 곳에 가죽 염색공장 태너리가 있다. 중세 때와 똑같은 방법으로 당나귀가 한 짐 가득 가죽을 날라오면 웃통을 벗은 소년과 사내들이 그 가죽을 무두질해 흙탕물 같은 염료 구덩이에 넣고 무수히 밟아 물을 들인다. 페스에 오기 전 이 수많은 채색 물구덩이들을 공중에서 촬영한 화면을 보면서 정말 아름답다고 탄성을 질렀는데 현장에 다가가보니 감탄을 거두들이고 싶었다. 숨이 컥컥 막히는 땡볕과 코를 찌르는 악취 속에서 잡혀 온 노예들처럼 수많은 남자들이 일을 하고 있었던 것이다. 화면으로 봤을 땐 색색의 팔레트처럼 파스텔톤으로 아름답던 그 웅덩이들은 가까이 가서 보니 우선 더럽기 그지없었다. 저 속에서 그토록 고혹적인 색깔이 나온다는 것이 차마 믿어지지 않을 정도였다. 끊임없이 가죽을 밟아 물을 들이는 사람들에게 시원한 얼음물이라도 한 잔씩 돌렸으면 싶건만 생각뿐이었다. 작업장 곁에는 벌집 같은 그들의 숙소와 여기저기 널려 있는 빨래와 식기 같은 것도 보인다.

그런데 정말 놀라운 것은 그들의 얼굴에서 보이는 어떤 신앙심 같은 것이었다. 눈길이 마주치면 한결같이 온화하게 웃어준다. 더이상 땀을 짜낼

수 없을 만큼 바싹 마른 몸매가 오히려 찬란하고 아름다워 보일 만큼 육체를 넘어선 정신의 숭고 같은 것이 슬쩍슬쩍 엿보이는 것이었다.

　나중에 설명을 들으니 이 일이 알라께서 내게 주신 일이고, 그래서 기쁘게 열심히 해야 하는 것이라고 믿기 때문이란다. 일종의 '콜링' 즉 신의 부르심으로 생각하고 그 일을 한다는 것이며, 그토록 힘들게 열심히 그리고 정직하게 일하는 한 알라께서 내세에 반드시 보상해주리라는 생각들을 가지고 있다는 것이다. 그 생각들이 너무도 견고해 나 같은 관광객에게도 환하게 웃어줄 수 있었으리라. 그런 면에서 내게는 긴 옷을 끌고 이슬람 사원에 있는 성직자들보다 태너리의 노동자들이 더 성직에 가까이 있는 것으로 보였다.

다시 아잔 소리가 울려퍼진다. 성과 속을 나누고 순간과 영원을 나누며 이 세상과 다음 세상을 나누는 소리가……

좋게 보면 가죽공장 노동자들에게는 일종의 노동요 같기도 하고, 나쁘게 보면 네 운명에 순응하라, 그것이 알라의 뜻이다. 불평일랑 마라, 신세를 한탄하지도 마라, 그저 감사하며 열심히 일하라는 감독관의 외침 같기도 하다.

가죽공장 옆 재래시장에는 노동자들이 열악한 환경 속에서 염색해 만들어낸 온갖 종류의 가방이며 신발, 장신구들이 산더미처럼 쌓여 있다. 문득 텔레비전 화면으로 보며 감탄했던 그 색깔들이 고와 보이지가 않는다. 눈물과 땀을 짜내어 발라진 것들이라는 생각 때문이었다.

이슬람 미술   낙타 상인으로 동서 세계를 오가며 활발한 무역활동을 해 온 아랍인들은 그리스, 로마, 이란, 인도, 중국 등 세계 각지 문화를 이슬람교라는 체계 속에 잘 녹여 수준 높은 이슬람 문화를 만들어냈다. 이슬람 문화에는 사람이나 동물을 그려서는 안 된다는 금기가 있다. 이는 우상숭배에 반대하는 전통을 유지하기 위함으로, 이 금기를 제외하고는 표현의 자유에 별다른 제한은 없다.

이슬람 건축을 대표하는 모스크는 둥근 지붕과 뾰족한 탑을 특징으로 하며, 내부는 아라베스크 문양으로 장식한다. 매일 많은 군중을 수용해야 하는 모스크는 이슬람 도시에서 제일 규모가 크고 아름답게 치장된 건물이다. 인도 델리의 타지마할과 터키 이스탄불의 블루 모스크 등이 대표적이다. 모스크를 장식하는 아라베스크는 이슬람 교리에 따라 인물이나 동물의 조각상 대신 잎이나 꽃에서 따온 무늬를 우아한 곡선으로 연결한 독특한 장식 무늬를 말한다. 아라베스크는 르네상스 시대의 유럽에서도 유행하여 프랑스, 독일, 이탈리아 곳곳의 성당에 아라베스크의 영향이 아직도 남아 있다. 이렇듯 기하학적 문양을 반복적으로 배치하는 것을 흔히 테셀레이션이라고 한다. 동일한 모양으로 틈 없이 공간을 완벽하게 덮는 방식으로, 벽에 깔린 타일이나 모자이크를 예로 들 수 있다. 무슬림 수학자가 대수와 삼각법의 발달에 기여하여 기하학적 디자인이 담긴 예술작품이 등장하게 되었다.

또한 이슬람 회화에서 돋보이는 것은 미니아튀르(미니어처)다. 세밀화 혹은 장식화의 일종인 이 회화는 주로 책의 삽화로 쓰였으나 캘리그래피 등과 함께 책으로 엮이기도 했다. 13세기 이후 터키와 인도 무굴 왕조의 영향을 받았으며, 이후 중국 회화의 영향을 받아 황금기를 이루었다.

■인도의 타지마할과 타지마할 건축에 큰 영향을 준 무굴제국 4대 황제 묘소의 아라베스크 벽장식.

평화, 평화로다. 우다야 성채 안의 파란 대문들

솔로몬의 궁전이 이랬을까 싶다. 도시를 가로지르며 거대한 성곽이 이어지고 황토색 돌담의 가운데에는 육중한 문이 있다. 그 문을 들어서면 꿈결처럼 작은 골목과 집들의 또다른 오래된 도시가 펼쳐진다.

'라밧' 즉 라바트를 북아프리카의 파리라고 부르기도 한다지만, 이런 올망졸망한 올드 타운은 파리에서도 구경하기 어렵다. 거대한 고목나무를 중심으로 우리네 옛 고샅 같은 삼거리, 사거리가 이어지는가 하면 흑단나무 아래로 예쁜 가죽신과 가방이며 향신료를 파는 가게들이 연이어 있다.

모로코뿐만 아니라 북아프리카의 도시는 시간상으로도 신구로 나뉘지만 그 규모로도 둘로 나뉜다. 주로 왕궁과 신전을 중심으로 위압적이고 거대한 성채 건물들과 서민들이 사는 작고 단출한 가옥들의 거리로 나뉘는 것이다. 신적 권위와 왕권의 광휘를 건물의 위용이나 내부 치장을 통해 나타내고자 하는 마음들이 그렇게 거대성을 추구하게 만든 것일 터이다. 그러나 거대하면 거대할수록, 황금빛 치장이 화려하면 화려할수록 허무와 무상이 함께 느껴지는 것도 사실이다. 특별히 이름만 남은 왕들의

■졸고 있는 걸까. 왕궁의 근위병.　　■모로코 가정집의 아름다운 문.

궁은 그 화려함과 거대함에 반비례하면서 힘의 덧없음과 무상함을 느끼게 한다. 그에 반해 오히려 갖가지 정겨운 삶의 냄새가 묻어나는 오래된 카스바 골목들을 천천히 걸을 때 도시에서 몸의 신경계에 과부하가 걸려 옥죄어오던 긴장 같은 것이 풀려가는 것을 느끼게 된다. 신의 동네와 사람의 마을을 이원적으로 구분해놓았을 때 부딪쳐오는 그 어떤 것, 예컨대 신의 집인 신전에서 느껴지는 팽팽한 긴장이 주로 죄와 관련된 자아의 한 부분이 반응하는 것임에 비해 카스바의 동네에서는 그런 의식 자체가 없다. 오래되고 정겨운 작은 집과 고목들, 큰 나무 아래에서 무연히 쉬고 있는 노인이나 수줍게 비켜가는 소년의 눈동자 속에서 나는 오히려 신성 비슷한 것을 느끼곤 했다. 삶이 녹아 있는 그런 조용한 골목들을 거닐 때에 거기에 오히려 신령스러운 어떤 기운 같은 것이 녹아 있음을 느끼게 되는 것이다. 시간이 퇴적되어 누렇게 된 성채 안의 오래된 동네에 들어서는 순간 나는 확실히 그런 영적 평화 같은 것을 느낄 수 있었다. 조금 전 보았던 그 거대한 하산 탑이나 모하메드 5세 묘의 압도적 규모는 무덤덤했을 뿐 아니라 불편하기까지 했다.

왕들의 끔찍할 정도의 위용을 드러내는 궁전들은 어쩌면 어떤 종류의 두려움에 대한 위약 때문이 아니었을까 싶기도 하다. 현존의 위용과 광휘를 쌓아 미래의 불안과 두려움을 해소시켜보려 하는 그 어떤 안쓰러운 집착이 읽히기도 하는 것이다. 왕권뿐 아니라 신전 또한 크고 화려할수록 신적 권위가 함께 높아지는 것이라는 굳은 신념체계는 동서를 막론하고 의식을 지배하는 변하지 않는 한 패턴인 것 같다. 여행중에 심신이 데쳐 놓은 식물처럼 지치다보면 때로는 이 신전이나 왕궁의 거대함만을 계속 보고 다녀야 하는 것이 고통을 넘어 절망감까지 불러일으키기도 한다. 그래서 어쨌다는 것이냐는 반발 같은 것도 생겨난다.

이집트나 네팔을 여행하다 그런 비슷한 경험이 무슨 장애처럼 일어났던 경험이 있다. 여행 일정이 빽빽하게 이런 건물 순례로만 채워진 소위 '문화 기행' 같은 것의 덫에 걸려들 때면 '이크, 뛰자' 싶은 것도 그 때문이다. 아닌 게 아니라 대신 나의 아바타라도 보내고, 나는 느릿느릿 오래된 돌담의 골목이나 석양의 어촌을 걷고 싶은 심정이 되는 것이다. 대부분 그때 더 행복감과 평화를 맛보게 된다.

이상하게도 북아프리카에 와서는 확실히 더 그러했는데, 거대한 우다야 성채 안의 문을 지나 한적한 골목을 석양빛에 느린 걸음으로 걸을 때 어떤 영성에 비견할 만한 평화의 느낌이 고요히 파동쳐왔던 것이다. 깨달음을 얻은 '구루'나 '랍비' 같은 영적 스승들은 어쩌면 그런 작은 동네의 한 낡은 의자에 앉아 무연히 지는 해를 바라보고 있는 노인일 것만 같다.

아니 꼭 그런 맑은 지혜의 소유자가 노인일 필요까지도 없을 것이다.

문 앞의 여인
새파란 문이 여인을 감싸안는다.

조금 전 내 곁을 스쳐지나갔던 눈이 크고 맑은 소년, 부끄러움을 타며 지나쳐갔던 그 소년일 수도 있을 것이다. 어린아이의 순수함을 통해 하늘나라로 연결되리라는 사실은 이미 성경과 여러 경전에도 나와 있는 바니까.

성채 안의 작은 집들은 한결같이 하얀색과 푸른색을 조화시킨 문을 달고 있었다. 문에 온갖 정성을 기울이는 것은 아마도 그 많은 신전들의 영향 탓일 게다. 그러나 그런 주거의 문이야 일상 드나드는 것이어서 현세와 내세를 넘나든다는 상징적 구분 같은 것은 있을 리 없을 터, 사람을 맞아들이는 첫 얼굴이라는 점에서 모든 정성을 기울이는 것 같다. 이슬람 국가에서는 손님이 방문하는 것이야말로 알라의 축복이라고 여겨, 손님이 와도 변변한 응접 공간이 없는 가난한 사람들은 정성스레 문을 꾸미는 것으로 손님을 환대하고 조금 더 나아가면 아끼던 양탄자를 꺼내 바닥에 깔고 차를 대접하는 것으로 예를 표한다.

어쩌면 거대한 우다야 성채의 담으로 구획지어놓은 성과 속의 구분 속에서 내가 성채 안의 뒷골목을 걸으며 느낀 평안과 자유 그리고 잔잔한 기쁨 같은 것이야말로 이러한 분위기가 그 골목마다 흐르고 있기 때문이었다. 다시 말하건대 거대한 성당이나 교회당, 사찰이나 신전에 들어설 때마다 죄, 육신, 회개 같은 단어들이 먼저 머리를 쳐드는 통에 아직도 그런 것들에 붙들려 있는 나로서는 주눅이 들 수밖에 없는 처지인데, 북아프리카의 이슬람 신전들을 보면서도, 더욱이 공중 높이 솟아오른 미나렛을 올려다보면서도 그런 소외와 외로움 비슷한 것을 느꼈던 것이다. 신은 저 높은 곳에서 내려다보고 계시고 나는 이 땅에서 비루한 존재로 낮고 초라하게 서 있구나 하는 느낌 말이다.

그런 면에서 본다면 서울의 거대한 교회들도 엇비슷하다. 몇만 명씩 모여들어도 그 어떤 사람에게도 상처가 되지 않을 만큼 살그머니 빠져나가는 바람처럼 조심조심 다듬어진 설교, 이리 깎고 저리 다듬은 그런 설교들을 듣고 있다보면 매 주일 거대 종교회사 모임에 참석하고 있는 듯한 느낌이 살짝 드는 경우도 있는 것이다. 한사코 북아프리카에 와서 메디나의 수크(재래시장)나 살레(작은 도시), 그리고 카스바(성채 안 옛 도시) 너머의 작은 동네들 쪽으로 자꾸만 눈과 마음이 가는 것도 어쩌면 어렸을 적 뎅겅뎅겅 울리던 골목 안의 그 작은 교회당, 일하다 말고 행주에 손을 닦고 나를 불러 손잡고 그곳으로 향하던 어머니와의 추억, 이런 것들이 한몫하는 것 아닌가 싶기도 하다. 모든 인간을 규정하는 것은 13세 이전까지의 경험이라 하지 않던가.

오래된 성채 안의 그 골목을 돌아나오니 확 트인 물이 보인다. 바다일까 싶을 정도로 시원하고 넓은데 지도에는 '부레그레그 강'이라고 나와 있다. 사람들이 강가의 넓은 공터로 나와들 있다. 벤치에서 책을 읽는 히잡 쓴 여인이 보이고, 긴 담뱃대를 물고 있는 노인도 보인다. 무엇보다 생기 덩어리 같은 아이들이 까르르 웃으며 이리저리 몰려다닌다. 나도 벤치에 앉아 강을 바라본다.

아아, 사람의 동네에 이르렀구나 싶다. 어디서 오는 것인지 모를 고요한 기쁨 같은 것이 기분좋게 온몸으로 퍼져나간다. 뭐랄까, 모든 나뉘었던 것이 하나로 통합되는 기이한 느낌이 든다. 문득 이 행성에 살고 있다는 안도감 같은 것, 이슬람이면 어떻고 기독교면 어떠랴. 우리는 모두 이 행성의 가족이다. 조금은 위태로운 이 별에서 서로의 여윈 등을 맞대고 가끔은 고개를 돌려 서로의 안부를 묻는 그런 존재들이다.

평화, 평화로다. 우다야 성채 안의 그 작은 마을이여.

라 바 트   모로코의 수도 라바트는 카사블랑카에서 90킬로미터 떨어진 곳에

자리하고 있다. 1912년 프랑스가 모로코를 식민지배하게 되면서 수도를 페스에

서 대서양을 끼고 있는 라바트로 옮긴 이후 라바트가 모로코의 중심지로 발전하

였다. 카사블랑카가 모로코의 경제 수도라면, 라바트는 행정과 교육의 수도로 카

사블랑카 다음가는 대도시다. 인구 10만 이상이 사는 북아프리카 도시 중 가장 아

름다운 도시로 꼽히기도 한다.

　라바트는 대서양으로 연결되는 부레그레그 강을 사이에 두고 라바트와 살레

지역으로 크게 나뉜다. 살레는 주로 주거지역이고, 라바트는 신시가지와 구시가

지가 함께 공존하는 곳이다. 신시가지의 중심에는 '모하메드 5세 거리'가 있고 그

주변에 현대적인 빌딩이 가득 들어서 있다.

　라바트에는 우다야 카스바(성채)가 있어 시내를 한눈에 내려다볼 수 있다. 모

하메드 5세가 잠들어 있는 광장도 가까이 있다. 기마병이 보초를 서고 있는 입구

를 지나면 360개의 돌기둥이 늘어서 있는 광장이 나오는데 왼쪽에 '투르 하산Tour

hassan'이 있다. '투르 하산'은 높이가 44미터에 달하는 거대한 정사각형 탑으로 이

슬람 세계에서 가장 크고 높은 탑 중의 하나다. 이 탑과 마주하는 곳에 모하메

드 5세의 무덤이 있다. 모하메드 5세는 오늘의 모로코가 있게 한 왕으로 지금까지

도 모로코 사람들의 참배가 끊이지 않는다고 한다. 무덤은 아랍과 스페인의 영향

을 받은 전통적인 모로코 양식으로 지어졌다.

화첩기행 5
ⓒ김병종

1판 1쇄 2014년 1월 17일
1판 3쇄 2019년 3월 11일

지은이 김병종 | 펴낸이 염현숙
책임편집 고선향 | 편집 이명애 박지영 박영신 | 모니터링 이희연
디자인 김이정 이주영 | 마케팅 정민호 이숙재 양서연 안남영
홍보 김희숙 김상만 이천희 | 제작 강신은 김동욱 임현식 | 제작처 영신사

펴낸곳 (주)문학동네
출판등록 1993년 10월 22일 제406-2003-000045호
주소 10881 경기도 파주시 회동길 210
전자우편 editor@munhak.com | 대표전화 031) 955-8888 | 팩스 031) 955-8855
문의전화 031) 955-3578(마케팅), 031) 955-2697(편집)
문학동네카페 http://cafe.naver.com/mhdn
문학동네트위터 http://twitter.com/munhakdongne
북클럽문학동네 http://bookclubmunhak.com

ISBN 978-89-546-2371-1 04800
       978-89-546-2366-7 (세트)

www.munhak.com